Notre ~~fabuleuse~~ désastreuse CHRISTMAS PARTY

Collection Hugo Poche dirigée par Arthur de Saint Vincent
Ouvrage dirigé par Alice Serverin
Couverture : Ariane Galateau

34-36, rue La Pérouse
75116 Paris
www.hugopublishing.fr

ISBN : 9782755672039
Dépôt légal : octobre 2023
Imprimé en Espagne par Liberdúplex

Émilie Parizot

Notre ~~fabuleuse~~ *désastreuse* CHRISTMAS PARTY

Hugo Poche

NEW ROMANCE®

À toi l'aventure (et quelques galères)
si tu l'oses...

PARTIE 1
C'est tiède

CHAPITRE 1

BLAIR

Les doudounes de la collection que Warm Me Up vient de lancer défilent sur mon écran mais aucune ne trouve grâce à mes yeux. Je commence à me demander si Samuel, notre patron, n'a pas une phobie de la sobriété. Du rouge fluo, du vert électrique, des blousons clignotants et bientôt… des doudounes musicales. Un mauvais goût que les gens s'arrachent à plus de six cents dollars et pas seulement à Chicago, mais dans tout le pays… Ils sont malades.

– Blair !

La voix grave de Samuel que je n'avais pas entendu arriver me fait faire un bond et je me demande un instant si je n'ai pas pensé à voix haute. Heureusement que ma tasse de café était vide, ça aurait été dommage de noyer mon interminable *to-do list* à neuf heures du matin. Je lève les yeux et rencontre en premier un de ces pulls à motifs loufoques dont il a le secret. Puis, sa barbichette blanche. Et enfin, ses yeux gris perçants.

– Vous savez quel jour on est ?

OK. J'ai loupé un truc. Le planning défile dans mon cerveau embrumé mais rien de particulier ne me fait tilt. Mince…

– Le 3 novembre, réponds-je en me creusant encore les méninges.

Je reconnais le sourire qu'il affiche. Celui qui n'inspire rien de bon mais annonce une idée saugrenue. Car c'est ça, le problème de Samuel, il a toujours une mission improbable à me confier. La dernière en date ? Organiser une réunion avec nos partenaires dans un restaurant où ils ont dîné dans le noir à l'occasion d'Halloween. Comme si je n'avais pas assez de boulot au quotidien.

– Exactement, il continue. Et qu'est-ce qui vient après novembre ?

Il veut jouer aux devinettes. Ben voyons, l'étude du compte rendu des ventes, les e-mails en attente et les réclamations du personnel peuvent patienter, non ?

Je pose ma tasse en réprimant un soupir.

– Décembre.

Son sourire s'élargit. Je louche sur les carottes qui ornent son pull en me demandant… pourquoi ? Pourquoi tant de folie dans un seul homme de soixante-dix ans ? On n'est pas censé être sage quand on est vieux ?

– Le mois de Noël ! jubile-t-il. N'est-ce pas excitant ? Les températures ont baissé, ça sent la neige.

Tout en parlant il embrasse la pièce d'un geste de la main et je regarde autour de nous sans trouver quoi que ce soit qui me donne envie d'exécuter une pirouette. Au contraire, j'ai un très mauvais pressentiment. Il va me demander quoi ? De faire tomber la neige ?

– Ce sera le deuxième Noël de Warm Me Up et je veux qu'il soit sensationnel, Blair ! Votre prédécesseuse n'a pas été à la hauteur l'année dernière et je compte sur vous pour relever le challenge.

Il a prononcé la formule magique. Les bons mots pour m'angoisser d'un seul coup. Je déglutis en hochant la tête.

– Ne me regardez pas comme ça, c'est une mission follement intéressante que je vous confie. Ça vous fait peur ?

Je lorgne un instant le sac en kraft qui contient mon muffin avec l'envie de le vider de son contenu pour inspirer et expirer plusieurs fois dedans. Mais ce n'est certainement pas la chose à faire. Comment on fait la tête de quelqu'un d'enthousiaste, déjà ? J'affiche péniblement un sourire. Ça doit être mieux comme ça.

– Je… suis ravie Samuel. Euh… en quoi ça consiste, exactement ?

J'ai décroché ce poste d'assistante de direction en début d'année et n'ai jamais entendu dire quoi que ce soit à propos de Mandy, celle que j'ai remplacée, mis à part qu'elle n'est restée que peu de temps et j'en ai vite compris la raison quand j'ai été noyée sous le boulot et les exigences farfelues de Samuel.

– Vous allez décorer les locaux de l'entreprise ! Je vous laisse embaucher qui vous voulez mais faites en sorte que ce soit fou. Je veux que ça sente le sapin dès qu'on passe la porte et que l'odeur monte jusqu'ici.

On est au quatrième étage. Il tourne sur lui-même comme s'il imaginait déjà l'ambiance.

– Qu'on entende des musiques de Noël dans les couloirs, que les employés aient une tenue spécifique pendant tout le mois de décembre… Bref, vous avez saisi l'idée ?

Oui, j'ai saisi. *Je vais faire la une des faits divers car un collègue dont les neurones auront grillé à force d'avoir écouté Mariah Carey en boucle m'étouffera avec son bonnet de lutin.*

– Dites-moi si ce n'est pas clair au lieu de me regarder comme ça, s'impatiente-t-il soudain.

Il faut dire que je le regarde comme si des bois de rennes venaient de lui sortir des oreilles.

– Pardon, c'est parce que je fourmille déjà d'idées. Je m'en occupe rapidement.

– Parfait, je ne veux pas avoir de déception comme avec Mandy. La décoration qu'elle avait mise en place était ennuyeuse à mourir et ça n'a pas généré une bonne ambiance.

Non mais il est sérieux ? L'ambiance ici est très bien, on n'a pas besoin d'un foutu sapin ni d'une playlist à la con.

Cela dit, je m'abstiens de tout commentaire car sa « déception » a l'air encore vive et je n'ai pas du tout envie qu'il doute de mes capacités.

– Bon, ça, c'était la première chose, il soupire.

L'immense fenêtre derrière Samuel me souffle l'idée de me jeter dans le vide.

– Parce qu'il y en a une deuxième ? je m'entends demander.

Il s'approche et me colle une carte sous le nez. Mon cœur s'emballe quand je me rends compte que mon grand calendrier de bureau n'est pas tourné du bon côté. Heureusement, mon chef ne prête pas du tout attention aux morceaux de papier stabilotés qui sont scotchés dessus. Ceux que j'appelle « mes antisèches ».

Je lève la carte en l'air pour détourner son regard et lis les inscriptions.

Sonny Harvey

Organisation d'événements

– J'aimerais que vous preniez rendez-vous avec cette personne.

– Pour décorer l'entreprise ?

– Absolument pas, ne mélangez pas tout. C'est un autre sujet.

Samuel Barvissi est vieux, disjoncté et lunatique.

– Quel sujet ?

Il ne va quand même pas me confier deux missions de merde en parallèle ! *Si ?*

– C'est une surprise. Vous le verrez bien car vous assisterez à l'entretien. Essayez de m'en obtenir un le plus tôt possible.

Il regagne son bureau et s'y enferme sans me laisser le temps d'ajouter quoi que ce soit. Je ne sais pas si c'est mieux.

Je repose la carte sur mon organiseur secret. Celui qui contient les coordonnées des gens capables de me donner des tuyaux en fonction de mes lacunes du moment.

Comment on fait telle formule sur Excel ? Le numéro du formateur est en rouge.

J'ai besoin de faire vérifier la syntaxe de mon compte rendu de réunion ? L'adresse e-mail de la professeure de cours particuliers d'anglais est en vert.

Il me faut des conseils pour organiser une réunion d'équipe ? Le contact de la nana qui me trouvait des missions intérimaires et qui ne rechigne pas à m'aider est ici.

Et ainsi de suite…

Ça sert, d'avoir fait mille petits jobs avant de décrocher ce gros poste, j'ai des filons partout. Mais pour rallonger les journées, je n'ai pas d'astuces et je soupire en pensant que Samuel ne va pas me lâcher jusqu'à Noël vu comme cette fête a l'air de l'enthousiasmer.

Mon portable vibre et me tire de ma torpeur. C'est Carlos, mon meilleur pote.

Carlos : *On mange ensemble ce soir ?*

Blair : *Non, trop de boulot, je vais finir tard et rentrer me coucher directement. J'en ai ras le bol...*

Carlos : *Tu n'as qu'à voler un autre poste !*

Je glousse comme une imbécile.

Bon OK, je n'ai pas le droit de me plaindre. J'ai usurpé ma place ici alors, si mon karma exige que je sois submergée de travail, tant pis pour moi. Et pour ne pas oublier de contacter ce Sonny Harvey, je vais le faire tout de suite.

De peur qu'il me pose des questions auxquelles je n'aurai pas de réponse et qui me feront passer pour une imbécile, j'opte pour un e-mail après avoir vérifié les disponibilités de Samuel sur son agenda. Il n'en a pas avant mercredi.

De : Blair Miller
À : Sonny Harvey
Objet : Demande de rendez-vous – Urgent

Bonjour,
Je vous contacte car M. Barvissi, dirigeant de la start-up Warm Me Up, souhaiterait s'entretenir avec vous au sujet d'un projet confidentiel.

Est-ce qu'un rendez-vous dans nos locaux mercredi à 15 heures vous conviendrait ?

Cordialement,
Blair Miller
Assistante de direction.

Finalement, je ne me suis pas trop mal débrouillée, ce message est bien tourné, pensé-je en envoyant la missive.

Et le petit « assistante de direction » à la fin, ça en jette.

Maintenant, mettons-nous à la recherche d'un décorateur… Je louche sur mon organiseur pour savoir qui, parmi mes contacts, pourrait m'aiguiller. Tiens, la fille qui m'embauchait pour travailler sur le festival Lollapalooza doit bien avoir ça !

Je lui envoie un SMS et, dans la minute, je reçois le nom et le numéro de téléphone d'une décoratrice. Je ne suis peut-être pas une vraie assistante de direction, mais je sais rédiger des antisèches.

CHAPITRE 2

SONNY

Depuis le métro aérien qui survole le quartier du Loop de Chicago, je contemple comme tous les passagers le paysage qui défile sous nos yeux. La neige a commencé à tomber aujourd'hui, recouvrant la ville d'une fine poudre blanche. Pourtant, ce n'est pas le trajet sous les flocons qui me rend aussi enthousiaste alors que je foule à présent le trottoir, mais ma destination. Je n'en reviens toujours pas. Moi, Sonny Harvey, qui galère depuis trois ans pour me faire une place dans le marché concurrentiel de l'événementiel, je viens de décrocher un rendez-vous avec le dirigeant de la start-up la plus en vue de la ville. Le triomphe doit se lire sur mon visage car les gens autour de moi me rendent mon sourire. Ça fait deux jours que je suis excité comme pas possible. Quelle mission M. Barvissi va-t-il me confier ?

Pour pallier tout obstacle, j'ai potassé son parcours. *Samuel Barvissi*, ce type décrit comme déjanté par la presse, qui a monté diverses affaires dans tous les domaines et a toujours fait carton plein. Il s'est implanté à Chicago il y a deux ans pour lancer sa dernière start-up et tout le monde ne parle que de ça.

Il fabrique des doudounes hors de prix que les gens s'arrachent, et si ces produits ont fait du bruit immédiatement, c'est qu'ils sont aussi loufoques que lui. Les influenceurs ont porté tout l'été des doudounes rafraîchissantes avec paille intégrée aux couleurs pétantes. La collection automne-hiver est sortie il y a quelques semaines. Des vêtements qui clignotent, d'autres…

C'est ici. Je lève le menton du col de mon manteau et serre plus fort le dossier contenant mon book contre moi.

À la lecture des lettres dorées qui indiquent le nom du bâtiment, ma respiration accélère et soudain, j'ai les mains moites. Je me suis fait tellement de films depuis que j'ai reçu la demande de rendez-vous de l'assistante de direction… Rien que de penser que quand je ressortirai d'ici, je serai soit déçu, soit euphorique me provoque une montée d'adrénaline.

Je souffle un grand coup en sonnant à l'interphone. C'est le moment de se lancer. Et puis, il fait un froid de canard quand on poireaute devant une porte sous la neige ! Je n'ai pas les moyens de m'offrir une doudoune Warm Me Up et comme je n'ai pas osé en porter une d'une autre marque, j'ai enfilé un vieux manteau en tweed qui absorbe la neige fondue.

Personne ne répond mais la porte est légèrement entrouverte et au bout d'un moment, je me permets de franchir le seuil.

L'immense hall d'entrée est vide.

Au loin, sur la gauche, je vois des personnes s'activer. Certaines portent des cartons, d'autres crient des termes que je ne comprends pas. Je suppose qu'elles sont en train de préparer des commandes. Un gars arrive dans ma direction, les bras chargés, je vais en profiter pour demander mon chemin.

– Salut, m'interpelle une voix sensuelle dans mon dos.

Je fais un bond avant de me retourner et de faire face à une jeune femme qui vient de débarquer de je ne sais où. Elle me détaille des pieds à la tête sans aucune gêne.

– Bonjour, je suis…

– Suis-moi, c'est par là, me coupe-t-elle.

Ses cheveux bruns ont des reflets violets et, dans son slim noir et ses Dr. Martens, elle a une allure très rock. J'aime la façon dont elle essaie de masquer son sourire en coin après m'avoir balayé des pieds à la tête de ses grands yeux noisette. J'aurais aimé qu'elle prenne le temps de faire les présentations car je me demande encore quel poste elle occupe en arrivant au premier étage. Sur le chemin, plusieurs employés l'arrêtent pour lui poser des questions et je commence à comprendre qu'elle joue un rôle important dans cette entreprise. Au moment où je m'apprête à lui demander quel poste elle occupe, on débarque dans une pièce lumineuse et bruyante. Le mur du fond est décoré de houx en quantité astronomique. Un faux ours polaire est devant et un type le chevauche en caleçon, vêtu de l'une des doudounes emblématiques de la marque. Un bleu fluo détonnant avec une capuche à fourrure verte. Le photographe s'active derrière son Reflex tandis que celle qui doit être son assistante tient un réflecteur de lumières. Il y a aussi une femme qui regarde d'un œil critique la posture du mannequin et lui donne des instructions. Je comprends qu'on vient de débarquer en plein shooting. *C'est intéressant mais qu'est-ce qu'on fait ici ?* Je m'apprête à poser la question à ma mystérieuse accompagnatrice mais elle est justement en train de me dévisager d'un œil sceptique.

– Je ne comprends pas, si le modèle est déjà là, tu es qui, toi ?

Parce qu'elle m'a pris pour le mannequin ?

Cette nana canon me flatte et je ne peux m'empêcher d'esquisser un sourire.

– J'ai rendez-vous avec M. Barvissi, je suis…

– Merde, lâche-t-elle en se mordant la lèvre. Ne me dis pas que c'est toi… Sonny Harvey ?

– En personne.

Elle lève un sourcil et me reluque de haut en bas. J'ai voulu me la jouer cool en portant un jean et un sweat mais j'aurais peut-être dû me mettre sur mon trente-et-un.

– Je ne m'attendais pas à ce que tu sois… jeune.

Voilà qui met à l'aise… J'espère que M. Barvissi n'aura pas le même ressenti.

– Donc, je vais où ? demandé-je, ne voyant pas comment justifier mon âge.

– Suis-moi, nos bureaux sont à l'étage.

Et donc elle, c'est l'assistante du patron ?

Elle me tourne le dos et nous dirige vers l'escalier qu'on gravit à nouveau. Des doudounes sont suspendues au mur, comme si c'étaient des œuvres d'art, c'est génial.

Une fois au quatrième, je patiente pendant qu'elle décroche un téléphone posé sur un grand bureau – le sien, je suppose – pour annoncer mon arrivée à son chef. La porte du fond s'ouvre instantanément et mon stress grimpe en flèche.

Je n'ai jamais vu cet homme en vrai. Seulement en photo. Et je ne l'imaginais pas si grand. Le dîner où je l'ai rencontré s'est déroulé dans le noir et je me suis éclipsé avant que les lumières ne se rallument.

Je suis impressionné par la prestance de l'homme qui s'avance vers moi et me tend la main.

– Sonny, comment allez-vous ?

– Très bien, et vous, monsieur Barvissi ?

– Appelez-moi Samuel, nous allons partager une grande aventure. Ravi de vous voir à la lumière du jour. N'est-ce pas magnifique, ce paysage ?

Il m'indique l'immense baie vitrée derrière nous et je ne peux qu'acquiescer. La rue est animée, les flocons de neige gravitent autour des voitures et des passants et j'envie l'assistante de direction de travailler dans un tel cadre.

En parlant du loup, je la surprends en train de me dévisager. Ce qui me désarçonne, c'est qu'elle ne dévie pas de trajectoire quand nos regards se croisent. Elle a naturellement un petit côté provocateur qui me rend fébrile et je déglutis en reportant mon attention sur le patron.

– Merci d'être venu aussi vite car on a du pain sur la planche, me lance Samuel en me tapant sur l'épaule.

En fait, il m'intimide mais en même temps, il a quelque chose de chaleureux. Peut-être son sourire immense et son pull orné de radis.

– J'étais impatient qu'on discute de votre projet.

Je regarde tour à tour Samuel et son assistante mais, à la mine intriguée qu'elle arbore, j'ai l'impression qu'elle n'est pas plus au courant que moi dudit projet. D'ailleurs, elle nous observe les bras croisés comme si elle attendait des explications.

– Allez, suivez-moi, jeune homme.

– Je vous suis aussi ? demande-t-elle de sa voix étonnamment rauque.

Il est déjà à la porte de son bureau et m'invite à y entrer.

– Pas tout de suite, je vais dégrossir avec Sonny et ensuite, je vous appellerai. Il ne faudrait pas que vous soyiez au courant de tout. Cela gâcherait l'effet de surprise !

Je lui adresse un sourire contrit en passant devant elle. Ça m'arrange de commencer seul avec lui, ce sera moins impressionnant.

Dans son bureau immense, Samuel m'invite à prendre place à la table ronde et ne perd pas de temps en préliminaires.

– Je vous ai fait venir pour vous confier…

Il marque un temps d'arrêt et je suis suspendu à ses lèvres.

– L'organisation de la fête de Noël de Warm Me Up !

Waouh ! Rien que ça…

Mes yeux s'écarquillent et l'adrénaline monte subitement dans mes veines. Je me sens aussi grisé que si j'avais bu trois caïpirinhas. Samuel doit le sentir car son sourire s'élargit et je me demande si c'est professionnel de ma part d'avoir l'air aussi heureux. De toute façon, je sais qu'on lit mes émotions sur mon visage comme dans un livre ouvert, alors tant pis.

– J'en suis honoré !

– J'aime votre enthousiasme. On va partir sur la date du samedi 20 décembre. C'est bon pour vous ?

Je m'empresse de sortir un carnet et un stylo de ma sacoche. C'est dans même pas deux mois, mais rien à faire, tout me va !

– Très bien.

– Le soir, évidemment.

– Ça va de soi.

– Pour le choix des prestations, Blair, mon assistante, sera votre référente. Aujourd'hui, nous allons tracer les grandes lignes ensemble, mais c'est à elle que vous transmettrez les devis, vos suggestions et tout le tralala.

Blair... Son regard franc me revient en mémoire. Cette fille ne me laisse pas indifférent et il va falloir que je le cache. J'espère qu'elle est cool.

– Parfait.

– Cependant, il y a une seule chose qu'elle ne doit pas savoir et c'est pour cela que je vous vois seul dans un premier temps.

– Je vous écoute.

– J'ai une grande annonce à faire ce soir-là. Une surprise explosive !

J'attends la suite mais il secoue la tête.

– Je ne vous la dévoile pas, afin que vous ne vendiez pas la mèche, même par mégarde.

Ma déception doit se lire sur mon visage mais il fait un geste qui se veut rassurant.

– Ne vous méprenez pas. L'expérience m'a montré que moins les gens en savent, moins il y a de fuites. De toute façon, le contenu de cette annonce n'a pas d'incidence sur l'organisation de la fête. Mais ce qui doit rester entre nous est simple : vous devrez m'organiser un départ en beauté juste après mon discours. Quelque chose d'époustouflant, comme un tour de passe-passe, vous voyez ?

Oui, je vois très bien. Il veut être le clou du spectacle.

– Une sortie remarquée et scénarisée ?

– Exactement, jeune homme. Ce discours et cette sortie sont les seules choses que Blair devra ignorer. Qu'elle profite de l'effet de surprise comme tous les employés.

– Donc après votre discours, vous disparaissez et la fête se poursuit sans vous ?

– Affirmatif. Il sera minuit, la fête touchera à sa fin et je veux m'éclipser au moment fort de la soirée. Je n'ai plus l'âge de danser jusqu'au bout de la nuit.

– D'accord. Je réfléchis à ce que je peux vous proposer et je viendrai vous en parler.

– Non. On ne sait jamais, si des oreilles traînent… Organisez ça de votre côté, Sonny. Je vous appellerai quelques jours avant la fête pour que vous me briefiez.

Je n'ai pas le temps de répondre qu'il a déjà appuyé sur le bouton d'interphone sur son bureau.

– Blair, pouvez-vous nous rejoindre ?

L'assistante se pointe avec un air un peu plus renfrogné qu'à mon arrivée. J'ai senti que son chef l'avait vexée en la mettant de côté. Elle prend place en face de moi, un papier et un stylo à la main. Ses ongles sont vernis de noir et elle porte des bagues imposantes. Ce genre de nana, c'est carrément ma came mais je ne suis pas là pour ça. Je ne dois pas me louper, je sens que cette mission est le tremplin de ma carrière.

– Blair, ma chère, Sonny est ici pour nous organiser une merveilleuse *Christmas party*.

– Une *Christmas party* ?

C'est marrant comme sa voix rauque colle à merveille avec son look.

– Évidemment, pas un mot aux équipes, je compte sur votre discrétion. Je veux que nos collaborateurs le découvrent le jour où ils recevront l'invitation. Que pourrions-nous faire, d'ailleurs, pour annoncer les festivités… Sonny ?

Toujours excité, je fais mon possible pour trouver rapidement une idée qui sorte de l'ordinaire. *Je pourrais en avoir des tonnes s'il me laissait revenir vers lui plus tard à ce sujet mais je sens qu'il veut qu'on la trouve tout de suite.*

– Un mailing avec une vidéo ? je tente.

Il balaie ma suggestion d'un geste de la main.

– Non, je veux quelque chose de matérialisé et d'inoubliable.

– Un carton d'invitation parfumé à la cannelle, lance Blair. Parfois, les marques envoient des promotions parfumées, c'est cool.

– J'aimerais que ce ne soit pas… cool mais plutôt élégant et surprenant. Et que ça évoque Noël.

Je me mords l'intérieur de la joue pour ne pas pouffer. Il est aussi déluré qu'elle paraît terre à terre, le duo donne une dynamique cocasse. Un silence s'ensuit pendant lequel chacun de nous cogite.

– Un calendrier de l'avent ! finit-il par s'exclamer.

Je fronce les sourcils.

– Un calendrier de l'avent qui démarre le 1er et s'arrête au 20 décembre ! précise-t-il.

Comment ça, un calendrier de l'avent ? L'invitation sera dans l'une des cases ?

– Vous souhaitez qu'il soit remis aux salariés au bureau ou envoyé chez eux ? demande Blair comme si c'était la solution définitivement retenue.

Mon regard fait du ping-pong entre les deux.

– Au bureau, et contre signature.

Je ne peux pas prendre des notes et réfléchir en même temps. Tant pis si j'ai l'air con, il faut que je comprenne.

– Un… calendrier de l'avent avec des chocolats à l'intérieur ? Et l'invitation serait où ?

– Imprimée sur l'emballage, rétorque Samuel.

OK.

L'idée est sympa mais mon esprit organisé cogite à toute allure. Je sens que je vais devoir jouer le rôle du garde-fou, ce qui ne me plaît pas.

– Le 1er décembre, c'est dans trois semaines. Il faut avancer vite. Il en faudrait combien d'exemplaires ?

– Cinquante-quatre, répond Blair du tac au tac.

On dirait bien que cette réunion ne la fait pas triper. Le problème, c'est qu'elle est ma référente donc il va falloir que je rame un peu pour me la mettre dans la poche.

– Je vais me renseigner pour connaître les délais.

Et trouver un fabricant par la même occasion car je n'ai absolument pas ça dans mes contacts. On entre dans la haute saison pour les chocolatiers, il va falloir que je me décarcasse pour mettre la main sur un prestataire suffisamment réactif.

– Vous allez nous surprendre, je n'en doute pas, Sonny ! m'encourage le chef.

Dans ma tête, les calculs continuent de fuser tandis que je prends des notes. On est le 5 novembre. J'ai un peu plus de deux semaines pour trouver l'entreprise, valider un devis, puis un design, lancer la fabrication et faire expédier les exemplaires. Je n'arrive pas à déterminer si c'est jouable ou non et le stress commence à monter.

– Cela veut dire qu'il faut d'ores et déjà se décider sur un lieu. Car le but premier, c'est que ce… calendrier de l'avent délivre les informations clés.

Samuel se frotte les mains énergiquement.

– Ça va être merveilleux ! J'imagine un fond à rayures blanches et rouges comme les sucres d'orge, avec en titre : Ceci est une invitation à une fabuleuse fête de Noël !

C'est modeste.

Je prends soin de noter chaque mot qu'il dicte. Sa jolie assistante en fait autant.

– La date et l'heure doivent apparaître aussi. Dans toutes les cases, des chocolats, sauf la dernière.

– La dernière ? je répète.

– Oui. La case numéro 20 contiendra… l'annonce du lieu !

Le lieu… Normalement, c'est à l'organisateur de le trouver. En somme, moi. Mais il me le faut au plus tôt pour pouvoir réaliser la commande de calendrier de l'avent dans les temps.

– Vous aimeriez quel genre de lieu justement ?

Il hausse les épaules comme si ce n'était qu'un détail.

– Le lieu compte moins que la fête. C'est ce qu'il s'y passera qui restera dans les annales. Tout ce qui m'importe, c'est d'être au cœur de la ville.

Bon, déjà une information intéressante.

– Et… pourquoi pas ici ? je tente.

Une fois décorés, ces locaux pourraient être un bon emplacement.

– Nous n'avons pas de salle assez grande. Et puis, je veux sortir les salariés du contexte professionnel.

Pas bête…

– Quel est mon rôle dans cette affaire ? finit par demander Blair qui n'a pas l'air plus dépassée que ça par les demandes de son patron.

– Vous serez mon porte-parole, sourit Samuel. Libre à vous de me réserver aussi quelques surprises en collaboration avec Sonny.

CHAPITRE 3

BLAIR

Il se fout de moi, là ? J'ai le temps d'organiser des surprises ?

– Vous aimez Noël, Blair ?

Apparemment, mon désarroi n'est pas passé inaperçu. Je regarde le patron, puis l'organisateur. Les deux me dévisagent.

– Je n'ai rien contre.

Si le dénommé Sonny lève un sourcil devant ma réponse, Samuel arbore un air songeur. Il passe sa main sur sa barbichette. Je n'étais pas prête. Je viens à peine de trouver la décoratrice qui va faire de ces locaux une orgie de Noël, et voilà que maintenant, je vais devoir travailler main dans la main avec ce type qui a l'air de sortir de l'école maternelle pour organiser une fête de Noël. Bon, j'abuse un peu, il doit avoir mon âge, pensé-je en le détaillant, mais disons que je m'attendais à quelqu'un avec de la bouteille. Je lui donne plus ou moins vingt-cinq ans.

Et encore, si ça se trouve, sa barbe de quelques jours le vieillit.

– Je sens que vous n'êtes pas emballée.

Merde.

– Si si, bien sûr !

– Ne mentez pas, Blair. Justement, vous allez m'aider à faire en sorte que les réfractaires voient cette fête d'un bon œil. Il y a bien quelque chose qui pourrait vous donner envie de venir ?

– Peut-être que si… on pouvait inviter un proche, ce serait plus convivial ? j'ose lancer.

Il hoche la tête en me regardant avec attention.

– C'est une très bonne idée… Nous sommes comme une grande famille après tout ! Vous notez, Sonny ? Chaque collaborateur pourra convier un proche.

– Nous passons donc à près de cent dix personnes, murmure l'organisateur en prenant des notes.

Où est-ce que Samuel est allé le chercher ? J'ai envie de rire en pensant que je l'ai pris pour le modèle du shooting. Il a bien plus de charisme que celui qui a été choisi d'ailleurs. Il en a même un peu trop… Ses yeux sont d'un vert sombre comme j'en ai rarement vu. Et avec ses épaules larges et sa mâchoire carrée, il dégage une virilité d'enfer. C'est bête mais je n'aurais pas imaginé un homme comme ça sur un job qui demande autant de sensibilité. Nos regards s'accrochent et il détourne le sien en premier.

– Il faut qu'une chose soit claire : la présence des collaborateurs n'est pas une option. Blair, vous informerez par l'envoi d'un mailing complémentaire, après la remise du calendrier de l'avent, que les salariés non présents auront un gage.

Sonny laisse échapper un rire. Je suis sûre qu'il pense que Samuel blague. Hélas, non.

– Je précise quel gage ou vous n'avez pas encore décidé ?

– Ce sera un gage à la hauteur de ma déception.

Ici, on connaît tous l'énergumène qu'est Samuel. Cette phrase devrait faire son effet.

Sonny pose son stylo et appuie ses bras sur la table. Il essaie de dissimuler un sourire en coin, sans succès.

– Pour récapituler : nous avons donc une soirée le samedi 20 décembre à vingt heures avec près de cent dix personnes. Je propose que les convives soient accueillis par un vin chaud et un fond musical de Noël à l'arrivée…

– Plutôt un groupe de rock, le coupe Samuel.

J'en connais un génial ! Un été, j'avais travaillé pour un traiteur sur un mariage où ce groupe avait mis une ambiance dingue. J'avais même pris leur carte. Il faudrait que je la retrouve…

– J'ai peut-être un contact pour ça, proposé-je.

Samuel me lance un regard étonné. *Il croit que j'écoute du Mozart peut-être ?*

– Le nom du groupe va me revenir, m'entêté-je. Ils sont quatre et…

– Pas d'inquiétude Blair, j'ai ce qu'il faut, me coupe Sonny.

– Je n'ai aucun doute à ce sujet, tranche Samuel. Vous allez nous épater, Sonny.

Ça m'agace que ni l'un ni l'autre ne prenne ma recommandation en considération. Je ressens la même chose que tout à l'heure quand ils sont entrés tous les deux dans le bureau, me laissant sur la touche. Et surtout, je me demande comment ils se sont rencontrés et pourquoi Samuel a autant confiance en lui. À bien y réfléchir, il aurait très bien pu me confier cette mission, j'aurais été capable de m'occuper de l'organisation de cette fête.

J'écoute d'une oreille distraite les deux hommes échanger sur des titres de rock en repensant à mes missions passées dans l'événementiel. Ça me rendrait presque nostalgique. J'aimais beaucoup être dans l'action, travailler dans ce secteur où je côtoyais des gens de tous horizons et sans aucune pression car j'étais intérimaire. Mais c'était saisonnier, mal payé et je n'avais qu'une vision à court terme de mes rentrées d'argent. C'était pas une vie.

Finalement, je me rends compte qu'organiser cette fête pourrait bien me plaire. Mis à part le fait que je manque de temps. C'est peut-être pour ça que Samuel a fait appel à Sonny. Il a enfin compris que je croulais sous le boulot ?

– Il faudrait prévoir des passes pour l'entrée, non ? demandé-je pour leur faire comprendre que je n'ai pas l'intention de faire office de plot dans la conversation.

– Des passes ? s'étonne Sonny.

– Pour quelle raison, Blair ? intervient Samuel.

Ils sont bêtes ou quoi ?

– La date et le lieu vont sûrement fuiter. Et si des inconnus s'incrustent ?

Les gens adorent gruger pour rentrer dans les fêtes, ça me paraît évident qu'il faut qu'on fasse attention à ça.

– Blair, vous êtes d'une efficacité redoutable.

Ces mots, dans la bouche de Samuel, me grisent. S'il est toujours dans l'euphorie, il ne fait pas souvent des compliments. Et n'étant pas légitime à ce poste, je prends à cœur la moindre phrase encourageante. Je me demande souvent ce que Samuel pense de mon travail. Il doit en être satisfait puisque je suis ici depuis dix mois. Mais sur l'échelle de la satisfaction allant d'un à dix, j'aimerais bien savoir où il place le curseur.

– Nous allons faire mieux que des passes… J'avais prévu d'offrir aux collaborateurs à la fin de la fête une doudoune conçue spécialement pour l'événement. Eh bien, elles seront distribuées en amont et ce sera leur passe d'entrée.

J'ose pas imaginer la gueule des doudounes en question si elles sont dans le thème de Noël…

– Je suppose que je ne gère pas cette partie ? demande Sonny, le stylo en suspens.

– En effet, Blair, dès le 1er décembre, jour de la remise des calendriers de l'avent, vous demanderez à chaque responsable de service de répertorier les tailles de chacun. Puis vous lancerez les commandes au service confection.

Comment se tirer une balle dans le pied...

Je hoche la tête en notant cette nouvelle mission.

– Et… pour le menu ? intervient l'organisateur.

– Sonny, le mot d'ordre est : surprenant. Je vous laisse imaginer ce qui fera l'affaire.

– Bien sûr. Je vous ferai transmettre – par le biais de… Blair – les propositions des meilleurs traiteurs des environs.

Il me cherche du regard tout en parlant et j'acquiesce d'un signe de tête. Son assurance s'est un peu effilochée depuis tout à l'heure. Il commence à comprendre que Samuel a des attentes sans limites.

Bienvenue au club.

– Vous souhaitez que je booke un photographe pour immortaliser cette soirée ?

Samuel hoche la tête vigoureusement.

– Photographe et vidéaste. Il faudra également que vous fassiez venir le journal local.

– Je pourrais faire mettre en place un photocall aussi, lance encore Sonny.

– Faites, je crois en vous.

« Je crois en vous » ? Pourquoi il ne me dit jamais des choses pareilles ?

– Quant à la scénographie… Je vous ferai des propositions quand on aura acté un lieu.

– Faites-moi la surprise pour le décor. Je donnerai quelques lignes directrices à Blair puis je vous laisserai gérer.

Je m'apprête à en placer une mais c'est impossible vu la rapidité de leurs échanges.

– Bien sûr. Vous avez délimité un budget ? Car cela va chiffrer vite et…

– Je n'ai pas de limite de budget. Vous avez un objectif à atteindre : que cet événement soit…

– Surprenant ! complète l'autre, plus heureux que jamais.

– C'est pour votre esprit déjanté que j'ai fait appel à vous !

J'ignore à quoi il fait référence mais je donnerais cher pour le savoir. Surtout que je jurerais que Sonny vient de déglutir péniblement.

– Tout à fait, j'ai plein de… surprises en tête, bafouille-t-il.

Mytho.

On dirait moi pour le coup de la décoration des locaux. Je sens qu'il brode. J'ai un sixième sens pour déceler les menteurs, à force d'avoir travaillé pour toute sorte de gens peu scrupuleux depuis que j'ai dix-huit ans. Je ne dirais pas que ce Sonny ment tout à fait, mais je me demande s'il a les épaules pour organiser un tel événement. Samuel va le manger tout cru.

D'ailleurs, il esquisse un sourire tout en le transperçant du regard.

– Parmi ces surprises… notez que j'aimerais des rennes.

– Des quoi ?

Je pouffe malgré moi et leurs regards convergent dans ma direction.

– Ah, c'était une blague ? demande Sonny pour se rassurer.

– Non, je ne crois pas. C'est votre tête qui m'a fait rire, je lâche.

– Sachez que j'aime les surprises, Sonny, et que je prends les plaisanteries très au sérieux.

– Vous parlez de vrais rennes ?

– Oui ! Je les imagine se balader dans un décor fabuleux… Ou, encore mieux, porter le fromage sur leur dos ! Tout ça va être inoubliable !

Intérieurement, je meurs de rire. Le grand Samuel révèle son vrai visage à un Sonny qui a envie de s'évaporer dans les airs. Il ne prend même plus de notes, il le regarde, bouche bée. Je crois même qu'il hyperventile.

– Nous avons fait le tour. Je vous laisse revenir vers Blair pour votre devis et nous pourrons démarrer l'aventure !

Il se lève et on l'imite. Quand Sonny me serre la main en partant, il n'en mène pas large. Il me fait penser à moi à mes débuts ici. Peut-être que je le réconforterai quand Samuel n'aura fait qu'une bouchée de lui.

CHAPITRE 4

SONNY

Je n'ai pas touché terre depuis que j'ai quitté le bureau de Samuel il y a cinq jours. Si j'ai fait mes preuves depuis longtemps dans le domaine de l'organisation de mariages, je me tourne depuis peu vers les entreprises et mes réflexes sont moins rodés. Cette mission que me sert Samuel sur un plateau est ce que je pouvais rêver de mieux pour me faire un nom et je vais tout donner pour que ce soit l'événement de l'année.

La *Christmas party* de Warm Me Up… C'est dingue.

Sans limitation de budget, en plus !

J'espère que je vais bien m'entendre avec son assistante. J'ai senti que je l'ai soûlée quand je lui ai coupé la parole au moment où elle allait mentionner le nom d'un groupe qu'elle connaît mais il fallait que je montre que je suis l'homme de la situation.

Bon, en tout cas, j'ai trois lieux sympas à proposer ; après des dizaines d'appels, j'ai trouvé un chocolatier sur Denver qui m'a envoyé son devis pour la confection du calendrier de l'avent, et j'ai même plusieurs propositions de traiteurs. Je crois que j'ai mérité une pause.

La porte d'entrée s'ouvre en trombe alors que je suis en train de manger un sandwich en scrollant sur les réseaux sociaux et je sursaute.

– Ne me dis pas que tu n'as pas pris de douche de la journée ?

Quand est-ce que je penserai à verrouiller cette foutue porte ?

– Maman, tu n'habites pas en face ? marmonné-je en me levant.

Elle entre comme une tornade, pose des sacs de courses dans la cuisine et vide d'une traite mon verre d'eau posé sur le comptoir.

– Te plains pas, je te ravitaille. Tu as avancé ?

– Oui, j'ai envoyé toutes mes propositions à l'assistante vers midi. Le temps qu'elle regarde tout ça et qu'elle revienne vers moi, je vais en profiter pour me laver et aller voir à quoi ressemble le monde extérieur.

Je la suis jusqu'à la porte et son éclat de rire résonne dans le couloir qu'elle traverse pour rejoindre son appartement sur le palier d'en face.

– Méfie-toi, la dernière fois que tu lui as envoyé ton contrat et tes honoraires exorbitants, elle n'a mis que trois quarts d'heure pour te le renvoyer signé et te faire le virement d'acompte.

Mes honoraires exorbitants…

C'est ma mère qui dit ça alors qu'elle tient une galerie d'art et que le prix de certains tableaux est plus élevé que celui de ma bagnole.

– T'es pressée ? m'étonné-je alors qu'elle s'apprête à refermer sa porte.

– J'ai un vernissage à quinze heures trente, on a tout installé ce matin et je suis rentrée prendre une douche et me changer. D'ailleurs, tu peux m'aider avec la fermeture de ma combinaison ?

Je traverse le couloir en soupirant. On a chacun un appartement au même étage et on a tendance à croire que le couloir commun à l'immeuble en fait partie, ce qui amuse nos voisins qui nous croisent parfois en pyjama en train de faire des allers-retours.

– Vernissage de qui ?

– Nina, la sculptrice, je t'en ai parlé !

Oui, mais j'ai la tête ailleurs en ce moment.

– Aaah, la fameuse Nina…

Elle pouffe devant mon air entendu. Je sais que cette Nina lui plaît, et pas qu'en raison de ses sculptures.

– Mets au frigo ce que je t'ai rapporté. À ce soir ou à demain !

Je rebrousse chemin jusque chez moi pour me laisser tomber dans le canapé qui porte l'empreinte de mes fesses.

Je regarde machinalement mes e-mails avant d'aller prendre une douche.

Putain. Blair a déjà répondu à mon message envoyé il y a deux heures à peine !

De : Blair Miller
À : Sonny Harvey
Objet : Re : Propositions de lieux de réception et de traiteurs / Devis calendrier de l'avent

Samuel valide le devis pour le calendrier de l'avent, signé ci-joint. La compta fait partir l'acompte aujourd'hui.
Pour les lieux, il opte pour l'hôtel particulier. Nous attendons donc le contrat de location.
Pour ce qui est du traiteur en revanche, aucun menu ne convient malheureusement.
Pas assez « surprenant ».
Ce que tu nous envoies est trop traditionnel. Peux-tu me faire parvenir d'autres propositions ?

Ça lui arracherait la gueule d'inclure des formules de politesse dans ses e-mails ? Même pas un « bonjour », un « merci pour ta réactivité », un « bonne journée ». Tu parles d'une assistante ! Au moins, elle a accepté de passer au tutoiement…

Je respire un grand coup et j'admets que celui à qui j'en veux le plus dans l'affaire, c'est moi.

Le traiteur trop traditionnel, j'aurais dû m'en douter. Par facilité, j'ai contacté des entreprises avec qui j'ai l'habitude de travailler dans le domaine du mariage et qui sont des valeurs sûres. Mais en effet, les propositions qu'ils m'ont faites sont classiques. Des viandes à la plancha, du risotto servi dans une meule de parmesan, des huîtres ouvertes devant les convives, de petits burgers préparés à la minute… Efficace, qualitatif mais pas suffisant.

Le problème, c'est que j'ignore ce que Samuel entend par « surprenant ».

Je réfléchis un moment avant de me décider à appeler mon pote Kevin. Dans mon entourage, c'est le mieux placé pour m'aider sur le sujet vu qu'il est chef cuistot. C'est d'ailleurs grâce à lui que j'ai rencontré Samuel. Kev m'avait glissé que pour Halloween, son restaurant luxueux recevait le dirigeant de Warm Me Up accompagné de ses partenaires pour un dîner plongé dans le noir complet, et je l'ai soudoyé pour qu'il accepte de me caler une place à côté du patron. À coup sûr, il va encore m'être d'une grande aide.

– Dis-moi, je suis au boulot, lance-t-il en décrochant.

Je le visualise sans mal s'activer derrière ses fourneaux avec ses oreillettes.

– C'est quoi un menu surprenant pour toi ?

– Pour ta *Christmas party* ?

– Ouais. Ceux que j'ai envoyés à l'assistante ne conviennent pas, c'est trop tradi.

Il a déjà le topo sur cette fête car c'est avec lui que j'ai célébré la nouvelle de ce contrat. Je l'entends donner des instructions à son équipe pendant que je patiente.

– Il y a un traiteur dont tout le monde parle en ce moment. Il travaille les fleurs, sert les légumes rôtis en entier… très végétal, mais ça plaît.

– Ah oui… J'en ai entendu parler aussi. Rosemary Catering ?

– C'est ça !

Je le note sur un Post-it mais vu la renommée de cette boîte, je doute qu'ils aient de la disponibilité en période des fêtes.

– Tu as d'autres noms en tête, au cas où il serait déjà booké ?

– Hum… Non. Je ne connais pas des masses de traiteurs. Ça doit être surprenant dans les goûts ou dans la présentation ?

J'en sais rien, putain.

Seul mon soupir lui répond.

– Et si… attends. Une fois, un client m'a raconté qu'il était allé à une soirée où les services étaient inversés. Genre ça commençait par le dessert et ça finissait par l'entrée…

C'est exactement ce qui plairait à Samuel.

– Tu me lances sur une bonne piste !

– À ton service ! Je te laisse, on est en plein envoi des desserts.

J'abandonne l'option douche, range rapidement les courses dans le frigo et repasse en mode recherche active. Je contacte d'autres traiteurs que ceux que j'ai proposés à Blair, pour qu'elle ne reste pas figée sur son premier avis négatif. Je dois sortir de ma zone de confort et élargir mes contacts. J'ai voulu opter pour la facilité et ça m'a desservi. Cette fois, je veux taper dans le mille.

Plus je passe des appels, plus je déchante. Le samedi 20 décembre est une date prisée pour les événements et beaucoup sont complets. Rosemary

Catering compris. Quant aux prestataires disponibles, ce n'est pas si évident de les convaincre qu'inverser l'ordre des services est une bonne idée. Je mets de côté les plus sceptiques et décide de ne conserver qu'un seul traiteur avec qui j'ai eu un bon échange. En attendant de recevoir sa proposition, je n'ai plus qu'à contacter Blair pour lui soumettre « mon » idée afin qu'elle voie que je suis réactif.

– Bureau de Samuel Barvissi.

Je reconnais sa voix.

– Bonjour Blair, c'est Sonny. J'ai eu ton e-mail, j'ai transféré le devis signé au chocolatier. Son graphiste va s'attaquer à la création d'une première maquette la semaine prochaine.

– Top.

Elle ne parle pas pour rien dire, elle.

– Quant au lieu de réception… Samuel ne veut pas le visiter d'abord, par sécurité ?

– Non, il a eu un coup de cœur pour l'hôtel particulier. J'avoue que c'était bien trouvé.

Ça fait plaisir à entendre. Avec le coup de stress du traiteur, je n'ai même pas pris le temps de savourer ce choix que Samuel a fait. Quand j'ai trouvé cet endroit et que j'y ai fait un saut, j'ai tout de suite projeté l'événement et apparemment, on est sur la même longueur d'onde, lui et moi. Cette pensée me détend.

– C'était mon préféré aussi. C'est le plus onéreux car on est obligés de privatiser les huit chambres même si elles ne serviront pas, mais il se prête parfaitement à une *Christmas party* avec les rideaux en velours bordeaux et le mobilier rustique.

– Il faudra quand même travailler sur le décor. Samuel veut que l'ambiance soit…

– Surprenante, oui je sais, je la coupe, amusé.

– Voilà, tu as compris.

Le silence s'installe et je prends une petite inspiration avant d'aborder le sujet sensible.

– Concernant le traiteur, j'ai eu une idée.

– Je t'écoute.

– Pour créer la surprise, on pourrait commencer par servir le buffet des desserts. Ensuite suivraient les plats chauds et enfin les hors-d'œuvre.

Le silence à l'autre bout du fil me paraît durer une éternité alors que je viens de lancer une pépite.

– C'est intéressant.

C'est pire qu'intéressant. Kevin est un génie.

– Je dois recevoir un devis, on pourrait l'étudier et, ensuite, on en reparle ?

– OK.

Je souffle de soulagement. Peut-être que le nouveau menu conviendra et qu'elle oubliera cette conversation.

– J'espère que ce sera mieux que tes précédentes propositions car j'ai cru que Samuel allait tomber à la renverse quand il les a regardées.

Mon cœur manque un battement.

– Ah tu les lui as quand même montrées ?

Je pensais qu'elle avait décrété toute seule que ça n'irait pas. Ça m'emmerde qu'il ait été déçu.

– Oui, il s'impatientait.

Il s'impatientait ? Mais je bosse pour lui officiellement depuis quatre jours !

– Il a trouvé ça insipide. Et entre-temps, il a eu une autre idée. Il aimerait que le personnel de service soit déguisé dans le thème de Noël.

Mon Dieu. Le niveau vient de monter.

– Déguisé ?

Mon cerveau est en train d'essayer de s'échapper de mon crâne, le pauvre est incapable d'assembler tous les éléments. Je mets le téléphone en haut-parleur et me masse les tempes en cherchant des arguments qui les remettraient, elle et son chef, sur la voie de la raison.

– Oui.

– Je ferai au mieux, mais là, ça devient de plus en plus compliqué.

– Je vais être honnête avec toi, Sonny. Comme tu l'as vu, Samuel place toute sa confiance en toi et, mon job, c'est de faire respecter le cahier des charges, donc si je dois prendre le relais sur la partie traiteur, dis-le-moi au plus vite.

C'est le pire tacle qu'elle pouvait me faire. Ma fierté en prend un coup.

– Absolument pas, je reviens vers toi sous quarante-huit heures !

– Parfait, merci.

Elle raccroche et je reste là, le cerveau en ébullition.

Mais putain, dans quel plan je me suis fourré ?

CHAPITRE 5

BLAIR

– J'arrive pas à croire que tu me lâches, Carlos !

Mon pote ricane tout en redressant la branche de bois qui est mal enfoncée dans le corps de notre création toute fraîche tandis que je me laisse tomber sur le banc. Depuis des années, ce banc dans ce square est notre quartier général. La plupart des inscriptions gravées sont de notre touche. Ça faisait longtemps qu'on ne s'y était pas retrouvés – quand il fait froid, on a tendance à se rejoindre dans un fast-food – mais la neige est tombée, nous invitant à nous pointer ici pour faire notre bonhomme de neige annuel. Petit rituel qu'on respecte depuis plus de douze ans. On a baptisé celui-ci Alfred.

– C'est pas ma faute si Amber est née le 20 décembre.

Son ton est plus amusé que compatissant. Je crois qu'il n'a pas compris que je tenais vraiment à ce qu'il vienne à cette foutue *Christmas party*.

– Non mais… j'ai pas envie d'y aller seule, moi.

Il me vole ma clope à moitié consumée et j'en profite pour me frotter les mains. Mes Dr. Martens enfoncées dans la neige ne me protègent pas du froid et je ne vais pas tenir longtemps ici.

– Franchement, si j'avais été disponible, j'aurais été content de t'accompagner. Mais c'est avec toute sa famille. Je vais rencontrer mes beaux-parents.

Il hausse ses sourcils épais et je ne peux me retenir de pouffer. Cette fille, Amber, il l'a rencontrée dans le cabinet médical où elle bosse à mi-temps. Il est livreur depuis quelques mois et c'est elle qui signait les bordereaux à chaque réception de colis. Ils ont fini par sympathiser. Elle vient des beaux quartiers, c'est une petite bourgeoise que j'ai rencontrée quelques fois. C'est la première fois qu'il est accro à une nana et même si je suis contente pour lui, ça me fait drôle.

– Tu penseras à moi pendant que tu pactiseras avec ta nouvelle famille. Je serai seule dans un coin en train de noyer mon désespoir dans un verre de vin chaud.

– Genre ! Tu te plains tout le temps de ne pas avoir une minute pour faire une pause, ça sera l'occasion de passer du temps avec tes collègues.

C'est pas faux. Tout le monde est débordé dans cette entreprise, donc je n'ai jamais eu l'occasion de vraiment sympathiser avec quelqu'un en particulier. Les autres services travaillent en open space, ils se connaissent bien, mais moi je suis toute seule au quatrième. C'est pour ça que j'aurais été plus à l'aise d'y aller avec Carlos, mais bon…

– L'accompagnant a droit à une doudoune, je le taquine malgré tout.

Ce n'est pas vraiment son style mais, vu le prix que ça vaut, je sais qu'il n'aurait pas dit non.

– Violette comme la tienne ?

J'éclate de rire. L'une des règles de Warm Me Up, c'est que chaque employé doit venir au travail en portant une doudoune de la marque. On a le choix dans le catalogue mais à mon arrivée en février, les modèles étaient presque tous en rupture de stock et j'ai dû opter pour ce violet fluo qui me fait ressembler à une myrtille ambulante alors qu'en temps normal, je ne jure que par les couleurs sombres et sobres. De toute façon, heureuse comme je l'étais d'obtenir le poste, je n'aurais pas fait la difficile.

– Je ne l'ai pas encore vue mais il paraît que ce sera dans le thème de Noël.

– Tu peux me rendre un service ? J'aimerais bien que tu fasses un selfie avec un renne pour que je le mette en fond d'écran.

Je me mets à glousser comme une imbécile et l'expression de Sonny quand Samuel lui a fait cette demande me revient en mémoire. N'empêche, il ne m'a pas laissée indifférente, ce type. J'aurais préféré le rencontrer dans d'autres circonstances que pour le travail.

– Non mais la gueule qu'a tirée l'organisateur… Et il n'est pas prêt pour la suite : Samuel a demandé que le traiteur exécute la recette de pain d'épices de sa grand-mère.

– T'es sérieuse ?

– Oui, et il veut le goûter pour s'assurer de la ressemblance.

On part dans un fou rire nerveux et ça a le mérite de nous réchauffer alors que le vent commence à se lever.

– J'avoue qu'en cet instant, même rose Barbie, je l'aurais enfilée, ta doudoune, me lance-t-il en claquant des dents.

Vivement qu'on ait notre appart, je ne peux m'empêcher de penser.

Avec Carlos, on s'est rencontrés au foyer et ça a tout de suite matché entre nous. En grandissant, on a nourri un objectif : prendre une coloc tous les deux le jour où on aurait chacun un poste. C'est d'ailleurs la première chose qui m'est venue à l'esprit après mon embauche inattendue. Mais j'ai pris mon mal en patience. D'abord, j'ai investi dans des cours du soir de remise à niveau en informatique et en orthographe pour combler mes lacunes, en parallèle j'ai contracté un crédit pour m'acheter une voiture que je viens de finir de rembourser et maintenant… je vais pouvoir commencer les recherches d'appart. Enfin.

Je regarde mon pote frotter ses mains sur son jean pour les réchauffer. Ça fait bien un an ou deux qu'on n'a plus parlé de notre projet et je n'ose pas aborder le sujet. Peur qu'il ait changé d'avis. Ou qu'il y mette son veto sous prétexte que sa situation à lui n'est vraiment pas top. Pire, il galère. Sa bagnole est un vieux tas de ferraille. Genre, si on met un coup de pied dedans, elle s'effondre. Et il n'arrête pas de payer des réparations de fortune. Le serpent qui se mord la queue. Il ne gagne pas trop mal sa vie mais le problème, c'est qu'il est hébergé par des gens qui le taxent pour tout et n'importe quoi. Il espère que ce remplacement au poste de livreur qu'il effectue depuis le printemps se transformera en contrat fixe mais rien en vue pour l'instant.

Bref, je me dis que ça ne coûte rien de commencer les recherches d'appart et que si, avec un peu de chance, j'en trouve un à prix correct, il pourra venir vivre chez moi et on partagera le loyer quand il se sera remis à flot.

Je le fais aussi et surtout pour moi. J'ai besoin d'avancer, de changer d'air, de recevoir qui je veux chez moi car chez Rita, la vieille dame mexicaine qui me loue une chambre depuis quatre ans, je n'ai pas le droit de recevoir de visiteurs.

Le froid a raison de nous et, au bout de quelques minutes, on se décide à rentrer. J'ai un peu le blues quand j'arrive devant l'immeuble où je vis. Je passe à peine la porte d'entrée que Rita plisse les yeux en voyant ma tête.

– Toi, t'es pas d'humeur. Moi non plus, t'inquiète pas. J'ai fait des fajitas, ça devrait nous redonner le sourire.

Cette vieille femme a son caractère bien à elle mais ça colle entre nous. On n'a pas besoin de se faire de politesses, si je n'ai pas envie de bavarder, elle me laisse tranquille et vice versa.

– Je pose mes affaires et je te rejoins.

Le repas ne s'éternise pas car, en effet, elle n'est pas dans son assiette. Elle s'est disputée avec sa belle-fille qui l'a désinvitée d'un déjeuner ce week-end. Et le pire, c'est qu'on sait elle et moi que c'est la belle-fille qui a raison car une fois de plus, Rita a été exécrable. C'est comme ça, c'est plus fort qu'elle.

Quand je retourne dans ma chambre, j'ai un message de Carlos.

Carlos : *Tu veux que j'annule*
pour le 20 ?

Il est génial. Ce mec, c'est comme mon frère. Il a toujours été là pour moi, j'ai toujours été là pour lui. On est une petite famille de deux personnes qui a traversé des galères et, bientôt, on verra la lumière ensemble.

Blair : *Non, t'inquiète, je me ferai*
des potes, tu me connais.

Carlos : *Tu mens, tu ne veux pas*
y aller seule. Amber comprendra
si je t'accompagne.

Je l'adore.

Blair : *Jamais, je vais t'être redevable*
à vie. Et si t'es là, je pourrai pas faire
de rencontre intéressante ;)

Voilà qui devrait lui clouer le bec. J'ai été très déçue par une précédente relation qui s'est terminée cet été. Et comme je n'ai jamais eu le mot de la fin – vu que le petit ami en question a arrêté de me donner des nouvelles du jour au lendemain sans aucune raison –, il m'a fallu un peu de temps pour m'en remettre. Avant, j'étais coutumière des relations légères et, depuis la rupture, ma charge de boulot aidant, je n'ai plus vu personne. C'est le seul sujet tabou entre Carlos et moi. Il n'ose pas l'aborder de peur que j'en souffre. Et puis, il a rencontré Amber à cette période et je suis sûre que ça l'a fait culpabiliser de se mettre en couple alors que je me morfondais. C'est dommage car ça a créé un truc bizarre autour de sa relation dont il me parle peu.

Lire que j'ai envie de passer à autre chose a dû lui faire plaisir. En plus, c'est vrai. Je crois que c'est le petit effet que Sonny a eu sur moi qui a été révélateur. Je l'ai trouvé vraiment à mon goût celui-là même si – contrairement à ce que j'ai laissé entendre à Carlos dans mon message – je ne sortirais jamais avec un mec de l'entreprise ou un partenaire, ce poste m'est trop précieux pour que je me loupe. Il faudrait que je me trouve un loisir ou que je me lie aux filles de mon âge dans la boîte pour sortir un peu… Mais vu la charge de travail que j'ai en ce moment, on va reporter cette bonne résolution au début de l'année prochaine.

CHAPITRE 6

SONNY

Dans mon métier d'organisateur de mariages, je croule sous le travail du printemps à l'été. J'aime la période des fêtes car, habituellement, elle représente le calme après la tempête. Mais pas cette année. Les lumières qui décorent tout Chicago, l'ouverture du marché de Noël et même l'arrivée des fameux bars éphémères attendus avec impatience m'angoisseraient presque car tout ça m'indique que la *Christmas party* arrive à grands pas. J'ai l'impression d'être en décalage avec l'ambiance insouciante qui se dégage en ville. Là où les passants voient un décor féerique, je vois des lettres de néons clignoter : « Bouge ton cul ! »

À peine arrivé devant les locaux de Warm Me Up, je vois le changement opéré depuis ma première venue il y a dix jours. La porte est recouverte de houx et de gros rubans rouges sont installés de part et d'autre de la devanture. Un camion garé, feux de détresse clignotants, indique le nom d'une société de décoration dont j'ai entendu parler à plusieurs reprises. Je me fraie un chemin entre les cartons posés au sol dont dépassent des ornements et franchis le seuil de la porte ouverte. L'installation d'un immense sapin est en cours, ça crie et ça gesticule à l'intérieur. L'odeur d'épicéa que dégage l'arbre de Noël me plonge direct dans l'ambiance et, en levant la tête, je reconnais Blair en train d'observer tout ça depuis le palier du premier étage. Elle me fait signe de la rejoindre. On a rendez-vous pour visionner la maquette du calendrier de l'avent et l'unique proposition de traiteur que j'ai sous la main. Ce n'est pas faute d'avoir fait le tour des popotes mais, entre le fait que les services sont inversés, que l'équipe doive être déguisée et que c'est le dernier samedi avant Noël, je passe pour un rigolo et personne n'a donné suite.

Je n'ai rien envoyé par e-mail à Blair afin de me prémunir d'un refus rapide. En face à face, j'aurai des arguments. *J'espère.*

– Vous faites les choses en grand, chez Warm Me Up, je souris en lui serrant la main.

J'avais oublié son parfum poivré.

– Et encore, ce n'est que le début. De la musique va être diffusée à partir de lundi prochain dans les parties communes et les employés devront porter une tenue spécifique.

J'esquisse un sourire tandis qu'elle arbore un air blasé.

– Ils vont être déguisés ?

– Je nous ai épargné ça, soupire-t-elle. Nous aurons un sweat rouge au nom de la boîte et un autre vert sapin pour alterner mais, comme Samuel a pris la décision sur un coup de tête et que la commande n'a pas été anticipée, on ne les reçoit que vers le 10 décembre.

Ils se promèneront en rouge et vert pendant quand même deux semaines, pensé-je, amusé, alors qu'on atteint enfin le quatrième étage.

La porte de Samuel au fond est fermée. Je ne sais pas s'il sera présent au rendez-vous.

– Tu veux un café ?

Cette fille a quelque chose de magnétique. Genre qui envoie du lourd. Ses cheveux longs se balancent dans son dos quand elle se tourne pour aller vers la machine à café et je prends sur moi pour ne pas loucher vers ses fesses. Enfin… je les lorgne juste un peu.

– Non, merci.

Je pose mon dossier sur la table et enlève ma veste en attendant qu'elle revienne.

– Donc, on se voit pour la maquette et la proposition du traiteur ? me demande-t-elle.

– Oui. On commence par la maquette ? Je pense qu'il n'y aura pas de corrections.

Sans attendre, j'ouvre mon dossier et fais glisser vers elle le document imprimé en couleur. Le fond est constitué de rayures diagonales rouges et blanches et de grandes lettres dorées dans une bannière verte sautent aux yeux :

CECI EST UNE INVITATION
à une inoubliable fête de Noël
samedi 20 décembre à 20 heures
(pour vous + un accompagnant de votre choix).

– Ça n'aurait pas été mieux de faire découvrir la date et l'heure dans une case du calendrier ?

– J'ai pensé que ce serait plus efficace d'afficher d'emblée les informations clés. Un papier est vite perdu.

Elle se mordille la lèvre en lisant le document et je l'observe, captivé par ce long trait d'eye-liner parfait qui prolonge son regard.

– Pas faux. Pourquoi la dernière case est double ?

– Car à l'intérieur il y aura un papier doré avec l'adresse du lieu. Il fallait de la place.

– OK.

Elle ne fait pas des bonds d'excitation comme j'avais envie d'en faire quand j'ai reçu cette superbe maquette mais elle hoche la tête vigoureusement et j'y vois un signe d'approbation.

– Donc j'ai ton accord pour procéder au tirage de la totalité des exemplaires ?

– Oui, c'est impeccable.

Elle décale le papier sur le côté, signe que le sujet est clos et me regarde, attendant la suite. Je suis une personne sociable qui aime les rapports humains et j'ai du mal quand je tombe sur quelqu'un qui a tendance à expédier les autres. Car elle a l'air, comme ça, du genre à pas perdre de temps, et ça la rend un peu intimidante.

– Parfait. Et voici la proposition du traiteur.

– Tu n'en as qu'une ? me demande-t-elle en s'emparant de la feuille que je lui tends.

Tu sais comment j'ai galéré pour en avoir une ? Ce traiteur accepte que ses employés soient déguisés tant que je fournis les déguisements, se fout de commencer par servir le dessert et de finir par les entrées, et est disponible à notre date.

– Oui, mais il répond aux critères.

Je déchante devant son expression sceptique.

– Je ne sais pas trop… grimace-t-elle en parcourant les lignes. Tu trouves que c'est assez original, toi ?

On va pas s'en sortir.

– Eh bien… je… le dessert sera servi en premier, puis…

– Non mais on a déjà parlé de ça. Pour moi, ce ne sont que les mignardises habituelles. En atelier salé, je vois brochettes de viandes et poissons à la plancha, ça ne m'évoque pas Noël. Si je te valide ça, Samuel m'étripe.

– Comme c'est un repas debout, c'est difficile de concocter un menu festif, je me défends.

– Ne le prends pas personnellement mais… il est archi pourri, ce menu !

OK... Je commence à la cerner. Elle te dit les choses une fois, si tu insistes, elle te rentre dedans. Ça a le mérite d'être efficace et je joue carte sur table.

– La fête est dans à peine plus d'un mois et le problème, c'est que tous les bons traiteurs de Chicago sont bookés.

– Je comprends bien mais on ne va pas aller expliquer ça à Samuel. Tu me fais confiance si je te dis que ça ne va pas passer ?

Je plonge mon regard dans ses grands yeux noisette. Évidemment que je lui fais confiance, qui d'autre qu'elle pourrait savoir ce qui ferait plaisir au grand patron ?

– Oui.

Elle soupire et se cale dans le dossier de son fauteuil, faisant mine de réfléchir.

– J'ai peut-être une autre piste. Sur un événement l'année dernière, j'ai vu des trompe-l'œil et c'était impressionnant. Par exemple, il y avait un *wedding cake* salé au cocktail.

Pas mal.

Je hoche la tête en attendant la suite, vu qu'elle paraît chercher dans sa mémoire.

– Il y avait aussi des genres de sucettes roses, comme des *cake pops*. Le glaçage était sucré mais dedans, c'était du fromage de brebis recouvert d'un sirop de betteraves.

J'aime ce que j'entends.

– OK. Je vais voir si ce traiteur peut faire ce genre de proposition, il avait l'air motivé par l'idée de préparer quelque chose de différent.

– C'est qui d'ailleurs, ce prestataire ? demande-t-elle en regardant à nouveau la feuille.

Je soupire en la voyant grimacer.

– Perfect Food ?

– Tu les connais ? demandé-je avec un mauvais pressentiment.

– Hélas. Leurs produits ne sont pas frais, ils exploitent leurs employés et ils ont mauvaise réputation.

J'avoue qu'en désespoir de cause, je n'ai pas fait de recherches d'avis sur le Net. Bien trop content d'avoir eu quelqu'un de sympa et de flexible au téléphone. J'ai la désagréable impression de m'être foiré sur ce coup. *Qu'est-ce qu'il m'arrive pour faire de telles erreurs de débutant ?*

– J'avais eu de bons retours, je mens.

– Ah bon ?

Son regard me traque et je me sens minable de mentir alors qu'elle cherche à comprendre. Inutile de m'enfoncer, autant changer de sujet.

– Après, aucun problème pour travailler avec quelqu'un d'autre. Comment s'appelle celui dont tu parlais ?

Je feins la demande nonchalante mais en vrai, je mise tout dessus. Sa recommandation est ma seule chance d'avancer et de clore le sujet du traiteur.

– J'ai un bon carnet d'adresses mais je t'avoue qu'on est presque en dernière minute, beaucoup d'entreprises ont eu la même idée que Samuel et ont choisi la même date, précisé-je, soucieux de garder une allure professionnelle. Si celui dont tu parles est disponible, ça serait top.

– Il faudrait que je retrouve son nom… Mais ce ne doit pas être le seul qui est spécialisé dans le trompe-l'œil.

Merde, l'univers est contre moi ou quoi !

Je plonge le nez dans mon dossier pour ne pas perdre contenance et en sors une feuille vierge sur laquelle je commence à prendre des notes.

– Cette idée de *wedding cake* et de *cake pops* salés est vraiment bien…

– Et ça se décline avec tout, muffins et cookies salés, par exemple. Je crois vraiment que c'est l'idée qu'il faut qu'on suive, le trompe-l'œil. On dirait des desserts mais ce sont les entrées, et vice versa. Du coup, inutile d'inverser l'ordre de service.

Plus elle m'en parle, plus je reconnais que c'est en effet une proposition décalée qui va plaire à son patron. Il faut que j'apporte ma touche aussi car Samuel n'a pas aimé ma première proposition, il ne faudrait pas que ce soit elle qui trouve tout et que j'aie l'air d'un con.

En temps normal, j'ai entre huit à douze mois pour organiser un événement, je n'ai pas l'habitude de cette gestion à l'arrache et ça me frustre. Je fouille dans ma mémoire dans l'espoir de trouver quelque chose de plus original que ce que j'ai proposé jusqu'ici et un mariage sur un thème historique me revient.

– OK pour les hors-d'œuvre et les desserts. Et pour les plats, je vais voir si on peut nous proposer des stands de type rôtissoire avec des dindes que les cuisiniers découperont devant les invités, je lance, subitement inspiré.

L'idée a l'air de lui plaire car elle hoche vivement la tête.

– Parfait. Ah et autre chose… Samuel voudrait qu'il y ait des tranches de pain d'épices sur le stand de vin chaud à l'arrivée.

Je note compulsivement pour ne pas oublier tandis qu'elle ouvre un tiroir et fouille dans ses papiers.

– Du pain d'épices dès l'accueil des convives ? m'étonné-je en prenant la feuille qu'elle me tend.

– Oui. C'est la recette de sa grand-mère. Il faut la suivre à la lettre.

Hein ? Je louche dessus. C'est une recette manuscrite. Sans doute rédigée par un médecin. Qui aurait trop picolé.

– On n'est plus à ça près, je ne peux m'empêcher de lâcher plus pour moi-même que pour elle.

Elle jette un coup d'œil sur son écran et effectue quelques clics. J'envie cette faculté que je n'ai pas de faire plusieurs choses à la fois.

– Depuis quand tu fais ce job ?

Je ne l'avais pas vue venir, cette question qui fait accélérer ma respiration.

– Ça fait presque trois ans et je t'assure que tout va bien se passer.

Surprise de mon ton sec, elle plonge ses yeux perçants dans les miens. Je regrette mon agressivité quand je comprends que sa question était innocente. Elle est juste curieuse. Et moi, trop à fleur de peau.

CHAPITRE 7

BLAIR

Ma question était trop abrupte. Je n'ai pas voulu insinuer quoi que ce soit mais j'ai l'impression qu'il perd pied devant les demandes certes décalées mais pas non plus extraordinaires de Samuel.

Je me revois à mes débuts. Je suis arrivée la semaine précédant la Saint-Valentin et le patron m'avait fait envoyer une note à tous les services disant que, le 14 février, tout le monde devrait se déplacer dans les locaux accompagné en permanence d'un ballon en forme de cœur gonflé à l'hélium. Je suis venue ce jour-là avec la nausée tant ce ridicule m'angoissait mais finalement, ça a brisé la glace et c'est peut-être pour ça que j'ai vite rencontré tous les salariés, vu que j'ai distribué moi-même les ballons. Puis il y a eu le jour où il a décrété que tout le monde viendrait en pyjama le 21 mars pour fêter l'arrivée du printemps. Encore un grand moment. Bref, je réagissais comme Sonny avant, un peu dans la panique, mais maintenant je suis habituée. Comme il a l'air mal à l'aise avec ces demandes, j'ai pensé qu'il débutait. Apparemment pas.

– Je n'ai jamais dit le contraire, me contenté-je de répliquer.

Il soupire profondément.

– Non, non, je sais bien. Je n'ai pas l'habitude de galérer à trouver un prestataire et ça me met mal à l'aise de te proposer deux fois d'affilée quelque chose qui ne va pas, mais je vais faire au mieux.

Surprise de son honnêteté, je ne réplique rien et attrape un stylo pour entortiller mes cheveux dans un genre de chignon. Je me masse les tempes pour m'aider à réfléchir.

– Donc le lieu et le calendrier de l'avent sont validés. Le traiteur est en attente. Quelle est la prochaine étape ?

– Il faut que je nous trouve un traiteur au plus vite et ensuite, le reste coulera de source. Je t'enverrai une proposition de scénographie et des devis pour la photo et la vidéo.

Il a de fines ridules qui apparaissent sur son front quand il est soucieux et je trouve cette imperfection sexy.

Pour la peine, je lui donne le nom du traiteur ou pas ?

Non. Je n'ai pas envie de faire bosser ce connard avec qui j'ai couché. C'est l'une des plus grandes erreurs de ma vie et si je le revois, je serais capable de lui en foutre une pour lui faire ravaler son air arrogant.

Des petits bips retentissent régulièrement sur mon ordinateur depuis le début de notre rendez-vous, ça m'angoisse. Chaque son indique un e-mail que je vais devoir traiter. Je suis sur le point de mettre fin à l'entretien quand mon téléphone fixe sonne. Je reconnais le numéro de la community manager.

– Oui Hazel ?

– Blair, le tournage des vidéos avec les influenceurs va démarrer. Tu devais m'envoyer la liste de questions pour les interviewer mais je ne la trouve pas dans mes e-mails.

Putain, j'ai pas fait ça ? Je cogite à toute allure mais force est de constater que je ne me souviens pas lui avoir envoyé le déroulé corrigé. Je regarde l'heure et ma respiration s'accélère. L'équipe est sur un roof-top au nord de Chicago qu'on a privatisé pour deux heures, prête à tourner les vidéos questions-réponses que Samuel attend avec impatience. Il mise beaucoup dessus et a rédigé des questions farfelues à son image, que je ne peux pas improviser.

– Mais pourquoi tu ne me dis ça que maintenant ? ne puis-je m'empêcher de lui demander en fouillant dans les dossiers de mon ordinateur.

– Car je pensais que tu les avais soumises à mon assistante et elle vient de me dire que non, bref, gros quiproquo. En plus, je ne capte pas d'enfer, tu peux me les lire au téléphone ?

J'entends du bruit autour d'elle et ça augmente mon stress.

– OK, je te mets en attente, je ne suis pas devant l'ordinateur, mens-je pour gagner du temps.

Les appels du fixe sont renvoyés vers mon mobile quand je ne décroche pas, donc c'est plausible.

Je fais abstraction du regard amusé de Sonny qui pèse sur moi. Il doit se demander ce qui me prend alors que je ferme les yeux un instant pour retrouver toutes mes capacités.

Je me souviens avoir enregistré ce document. *Comment est-ce que je l'ai intitulé ?*

Rien à faire. Le fait de savoir qu'elle attend à l'autre bout du fil, que toute l'équipe est sur le qui-vive sur le roof-top et que Sonny me regarde m'empêche de réfléchir.

Merde, merde, merde ! Le document n'est nulle part. Je crois qu'il s'appelait « CM-Noël » ou un truc comme ça. Aucun mot-clé ne m'y donne accès et j'ai vidé ma corbeille hier. Mon ordinateur ramait et j'ai fait un grand tri. *Est-ce que je l'aurais supprimé par erreur ?*

Je pousse un juron et rencontre le regard curieux de Sonny.

C'est sûr, il doit croire que je suis folle.

Je tourne mon calendrier de bureau pour scruter mes antisèches. Un rapide coup d'œil sur la liste des contacts m'oriente vers Connor Smith, un informaticien que j'ai rencontré pendant mes cours de remise à niveau. Je compose le numéro en me mordant l'intérieur de la joue. Lui doit savoir s'il est possible de récupérer un document d'une corbeille vidée.

Sauf qu'il décroche pas, putain !

– C'est pas vrai… je marmonne.

Et Hazel qui attend… Je réitère mon appel vers Connor Smith – sans succès.

– Je peux t'aider ? me propose soudain Sonny.

Au point où j'en suis.

– Je ne trouve plus un document important. Je l'ai effacé.

– Dans ta corbeille ?

– Je l'ai vidée. Je crois qu'il y a un moyen de le récupérer mais la personne qui peut m'aider ne décroche pas.

Il grimace et ça me stresse encore plus. *Qu'est-ce que je dois faire ?*

Dire à la community manager d'improviser des questions que Samuel ne manquera pas de trouver ennuyeuses ? Ou appeler Samuel qui est en plein entretien à l'extérieur avec des avocats pour lui demander de me redonner la liste ? C'est mort.

Ma gorge se serre.

– Tu avais envoyé ce document à quelqu'un avant de le supprimer ?

– À Samuel pour dernière validation.

– Tu devrais le retrouver alors.

– Hein ? Déjà, je n'ai pas accès à la boîte e-mail de Samuel, et si je le dérange en plein rendez-vous pour qu'il me renvoie un document que j'ai perdu alors que je devais le traiter il y a trois jours, je...

– Non, il me coupe. Dans tes e-mails envoyés, tu trouveras ton document.

Je ne suis plus capable de réfléchir. Je ne travaille sur un ordinateur que depuis quelques mois et il y a beaucoup de réflexes logiques que je n'ai pas encore acquis. J'ai l'impression qu'il me parle chinois et il paraît s'en rendre compte.

– Je peux ? me demande-t-il en pointant ma souris du doigt.

Je hoche la tête et il me rejoint. En deux clics, il se place sur le dossier « éléments envoyés » et enfin, ça me fait tilt. J'ai compris de quoi il parlait et je me sens bête de ne pas y avoir pensé toute seule.

– Putain... Merci, murmuré-je en prenant le relais.

Je remonte à mardi, trouve la liste de questions qui s'appelait en réalité « Correction questions vidéo ». Je m'en souviens à présent. Samuel a ouvert le document quand j'étais dans son bureau et m'a validé cette dernière version oralement, avant de me confier tout un tas d'appels à passer. Ça m'est sorti de l'esprit.

Je reprends Hazel en ligne.

– J'ai les questions sous les yeux, je te les envoie *via* WhatsApp car il y en a une vingtaine. Tu ne vas pas tout retenir.

Quand je raccroche, j'ai l'impression de revenir de l'enfer et mes joues doivent être rouges. Si Sonny n'avait pas été là, je ne serais toujours pas sortie d'affaire et je préfère ne pas imaginer l'issue de la situation.

– Je ne sais plus où donner de la tête parfois. Merci, bafouillé-je à son intention.

– Avec plaisir.

Son sourire est sincère et son regard vert est doux. Il ne paraît pas juger la piètre assistante de direction que je suis.

– Je vais te laisser finir de t'occuper de tout ça. De mon côté, la suite peut attendre, m'informe-t-il en enfilant sa veste. Je continue les recherches de traiteur et reviens vers toi.

Je serre la main qu'il me tend pendant qu'il s'avance vers l'escalier.

– Charly's Events, le traiteur qui fait des trompe-l'œil. Ça me revient maintenant.

Il marque un temps d'arrêt et se retourne au ralenti. Le clin d'œil qu'il m'adresse pour me signifier qu'il a compris que je lui rendais la monnaie de sa pièce m'arrache un petit sourire. Son odeur flotte encore dans son sillage quelques secondes après qu'il est parti et je m'approche de la fenêtre pour le regarder s'éloigner dans la rue. C'est fou comme il me déroute. Peut-être car on lit en lui comme dans un livre ouvert et que ça le rend touchant. Ou parce qu'on est dans la même galère et qu'il faut bien qu'on forme une équipe. Ou encore parce qu'il m'aide alors qu'il pourrait n'en avoir rien à foutre.

En tout cas, j'ai un bon ressenti à son sujet et c'est assez rare concernant un inconnu pour me surprendre.

CHAPITRE 8

BLAIR

Je regarde Samuel s'esclaffer devant les vidéos que notre équipe a tournées l'autre jour. Hazel a bien choisi les influenceurs, ce sont de vrais pitres qui ont pris un malin plaisir à répondre aux questions tordues du patron, rendant les séquences hilarantes.

– Pourquoi le vidéaste coupe à chaque question ? me demande-t-il en jouant avec le pompon rouge qui représente le nez du renne qui décore son pull.

Ça fait dix fois qu'on lui explique.

– C'est le format exigé pour les réseaux sociaux. Les vidéos ne doivent pas durer plus de quelques secondes et ça permet à la community manager d'en diffuser chaque jour, plutôt que de la proposer en une seule fois.

– D'accord. Je veux un update de tous les commentaires chaque matin pour commencer ma journée de bonne humeur !

Comme s'il avait besoin de ça. Je souris en le voyant relancer encore une fois la séquence. C'est reparti pour douze minutes.

– Je vais me faire un café, vous en voulez un ?

Il décline d'un geste de la main, obnubilé par l'écran, et éclate de rire quand l'un des influenceurs fait mine d'être surpris par sa doudoune qui se met à diffuser une chanson de Noël. Ce n'est que la quatrième fois qu'il visionne la scène, je pense, amusée, en sortant de son bureau.

Pendant que mon café coule, je regarde la rue enneigée par l'immense baie vitrée. Une jeune femme slalome entre les passants, en tenant son bonnet pour ne pas qu'il s'envole, et cette vision me ramène quelques mois en arrière. Quand je suis arrivée en courant de la même façon jusqu'ici. C'était un matin de février, il faisait un temps pourri. C'est le bruit de l'aspirateur que passait Rita qui m'a tirée du sommeil et, comme ses habitudes sont réglées comme une horloge, j'ai compris qu'il était neuf heures. Soit l'heure de mon rendez-vous pour un poste à la manutention à Warm Me Up. La veille, j'avais fait un extra chez un traiteur et m'étais couchée à quatre heures du matin. Je me suis levée d'un bond, ai sauté dans les premières fringues qui traînaient, me suis brossé les dents et attaché les cheveux à la va-vite avant de courir jusqu'au métro. Une fois à l'intérieur, j'ai compris que c'était peine perdue. Se pointer avec plus d'une heure de retard à un entretien, c'est complètement con. Mais je crois que l'énergie du désespoir m'a poussée à tout tenter. Ce poste en contrat à durée indéterminée était une opportunité que je ne pouvais pas laisser passer.

Facile, en plus : de la préparation de colis. Après avoir cumulé des jobs dans le service pour des traiteurs, dans l'événementiel ou encore en caisse dans la grande distribution, c'était du pain bénit pour moi.

Je suis arrivée avec une heure dix de retard. Le hall était vide et j'ai vu deux femmes qui attendaient dans l'un des couloirs, sur de belles chaises en velours. J'ai pris place sans un mot, ni vu ni connu. S'il y avait encore des candidates, mon retard passerait crème. Juste étrange qu'elles soient vêtues d'un tailleur. Pas la peine d'en faire des caisses pour fourrer des doudounes dans des cartons. En tout cas, moi, j'étais en jean et portais un chemisier même pas repassé sous mon manteau plein de bouloches.

Au bout d'un moment, Samuel Barvissi, cet homme immense, est arrivé en trombe. Malgré son âge avancé – au moins soixante-dix ans –, il se tenait droit comme un I et sa tête frôlait presque l'encadrure de la porte. Il avait une petite barbichette blanche pointue et des cheveux de la même couleur qui bouclaient. On aurait pu le comparer à un mouton mais ses yeux perçants m'ont dissuadée de sourire à cette pensée.

Il nous a rapidement sondées du regard et a lancé à voix haute « am stram gram » en nous pointant tour à tour de son index.

– À vous l'honneur, jeune fille ! Suivez-moi.

Je me suis exécutée en me demandant si ce type était timbré et pourquoi, parmi tous les pulls existants dans ce monde, il en portait un rose avec des cœurs dessus. J'ai pris place en face de lui dans un bureau impersonnel.

– Mon bureau est au quatrième, a-t-il lancé, comme s'il lisait dans mes pensées. Celui-ci fera l'affaire pour notre entretien.

– D'accord.

– Je suis navré, on va devoir aller vite. J'ai un avion à prendre pour un cocktail à Seattle. J'avais oublié que c'était aujourd'hui, faute d'avoir une assistante pour organiser mon planning, a-t-il ri.

Je n'ai pas compris la blague.

– D'accord, ai-je répété.

– Vous êtes ?

– Blair Miller.

Il a froncé les sourcils en parcourant la feuille sous ses yeux avant de pointer le menton dans ma direction.

– Bon, la personne chargée de la présélection des candidats ne m'a rien envoyé vous concernant, vous avez été ajoutée à la dernière minute ?

– Non, enfin, l'agence d'intérim m'a contactée il y a trois jours.

Il m'a dévisagée quelques secondes. Un temps qui m'a paru interminable étant donné que je n'étais pas maquillée et à peine coiffée.

– Alors, c'est moi qui ai dû manquer un e-mail. Peu importe, parlez-moi de vous.

Il ne fallait aucune expérience pour ce poste – c'était ce que m'avait dit l'agence d'intérim qui m'avait envoyée ici en tout cas. Et puis, c'était une femme, la responsable du service de préparation des commandes, qui devait me recevoir. Je ne comprenais rien mais de toute évidence, si je voulais ce poste, fallait que j'ouvre un peu la bouche.

– J'ai vingt-trois ans, j'habite dans la banlieue de Chicago. Je suis rigoureuse, je m'adapte facilement à une nouvelle équipe et j'apprends vite. Et je suis disponible immédiatement.

– Vous savez manier les logiciels informatiques ?

Absolument pas.

– Oui bien sûr.

– C'était une question bête, pour une assistante de direction, cela va de soi.

Une quoi ?

Il a dû voir mes sourcils se froncer.

– L'agence vous a parlé un peu du poste, j'espère ?

J'ai dégluti, comprenant soudain que j'avais dû me tromper d'entretien. Heureusement qu'il enchaînait les phrases.

– Vous aurez à accomplir des tâches basiques : prise d'appels, organisation des réunions, des rendez-vous, des déplacements, a-t-il soupiré en repensant sûrement à son cocktail de Seattle. Cinquante-cinq mille dollars annuels.

Oh mon Dieu !

– Vous avez quelle expérience, d'ailleurs ?

Je voulais cinquante-cinq mille dollars annuels. J'ai pensé au parcours du fils de ma propriétaire, qui travaille dans le marketing.

– J'ai fait une école de commerce en Californie et j'ai travaillé comme assistante de direction pour… une entreprise.

– Une entreprise de quoi ?

Mince, c'était dans quoi qu'il bossait déjà ?

– De vélos électriques.

– Pourquoi vous avez arrêté ?

– Pour me rapprocher de ma famille.

Dixit celle qui n'en a pas.

– Et le secteur de la bicyclette, c'est comment ?

– Euh, ça roule.

Il a écarquillé les yeux et je me suis demandé pourquoi j'avais répondu une chose pareille. Puis il a éclaté de rire.

– Excellent. La première entreprise que j'ai lancée, c'était dans le domaine du tennis, et vous savez comment c'était ?

J'ai secoué la tête, intriguée.

– C'était de la balle !

Je me suis esclaffée, mais c'est à ce moment-là que j'ai vraiment compris que c'était au dirigeant de Warm Me Up que j'étais en train de mentir effrontément.

– Puisque vous avez du répondant, vous allez me dire comment est le secteur de la doudoune à fourrure ?

Tension à son paroxysme.

– C'est… c'est… poilant ?

Vu son éclat de rire, j'avais visé juste.

– Laissez-moi votre CV, je vous tiens informée en début de semaine.

Bien sûr que non, je n'allais pas le lui laisser. En plus, j'étais venue sans. L'agence d'intérim était censée l'avoir transmis à cette Mme Je-ne-sais-plus-quoi.

– Je peux vous l'envoyer par e-mail ? Je suis venue les mains vides car on m'a volé mon dossier à l'arrêt de bus.

Un mensonge de plus, je m'enfonçais. Enfin pas tout à fait, je m'étais fait voler mon portable de cette façon un mois auparavant.

Il a froncé les sourcils.

– Quoi ? Là, juste avant que vous arriviez ?

– Oui.

– Et vous n'avez pas été blessée ?

– J'ai couru après le garçon, mais il m'a distancée facilement.

– Vous êtes courageuse. Personne autour n'a pris votre défense ?

– Non, ai-je minaudé.

Peut-être qu'en lui faisant de la peine…

– Voici ma carte. Envoyez-moi vos informations, je vous donnerai une réponse dans le courant de la semaine prochaine.

Le jour même, je lui ai envoyé un CV remanié après avoir nonchalamment questionné Rita sur le parcours de son fils. Malgré tout, j'ai cru défaillir quand il m'a appelée le lundi suivant pour me demander de commencer le lendemain. J'ai su plus tard, d'après les bruits de couloir, que l'ancienne assistante, Mandy, pleurait trop souvent, mais ça ne m'a pas rebutée.

Il a fallu que je prenne des cours le soir et le week-end pour me mettre à niveau, j'ai bossé d'arrache-pied pour que, jamais, il ne se doute de quoi que ce soit. Alors, je la mérite cette vue sur la ville, pensé-je en terminant mon café.

J'entends Samuel rire au bout du couloir et retourne vers son bureau en consultant mes e-mails depuis mon mobile.

Tiens, le retour de Sonny. Un petit sourire naît sur mon visage avant même que je n'ouvre la missive, ce qui me fait lever les yeux au ciel.

De : Sonny Harvey
À : Blair Miller
Objet : Proposition de traiteur

Bonjour Blair,
Merci infiniment pour ta recommandation de Charly's Events ! Ils ont de la disponibilité pour notre date et leur proposition est géniale, on va taper en plein dans le mille, je te laisse voir !
Si ça convient à Samuel, nous pouvons organiser une dégustation dans leurs locaux.

Encore merci et à très vite,
Sonny.

Je suis à la fois agacée de savoir qu'on s'apprête à travailler avec ce traiteur dont je déteste le gérant et attendrie par la reconnaissance que me témoigne Sonny et son enthousiasme débordant.

C'était couru d'avance, qu'il leur resterait de la place. Non seulement Charly's Events est une très grosse boîte mais, en plus, spécialisés dans le trompe-l'œil et les associations de saveurs décalées, ils pratiquent des tarifs exorbitants. J'ai travaillé plusieurs saisons pour eux et j'ai même couché avec le fils du patron, donc ça m'arrangerait bien de ne pas aller sur place. En plus, ils sont à plus d'une heure et demie de Chicago.

Le détail du menu et les photos associées auxquels je jette un rapide coup d'œil m'assurent que Samuel va accrocher. Je retourne à mon bureau pour imprimer le tout avant de rejoindre celui de mon patron. Il a fini son visionnage et est en train de pianoter sur son ordinateur.

– Blair, j'ai cru que vous étiez partie chercher le café en Colombie.

Je réprime un sourire en coin.

– On a reçu une proposition de traiteur de la part de Sonny, elle m'a l'air intéressante.

Je lui tends les feuillets et ne pipe pas mot tandis qu'il étudie scrupuleusement les intitulés et je ne suis pas étonnée qu'un sourire se pointe sur son visage. Il a eu ce qu'il voulait. De l'original.

– De la dinde au Coca-Cola… merveilleux, lit-il à voix haute. Blair, vous avez vu ça ? Les hors-d'œuvre auront l'allure de desserts ! Imaginez la tête de Mackenzie quand il attrapera un churro sans se douter qu'il va manger un beignet de courgettes !

Je ne peux m'empêcher de pouffer. Mackenzie est un chouette gars à la préparation des commandes qui ne vient jamais bosser sans sa boîte de donuts. Il ne bouffe que du gras et le revendique fièrement en tapant sur son ventre rebondi. C'est sûr qu'il va péter les plombs avec un buffet comme ça.

– Et la tête d'Hazel quand elle va se jeter sur les clémentines et découvrir que ce sont des entremets au fromage !

Il éclate de rire et je ricane à mon tour. Hazel a essayé de faire la guerre à Samuel pour qu'il arrête de disposer des sucreries dans toutes les salles de pause. Elle a toujours une pomme ou une clémentine sur elle. Samuel continue de jubiler et je me rends compte qu'au-delà de l'originalité, ce qui lui plaît, c'est la blague que ce buffet va faire à tout le monde. Je ne devrais même pas être étonnée.

– Nous tenons notre traiteur ! conclut-il en posant les feuilles sur le côté.

Il n'a même pas regardé le tarif exorbitant en dernière page.

– Sonny vous propose de vous rendre à la dégustation en fin de semaine.

– Non. Je veux la surprise le jour J. En revanche, pour assurer nos arrières, vous allez y aller Blair. Un avis féminin ne fera pas de mal !

Fait chier.

– Ça va me faire manquer presque une journée entière de travail.

– Justement, ça vous fera du bien de prendre l'air !

Il plaisante ou quoi ? Et la charge de boulot qui se sera accumulée à mon retour ?

– Cette *Christmas party* doit être une réussite, vous n'osez pas imaginer le gage que vous aurez si je suis déçu, susurre-t-il en m'adressant un clin d'œil entendu.

Je déglutis en hochant la tête. *Non, je ne veux pas le savoir.*

Un commercial s'est trompé en envoyant une mauvaise quantité de stocks chez un de nos revendeurs et il a dû chanter un tube des années 1980 en pleine réunion. Son saccage de *Gimme ! Gimme ! Gimme !* me résonne encore à l'oreille. À la manutention, ceux qui cumulent trois retards doivent apporter des *cronuts* à la pomme – spécialité entre le donut et le croissant – à Samuel tous les matins pendant une semaine, et on n'en trouve qu'à l'autre bout de la ville. Donc je vais me passer du gage, pensé-je en répondant à Sonny.

De : Blair Miller
À : Sonny Harvey
Objet : Re : Proposition de traiteur

Bonjour Sonny,
C'est très bien en effet, Samuel est emballé !

Tiens-moi au courant du jour de dégustation, je serai présente.

Merci,
Blair Miller.

Le temps que j'informe Hazel que Samuel a apprécié et valide l'ensemble des séquences, la réponse de Sonny me parvient.

De : Sonny Harvey
À : Blair Miller
Objet : Re : Re : Proposition de traiteur

Parfait.
Ce sera ce vendredi 21 à midi. Souhaites-tu qu'on y aille ensemble et qu'on en profite pour balayer les prochaines étapes sur le trajet ?

Bonne idée. Je réponds par l'affirmative. Je vais profiter de ce moment pour faire le point avec lui sur cette fête et m'assurer de ne passer à côté de rien. Samuel y tient comme à la prunelle de ses yeux, et je dois l'épater pour ne pas être obligée me ridiculiser devant toutes nos équipes. Je me vois déjà me balader dans les locaux affublée d'un serre-tête avec des bois de rennes. Non mais au secours !

CHAPITRE 9

SONNY

Pile à l'heure. Je ralentis en passant devant les locaux de Warm Me Up en espérant que Blair s'y trouve. Ça m'éviterait d'aller me garer à l'autre bout de la rue et de l'appeler.

Elle est là, à l'abri des flocons sous le porche entre deux sucres d'orge géants qui n'y étaient pas la dernière fois. Même de loin, elle dégage un truc de dingue et la savoir bientôt dans l'habitacle avec moi me rend fébrile. Parce qu'elle me plaît et m'intimide en même temps. Jusqu'ici, mes clientes étaient de futures mariées, donc la question de l'attirance ne s'est jamais posée. Là, je dois lutter contre mon envie d'essayer de la charmer.

Je m'arrête et ouvre la vitre côté passager pour qu'elle me repère, et elle s'élance vers moi. Le camion derrière klaxonne alors qu'elle atteint la portière. Qui ne s'ouvre pas. J'ai un instant d'absence en cherchant le bouton pour déverrouiller la porte qui se trouve pourtant toujours au même endroit. L'autre derrière klaxonne encore.

– La ferme ! Tu crois qu'on s'amuse ?

Je rêve ou c'est Blair qui vient de gueuler à l'intention du poids lourd derrière moi ? Elle s'engouffre en soufflant dans la voiture et je ne peux m'empêcher de rire.

– Quoi ? elle me demande en retirant son bonnet en forme de turban.

Ses cheveux se libèrent sur ses épaules et le parfum de son shampoing emplit la caisse.

– Sympa, la couleur de ta doudoune, je lance.

Elle porte un modèle classique de la marque, violet vif avec une fourrure noire sur la capuche.

– Tu aimes pour de vrai ? C'est l'uniforme obligatoire pour les employés quand on vient bosser. Tu ne me verras jamais avec ça le week-end.

– On doit se voir le week-end ?

Elle lève les yeux au ciel et je me marre. La rencontrer en dehors des locaux a un côté non officiel qui me permet d'être plus taquin.

– En tout cas, tu dois faire des jalouses sur ta route pour aller au boulot.

– C'est sûr. Certains vendraient leur grand-mère pour l'avoir. Bon, tu sais avec qui on a rendez-vous chez Charly's Events ?

Question pas anodine. Elle doit les connaître un peu plus que je ne le pensais.

– Oui, le responsable commercial. Jim Laney.

Je profite du feu rouge pour tourner la tête vers elle au moment où elle ferme les yeux et pousse un soupir.

– Tu le connais ?

– On peut dire ça, bougonne-t-elle.

J'attends une explication qui ne vient pas.

– J'ai fait quelques extras avec ce traiteur avant de bosser ici, finit-elle par ajouter.

– Ah ouais ? Et il est… sympa ce Jim Laney alors ? demandé-je, soudain inquiet vu la tête qu'elle a tirée.

– Alors comment dire… c'est un petit connard qui le porte sur la gueule.

J'éclate de rire. En temps normal, j'aime pas les filles vulgaires mais elle, je sais pas… Son naturel me désarçonne.

– Depuis quand tu bosses pour Warm Me Up ?

– Depuis le mois de février.

– Et comment tu as réussi à décrocher ce poste ?

Au moment où les mots sortent de ma bouche, je regrette cette question stupide. Ou plutôt, la façon dont je l'ai formulée. Elle tourne son visage vers moi mais comme je suis en train de doubler une bagnole, je ne peux pas la regarder, ce qui m'arrange.

– Comme n'importe qui. En postulant. Et toi, comment tu as rencontré Samuel ?

Bien fait pour moi. Je n'avais pas trop envie d'aborder ce sujet mais inutile de mentir, il pourrait lui raconter la vérité un jour.

– À la soirée d'Halloween, on était assis l'un à côté de l'autre.

– Comment c'est possible ? C'était un repas placé, plongé dans le noir, c'est moi qui ai fait le plan de table.

– Il a dû y avoir une erreur, je sais pas.

Le rire qu'elle laisse échapper me détend.

– Une grosse erreur alors, car tu n'étais même pas censé être à sa table. En tout cas, tu lui as tapé dans l'œil. Enfin, façon de parler.

– Il est probable que, l'alcool aidant, je me sois montré trop confiant, avoué-je.

– C'est-à-dire ?

Ses yeux se sont teintés d'une lueur amusée. J'ai tellement envie qu'elle m'apprécie que je suis tenté de lui raconter la vérité mais je m'abstiens. Ça pourrait se retourner contre moi.

– Je me suis montré avec plus d'assurance que je n'en aurais eu en temps normal, c'est tout.

On continue à rouler en silence quelques minutes. Je feins de me concentrer sur la route tandis qu'elle scrolle sur son mobile. Au bout d'un moment, il lui vibre dans les mains.

– Oui allô ? décroche-t-elle d'une voix un peu trop enjouée.

Ne sachant si c'est un appel privé ou professionnel, je baisse le volume de la musique.

– Alors cet après-midi je suis au travail mais vers dix-huit heures, je peux venir le visiter.

Elle hoche la tête en émettant des onomatopées.

– Mon ami travaille en intérim, c'est pour ça que je ne vous ai pas envoyé de fiches de paie. Les miennes ne suffisent pas ?

Je suis gêné d'assister à son appel privé. Qui m'a permis d'apprendre qu'elle cherche un appart et qu'elle a un mec. Cette dernière info m'emmerde plus que je ne le voudrais. Je repère un coffee shop qui m'a donné subitement envie d'une dose de caféine et je m'insère dans la file du *drive* pendant qu'elle raccroche en soupirant.

– Tu veux quoi ? je lui demande quand notre tour approche.

Elle lève un sourcil. J'aime la façon qu'elle a de se maquiller. Le trait d'eye-liner qui prolonge ses yeux en amande et le petit point noir à la suite feraient *too much* chez n'importe qui, mais pas sur elle.

– Un appart avec deux chambres.

Je mets une seconde à capter qu'elle se fout de moi et je ris bêtement en avançant vers l'interphone du *drive* où la voix de l'hôtesse me demande ce que je souhaite.

– Un café latte au lait d'avoine.

Je me tourne vers Blair qui a une moue amusée.

– Parce qu'en plus, t'es végane ?

– En plus de quoi ?

Le pire, c'est que je n'ai rien contre le lait de vache mais ma mère m'a accoutumé aux laits végétaux et j'en garde l'habitude. Surtout que c'est elle qui fait mes courses la plupart du temps…

– Ce sera tout ? demande l'hôtesse.

– Un cappuccino, intervient Blair.

Elle soupire encore en regardant dans le vague et je me doute qu'elle pense toujours à cette histoire d'appart. On avance jusqu'à la caisse et je balaie d'un geste de la main la carte bancaire qu'elle me tend.

– Ça va, on prend ta bagnole, dit-elle, laisse-moi payer ton café latte chelou.

Elle a une autorité naturelle qui fait que je m'exécute sans broncher. Je n'ai jamais rencontré de fille comme ça et je me demande comment est son mec. Est-ce qu'il a un caractère fort comme elle a l'air d'en être dotée ? Ou au contraire, est-ce qu'il est plus souple, et qu'ils forment un couple complémentaire ?

Je ne sais pas si ça pourrait marcher entre nous. La question ne se pose pas, mais c'est plus fort que moi, entre sa proximité qui me trouble et son parfum qui m'envoûte, j'aime projeter cette idée. Elle a l'air complètement barrée, à l'inverse des filles que j'ai rencontrées jusqu'à présent, qui étaient douces, voire effacées. Mon style habituel. Comme si j'aimais être la personnalité la plus décalée du couple. Mais avec Blair, y a pas photo, elle me battrait à plates coutures, et je ne sais pas si j'aimerais ça. En tout cas, il va falloir que j'arrête d'y penser vu qu'il n'y a clairement pas moyen.

CHAPITRE 10

BLAIR

Pendant que Sonny se gare devant les locaux de Charly's Events où on est arrivés pile à l'heure, j'envoie un message à l'agent immobilier pour annuler le rendez-vous. Il réclame les fiches de paie de Carlos et je n'aurai pas le temps d'en faire des fausses d'ici la fin de journée. Dommage. Cet appartement de quarante mètres carrés avec deux chambres lumineuses et même un petit balcon dans la banlieue de Chicago avait l'air top.

– Prête ?

Je me tourne vers Sonny. Dehors, la neige tombe moins fort que quand on est partis. Il fait une tête bizarre, je comprends pas.

– Pour affronter le temps ? demandé-je en rentrant mes cheveux dans mon bonnet.

– Euh… et pour le rendez-vous qui nous attend.

C'est fou comme ce rendez-vous le rend nerveux. Bien qu'il essaie de ne pas le montrer, il a refait le point de tous les sujets qu'on doit aborder pendant la moitié du trajet.

– Évidemment que je suis prête. Arrête de faire cette tronche, on dirait que tu as la trouille. Je suis là, tout va bien se passer, le taquiné-je.

Soudainement amusé, il ouvre la bouche pour répliquer mais je n'attends pas sa réponse et sors de la bagnole. Je ne l'attends pas non plus pour me diriger rapidement vers le porche.

Il me rejoint, la neige fondue dégoulinant sur son visage. Ses cheveux qu'il avait bien coiffés sur le côté sont parsemés de flocons translucides mais il semble s'en foutre. Tout ce qu'il a protégé, c'est son foutu dossier qu'il sort de sous son manteau en laine, pas adapté pour ce temps.

– T'as pas un manteau d'hiver, comme tout le monde ?

– Si mais je ne voulais pas avoir l'air trop décontracté, avoue-t-il avec un petit rire penaud.

Quel imbécile.

– Allez, on y va, soupiré-je en ouvrant la porte d'entrée.

Dans le hall, Sonny se présente à la petite nana de l'accueil pendant que j'arrange mes cheveux. Moins de deux minutes après, Jim se pointe. Ça fait plus de deux ans que je ne l'ai pas vu, il n'a pas changé. Aussi grand que Sonny, mais moins carré. Il porte comme toujours un costard taillé sur mesure, les cheveux plaqués sur le côté comme un Playmobil et un sourire idiot sur sa face d'abruti.

– Enchanté, monsieur Harvey, lance-t-il en serrant la main de Sonny.

Son expression se fige quand il me voit. Je me demandais si Sonny avait balancé mon nom au détour d'une conversation, je suis surprise de voir que non.

– Blair ?

La surprise fait place à un instant de gêne qui me fait jubiler intérieurement.

– Tu… accompagnes M. Harvey ? me demande-t-il dans la foulée en gardant ses distances comme si j'avais la gale.

– C'est exactement ça.

Il attend plus d'informations mais je me délecte de le laisser dans le suspense. La dernière fois qu'on s'est vus, c'était le lendemain d'une nuit de baise moyenne. Je suis venue pour rejoindre au labo l'équipe qui partait sur un événement où j'allais être serveuse et il m'a prise à part pour me glisser de ne rien attendre de lui. Je ne comptais rien attendre de sa part mais le fait qu'il prenne les devants m'a blessée. Quelle enflure… J'ai éclaté de rire en lui disant que ce n'était pas avec ses performances de la veille que j'allais me repointer dans son lit. Je l'ai peut-être dit un peu fort. En tout cas, il n'a plus jamais fait appel à moi alors que j'avais eu des missions tout l'été avec sa boîte et qu'il savait que j'avais besoin de taf. *Connard.*

Quand il va comprendre que je me présente ici en maîtresse de la situation, ça va être très drôle.

– Très bien, allons dans mon bureau pour discuter du projet tandis que le chef termine ses préparations.

Je n'ai jamais assisté à ce genre de rendez-vous clients et je commence à comprendre que ça va être très long.

– Alors, déjà, merci d'être venus vers nous pour ce beau projet, commence l'autre avec un ton mielleux.

J'enlève ma doudoune, m'installe sans broncher et laisse Sonny gérer l'échange.

– Eh bien, c'est grâce à Blair qui m'a vanté vos mérites.

– Je n'ai rien vanté du tout, c'est juste que tu n'avais pas de traiteurs et que c'est le seul qu'on ait sous la main.

Sonny se décompose. J'aurais dû le prévenir que j'allais me faire un malin plaisir de mettre Jim mal à l'aise. D'ailleurs, les yeux de ce connard font des allers-retours entre Sonny et moi.

– L'essentiel est que vous êtes là, tranche-t-il maladroitement. Vous travaillez ensemble depuis longtemps ?

Vu que Sonny ne répond pas, sûrement car il boude comme un gamin, je me redresse dans ma chaise.

– On collabore pour cette *Christmas party*. Sonny est l'organisateur que M. Barvissi a embauché pour mettre en place cet événement. Et je suis l'assistante de M. Barvissi.

Cette fois, c'est la gueule de Jim qui se fissure alors que je lui adresse mon sourire le plus sournois.

– Bravo, c'est… euh… une belle évolution. Quelle surprise…

– Je n'en attendais pas moins de moi, dis-je en souriant, plongeant l'ambiance dans un malaise encore plus grand. Bon, Sonny, tu nous fais le topo ?

Sonny me lance un regard noir mais je hausse les épaules. Je l'écoute d'une oreille distraite répéter tout ce qu'on a dit dans la voiture.

– Je ne connais pas ce lieu, The Mackey House, mais ça m'a l'air magnifique d'après les photos que j'en ai vues, susurre Jim quand Sonny a terminé son pitch. Il faudra que nous fassions un repérage quelques jours avant la fête.

– Parfait, c'est ce que je comptais vous proposer. Ce sera l'occasion de valider les implantations des buffets. Et je ne sais pas si c'est le moment adéquat pour en parler mais nous avions une spécificité à voir avec vous.

Sonny me lance un regard et je sais qu'il pense au déguisement des employés. Pire façon d'amener le sujet. Et pire moment. Je comptais l'imposer à la fin.

– Dites-moi tout…

Jim a compris que c'est moi qui vais prendre la parole et même si c'est à Sonny qu'il répond, c'est moi qu'il fixe.

– Mon patron tient à ce que cette *Christmas party* plonge ses convives dans l'univers de Noël et qu'aucun détail ne soit laissé au hasard.

– Je comprends tout à fait.

Mon pauvre, tu ne sais pas ce qui t'attend.

– Il faudra que toute l'équipe de service porte un déguisement autour du thème de Noël.

Ça y est. Son sourire s'est transformé en rictus.

Sonny a rougi et me paraît au bord de l'asphyxie. Il doit penser que si Jim refuse, il va devoir recommencer les recherches à zéro.

Je suis la seule qui soit aussi à l'aise qu'un poisson dans l'eau. Je connais Jim. Il est perfide, intéressé et il ne voudra pas que le contrat lui passe sous le nez. Surtout qu'il n'est jamais présent le jour des prestations, Monsieur ne se salit pas les mains.

– Nous avons des tenues sobres et élégantes. Tous les employés sont en noir et…

– Je suis au courant, tu t'en souviens, j'ai travaillé ici. C'est une demande spécifique. Bien entendu, vous facturerez le coût de ces tenues. Mais j'ai besoin de valider avant sur photos.

Il déglutit. Ses joues sont rouges. Mon sourire arrogant est toujours scotché à mon visage et il doit avoir envie de me trucider.

– Qu'est-ce que tu entends par tenue de Noël ?

– Carte blanche. Lutins, Père Noël, ce qui te chante.

Il griffonne sur une feuille avant de se lever.

– C'est noté. Je vais voir en cuisine si tout est prêt.

Sans un mot de plus, il quitte son bureau et mon regard rencontre celui de Sonny. Je ne sais pas s'il a l'air impressionné ou soulagé.

– C’était pas compliqué, tu vois ? lui lancé-je.

Pour toute réponse, il commence par hocher la tête. Il ouvre la bouche mais aucun son n’en sort puis il part dans un fou rire nerveux. Je me mords les lèvres. Je suis soulagée de le voir réagir comme ça. J’avais peur qu’il ne me tienne rigueur de mon comportement un peu extrême. Et en même temps, je n’ai pas envie de lui raconter pourquoi je rêve que Jim se casse la gueule dans l’escalier. J’éclate de rire à mon tour et, quand on entend les pas du grand méchant loup revenir vers le bureau, on s’efforce de reprendre un air professionnel en se jetant un coup d’œil complice comme des gamins.

CHAPITRE 11

SONNY

Mon ventre va exploser. Je suis en train de me faire violence pour manger un œuf à la coque qui est en réalité un entremets à la noix de coco et à la passion. Les trompe-l'œil que le chef a préparés pour les entrées et le dessert sont impressionnants et il nous a bien spécifié que ce n'était qu'un échantillon de ce qui sera proposé le jour J.

Pour le plat chaud, ça a été plus folklorique. Blair a trouvé que la dinde aux champignons n'avait rien de surprenant. Après un échange laborieux au cours duquel elle n'a rien lâché, le chef a proposé d'en faire deux variantes : une au chocolat, l'autre au Coca-Cola et elle a accepté sans ciller alors que rien que d'imaginer ces alliances me donne envie de gerber.

– Tu as calé ? lui demandé-je en voyant qu'elle ne touche pas à ses rondelles de saucisson faites de chocolat et de guimauve.

– Ouais, soupire-t-elle en déboutonnant sans aucune gêne son pantalon.

Ce petit geste me fait frémir et j'ai envie de m'enfoncer dans les yeux les coquilles du faux œuf à la coque pour arrêter d'avoir des vues sur elle.

Elle m'a juste régalé avec le ton sur lequel elle a imposé les déguisements au responsable commercial qui, depuis, a descendu son curseur de dix à sept sur l'échelle de la cordialité. D'ailleurs, le voilà qui se pointe.

– La dégustation touche à sa fin, je viens recueillir vos impressions.

Blair me lance un regard et me fait un signe du menton, qui veut dire, « vas-y, parle ». J'ai envie de rire de cette façon de faire pas du tout discrète. Elle ne peut pas le piffrer et le cache à peine. C'est limite gênant. Non, c'est carrément gênant en fait.

– On a été satisfaits et on a d'ailleurs félicité le chef quand il nous a déposé les dernières assiettes, réponds-je à Jim pendant que Blair enfile sa doudoune. Nos choix sont faits, il a tout noté.

– J'en suis ravi. Donc *a priori*, vous souhaitez collaborer avec nous ? s'enquiert-il en s'efforçant de faire abstraction de Blair.

Comme je suis le seul assis, et qu'apparemment, on s'en va, je me lève à mon tour. Le problème, c'est qu'il n'y a qu'elle qui peut répondre, mais elle continue de l'ignorer. Je ne sais même pas si elle a entendu la question.

– *A priori*, tout est OK, finis-je par dire.

– Sauf si tu oublies les déguisements, Jim.

Elle avait entendu. Il déglutit mais hoche la tête. Je sens qu'il a envie de lui faire un croche-patte quand elle passe à côté de lui sans le regarder et sort de la pièce. Mais son attention se porte sur moi et il me tend la main.

– Merci pour votre confiance, monsieur Harvey.

Au moment de le saluer à mon tour, un détail me revient en mémoire.

– Jim, j'allais oublier. M. Barvissi nous a donné une recette de pain d'épices qu'il voudrait servir à l'arrivée des convives en même temps que le vin chaud.

Je sors la photocopie de la recette et la lui tends.

– Oui, nous pouvons prévoir cela mais nous avons nos propres recettes.

– Je m'en doute, mais il tient à celle-ci en particulier.

Il la prend, l'air excédé. Blair s'est déjà avancée dans le couloir et je regrette de ne pas en avoir parlé quand elle était là.

– Je vois avec le chef, je vous tiens informé.

En temps normal, cette réponse m'aurait angoissé, mais maintenant que j'ai vu Blair le mener à la baguette, je suis moins impressionné et lui adresse même une petite tape sur l'épaule en partant.

À peine dehors, je vois Blair qui attend près de la voiture. J'actionne l'ouverture automatique à distance et elle s'engouffre dans le véhicule.

– Une bonne chose de faite ! lancé-je en démarrant alors qu'elle essuie ses cheveux.

– C'est quoi, la prochaine étape ?

– Il va y en avoir plusieurs en parallèle. Il faut que je trouve le groupe de rock pour le cocktail, une chorale pour la fin de soirée, et qu'on se penche sur la décoration. J'ai pensé demander à un décorateur floral d'installer de vrais sapins à l'intérieur de la salle et de recouvrir les poteaux de houx.

– Sonny, je peux te demander un truc ?

Je suis surpris. C'est pas son genre. Normalement, elle demande le truc. Voire elle l'exige. Jusqu'ici, je n'ai pas rencontré de femmes qui avaient autant d'assurance que Blair, et je n'avais jamais pensé que ce détail pourrait être si sexy.

– Bien sûr.

– Je veux qu'on travaille avec le groupe de rock que j'ai vu sur un mariage. J'ai retrouvé leur carte, je t'envoie tout de suite la photo.

Je n'arrive pas à réprimer mon sourire. Ce n'est pas une demande, c'est bien ce que je disais. Elle *veut*. Et ça ne me pose pas de souci particulier, car je sens qu'elle a de bons contacts. Rien que ce traiteur était incroyable.

– OK. Je les appellerai demain. Et pour finir, il y aura aussi un photocall, avec une montagne de fausse neige en fond et un traîneau devant.

– Ça a l'air cool.

C'est surtout qu'elle se fiche complètement de la déco, j'ai l'impression.

– Et sinon, il va y avoir quoi, comme animation ?

Comme animation ? Je fronce les sourcils avant de me rendre compte qu'elle a raison. Il manque quelque chose. Samuel m'a embauché pour les idées décalées que je lui ai vendues lors de la soirée d'Halloween, pas juste pour une fête de Noël sympa. Le fait que Blair soulève innocemment ce point agit comme un déclic.

– Je dois y réfléchir, je t'avoue que je me suis d'abord focalisé sur les éléments clés.

– On pourrait faire une tombola ? lance-t-elle, peu sûre d'elle.

Pas mal.

– Carrément ! Je vais appeler l'imprimeur qui fabrique les calendriers de l'avent pour qu'il ajoute un numéro derrière chaque papier doré qui dévoile le nom du lieu à la dernière case.

– OK. J'envoie un e-mail tout de suite à Samuel pour qu'il valide le concept.

Pendant qu'elle envoie sa missive, je réfléchis à ce que je pourrai apporter, moi aussi, comme idée originale car je suis un peu vexé de ne pas y avoir pensé le premier.

– Et si on faisait gagner des lots piégés ? lancé-je, excité par mon idée qui j'en suis certain va plaire à Samuel.

– Pour quoi faire ?

– Pour rire justement.

Au lieu d'une tombola banale, une tombola piégée. Les gens sont contents d'être tirés au sort, alors qu'il ne faudrait surtout pas. C'est exactement ce que Samuel attend de moi.

– Cette tombola serait unique, insisté-je auprès de Blair qui a l'air sceptique. Au lieu d'un grille-pain ou d'un panier garni, les convives auront des trucs pourris. Une paire de chaussettes ridicules, une figurine de Noël moche… Ce genre de choses ! Ce serait plus drôle.

Blair soupire, amusée. Comme elle est concernée, elle est réfractaire, forcément.

– Au pire, tu peux soumettre l'idée à Samuel ?

– OK. Je lui en parlerai de vive voix lundi.

Mon téléphone sonne et comme il est connecté au Bluetooth, le son emplit l'habitacle. Je vois sur l'écran de la voiture qu'il s'agit de ma mère et décide de le mettre en silencieux. Je rappellerai quand je serai seul.

– Tu peux décrocher si tu veux, lance Blair comme si j'avais besoin de son autorisation.

– Ce n'est pas urgent.

Comme fait exprès, ma mère appelle à nouveau. Ça me gonfle, cette manie d'enchaîner les appels quand je ne décroche pas ! Je la connais, elle est capable de réitérer deux ou trois fois.

Je décroche.

– Allô chéri ?

– Tout va bien ?

– Oui, alors ce rendez-vous ?

Mais pourquoi elle n'attend pas que je l'appelle le premier ?

– Bien passé. Je te rappellerai après, je suis avec Blair, l'assistante de direction.

– Elle est sympa ou pas, alors ?

Mon Dieu.

Elle est insupportable. Le regard de Blair vient de faire volte-face de la fenêtre vers le téléphone.

– Je fais de mon mieux ! lance-t-elle.

Il y a un blanc et ma mère éclate de rire. Je suis mortifié.

– Tu m'as mise en haut-parleur ?

– On est en voiture, je te rappelle quand je rentre.

– Je serai au théâtre avec Nina. Elle m'a appelée ce matin pour m'inviter.

– Génial, marmonné-je.

– Je t'appelais juste pour te dire que j'étais passée chez toi te déposer des lasagnes et aérer le salon.

Je croise le regard narquois de Blair et soupire.

– Ma mère est ma voisine. Et elle a un toc avec l'ouverture des fenêtres.

– Je suis encore en ligne.

Blair laisse échapper un rire.

– Justement, on peut raccrocher maintenant ou tu as d'autres infos capitales ?

– Oui, je t'ai emprunté une bouteille de vin. La plus chère. Bon retour !

Elle raccroche sans me laisser le temps d'ajouter quoi que ce soit et je ris jaune en pensant à cette bouteille que je gardais pour une occasion spéciale.

– Elle a l'air drôle, ta mère, lance Blair.

– Ouais, d'ailleurs, désolé, elle fait cette blague à chaque fois.

– Quelle blague ?

– De demander si la personne à côté de moi est sympa puis de faire semblant de s'étonner d'être en haut-parleur.

– Mais bien sûr.

On roule en silence et je finis par monter un peu la musique. Elle la baisse aussitôt.

– Alors, je suis sympa ou pas ?

– Je dois parler pour moi ou pour Jim ?

Elle éclate de rire et mes lèvres s'étirent un peu plus encore.

Le trajet défile au rythme de nos idées pour agrémenter la *Christmas party* et, quand elle m'indique le chemin pour la déposer à sa voiture, je me rends compte que cette journée est passée vite. Elle me fait signe de m'arrêter devant un petit cabriolet rouge et je me mords les lèvres devant cette bagnole on ne peut plus voyante.

– Je ne t'imaginais pas là-dedans.

– Tu m'imaginais en trottinette ? répond-elle, la main prête à actionner l'ouverture de la portière.

C'est vraiment le type de voiture d'une gosse gâtée. Je ne suis pas du genre à faire dans les *a priori* mais je ne peux m'empêcher de la taquiner alors qu'elle sort.

– Non, en fait, ça te va bien, ce petit côté fille à papa.

– Pense à fermer les fenêtres en rentrant, il fait frais, me susurre-t-elle avec un clin d'œil, me renvoyant à mon propre statut de fils à maman.

Garce.

CHAPITRE 12

BLAIR

J'ai la mort. Après un week-end de merde enfermée entre quatre murs à cause du mauvais temps, j'ai pris froid en venant ce matin et ma gorge me picote. Manquerait plus que j'attrape une angine.

– Blair, vous vouliez me voir ?

La voix de Samuel qui arrive en face de moi me fait sursauter et je me lève précipitamment.

– Oui, au sujet de la tombola.

– Je vous ai déjà répondu que c'était une bonne idée.

Il me regarde, étonné, en lissant sa barbichette. Je pensais ne pas lui dévoiler la surprise prévue par Sonny, mais je ne voudrais pas commettre une erreur.

– Sonny a pensé à faire gagner des cadeaux piégés. Comme des chaussettes kitsch ou des articles de décoration ridicules…

Son éclat de rire résonne dans la pièce.

– Excellent ! Sonny est très fort.

L'idée de la tombola venait de moi à la base mais ça, on s'en fout, hein ?

Il s'apprête à faire demi-tour quand il se fige.

– Et le traiteur ? Vous ne m'avez pas fait de retour.

– La dégustation s'est bien passée. J'attends la proposition définitive que je devrais recevoir aujourd'hui.

– Pour le pain d'épices, vous lui avez bien donné ma recette de famille ?

Merde.

Je ne me souviens pas d'avoir entendu Sonny en parler. Il faut que je l'appelle à ce sujet.

– Oui, bien sûr !

– N'oubliez pas que je veux le goûter pour être certain que la recette est la bonne.

Hum. Ce point, je ne l'ai pas précisé à Sonny mais je lutte pour que le coin de ma bouche ne tremble pas. J'affiche un sourire constant.

– C'est prévu.

Il hoche la tête, satisfait, avant de tourner les talons.

– J'ai rendez-vous avec mes avocats ce matin, je ne serai pas joignable sauf urgence.

– C'est entendu.

Je suis étonnée que ce rendez-vous ne soit pas passé par moi.

Seule dans la pièce, je réfléchis quelques instants aux trois points qui m'agacent profondément.

Pourquoi Samuel va-t-il voir ses avocats ?

Est-ce que Sonny a parlé du pain d'épices au traiteur ?

Est-ce que je suis en train d'avoir une angine qui pourrait me rendre moins efficace – voire pire, me clouer au lit – pendant la période la plus chargée de l'année ?

Pour le rendez-vous secret de Samuel et l'angine, je ne peux rien faire dans l'immédiat. En revanche, le pain d'épices, je vais m'en charger tout de suite.

Je compose le numéro de Sonny depuis mon fixe.

– Sonny Harvey.

– Tu as parlé du pain d'épices au traiteur ?

Trois longues secondes s'écoulent.

– Bonjour Blair. Oui, je lui en ai parlé et je lui ai même donné la recette alors que tu venais de t'enfuir comme une voleuse.

Cette réponse et sa voix posée ont le mérite de m'apaiser. J'aurais préféré le contraire car j'ai besoin de passer mon angoisse sur quelqu'un.

– Si tu en avais parlé avant la dégustation, il aurait pu en préparer un, car Samuel veut le goûter, rétorqué-je, consciente de ma mauvaise foi.

– OK, OK. C'est si grave que ça ? Tu veux que je lui demande d'en confectionner un rapidement et que j'aille le chercher ?

Pourquoi il est aussi gentil ? Normalement, il devrait m'envoyer paître vu le ton sur lequel je lui parle et ce serait plus pratique Je n'ai pas arrêté de penser à lui depuis la dégustation et ça m'arrangerait si on ne s'entendait pas trop bien. Je pousse un grand soupir, contrainte de me radoucir.

– Non, tu ne vas pas faire trois heures de trajet aller-retour pour ça. S'il peut t'en faire livrer un dans les prochains jours, ça ira.

– OK, je vais appeler Jim.

Jim. Rien que d'entendre ce prénom me hérisse les poils.

– Je te remercie, marmonné-je avant de raccrocher.

Sans attendre, je m'attaque au boulot qui m'attend. Comme chaque lundi, je traite mes innombrables e-mails, organise les rendez-vous de Samuel, les réunions en interne et jongle entre la réception d'appels et les prises de messages. J'ai l'impression d'être une pieuvre mais je m'aperçois que j'effectue mes missions bien plus rapidement qu'à l'époque de mon arrivée et ce constat me rebooste.

Quand le téléphone sonne une énième fois, il est bientôt treize heures et je n'ai pas encore déjeuné.

– Bureau de Samuel Barvissi.

– Blair, c'est Sonny. Je viens de te transférer la proposition de menu de Charly's Events.

– OK, super. Et pour le pain d'épices ?

La meuf en boucle.

– Le chef va en préparer un, je te le déposerai au bureau.

– Parfait, merci.

– J'ai appelé la papeterie pour le calendrier de l'avent et c'est bon, ils vont numéroter les cinquante-quatre papiers dorés pour la tombola.

– Impeccable.
– D'ailleurs tu as pu voir avec Samuel si on faisait quelque chose de standard ou des cadeaux piégés ?
Ton moment de gloire est venu.
– Ah oui, j'ai oublié de te le dire tout à l'heure, il valide ton idée des cadeaux à la con.
– Génial !
On dirait que je viens de lui annoncer une augmentation de salaire. Malgré ma mauvaise humeur persistante, son enthousiasme fait naître un sourire au coin de mes lèvres.
– On fait un lot par employé ? Comme ça, pas de jaloux.
– Très bonne idée.

J'avale deux barres chocolatées en guise de déjeuner et remercie intérieurement Samuel de foutre des sucreries partout. Grâce à lui, je déjeune gratuitement. Il est plus de dix-huit heures quand je coche la dernière ligne de mes missions du jour. Un message de Carlos m'attend.

Carlos : *Avec Amber, on passe te prendre à dix-neuf heures pour tester l'un des bars pop-up.*

Avec la charge mentale que j'ai en ce moment, j'en ai oublié l'ouverture des bars pop-up. À la mi-novembre, les bars éphémères fleurissent dans la ville, avec à chaque fois des cocktails surprenants et des ambiances bien définies. Je ne peux m'empêcher de tiquer devant le message de mon pote. Jusqu'à maintenant, c'était notre truc à tous les deux, ça. Du coup, je n'en ai pas envie.

Blair : *Tu me préviens à la dernière*
minute, laisse tomber.
Un lundi soir en plus !

Sa réponse fuse.

Carlos : *Je t'ai prévenue*
à 14 h 02 précisément.

Je vérifie, sceptique.

Merde, c'est vrai.

Blair : *Non quand même,*
je pars à peine du taf.

Carlos : *19 heures pétantes,*
en bas de chez toi.

Mais il est lourd, bordel ! C'est l'heure où je vais arriver.

Je n'ai pas le temps de répondre qu'il m'envoie une photo qu'il a piquée sur la page Instagram d'un certain « Christmas Pop-Up Bar ». On y voit un cocktail rouge et blanc, avec du sucre cristallisé sur les bords du verre et un sucre d'orge qui y flotte.

Carlos connaît mon péché mignon pour les cocktails. Et puis, un peu d'alcool pourrait tuer les bactéries dans ma gorge, non ?

Blair : *OK, je fonce chez moi.*

Et je fonce littéralement. Dans l'escalier où je manque de rater une marche, dans ma voiture, sur la route un peu moins, car c'est l'heure des bouchons. À peine garée, j'entre en trombe dans l'appart, salue rapidement Rita et me jette dans la douche. Il est dix-neuf heures quatorze quand je descends et trouve la voiture de Carlos devant l'immeuble. Avec Amber à l'avant qui me fait un signe de main gêné. On ne se connaît pas encore assez bien pour être à l'aise l'une avec l'autre et il y a toujours un moment de flottement quand on se retrouve.

J'esquisse un sourire et entre dans la bagnole.

– Salut !

– C'est ton shampoing qui sent bon comme ça ? me demande Amber en essayant de se dévisser le cou pour me regarder.

– Fais pas l'hypocrite Amber, ça sent le produit pour lave-vaisselle, lui lance Carlos.

J'éclate de rire.

– Tu sais même pas ce que c'est, un lave-vaisselle, enfoiré.

– Mais grâce à toi, j'en connais l'odeur.

– Tu devrais essayer sur tes cheveux car avec la tonne de gel que tu mets pour qu'ils ne frisent pas, on dirait du plastique.

Amber ouvre la bouche, l'air choquée mais amusée, et il me jette un regard noir. C'est une nouvelle coupe qu'il arbore depuis qu'il est avec elle. Sujet sensible.

– T'as oublié ta doudoune violette ?

– Tu m'emmerdes.

– Moi je les adore, les doudounes de Warm Me Up, me sourit Amber.

Je n'ose pas lui répondre que je les trouve ignobles mais souris à mon tour en voyant le clin d'œil complice que m'adresse Carlos. Je n'arrive pas à faire abstraction de ses cheveux qui ont encore plus l'effet carton que d'habitude. Il est malade ou quoi ?

– Amber… tu ne trouves pas qu'il ressemble à un Playmobil ?

Elle éclate de rire à nouveau et même lui ne peut s'empêcher de ricaner en se tordant la tête pour se mater dans le rétro.

– Mais quoi ? J'en ai trop mis ?

Sa question ne fait que déclencher notre hilarité à nouveau et ça a le mérite de me détendre. La dernière fois que je me suis sentie légère c'était… avec Sonny. C'était un rendez-vous de boulot et pourtant, j'ai vraiment apprécié le trajet avec lui. Ce mec est cool et charmant. Mais on a une relation professionnelle et j'essaie de faire taire la voix intérieure qui me souffle qu'il me plaît beaucoup. J'avoue que c'est aussi pour ça que j'étais énervée contre lui ce matin. Ce type est beaucoup trop frustrant.

CHAPITRE 13

SONNY

Chicago a beau être une grande ville, le monde est petit. C'est en tout cas ce que je me dis depuis que j'ai vu Blair débarquer dans le bar où je me trouve avec Kevin. On sort rarement en semaine mais ce soir, c'est le 24 novembre et le lancement des animations festives démarre aujourd'hui, pile un mois avant Noël. Mon pote m'a traîné en ville pour fêter ça et je ne me suis pas fait prier. J'ai besoin de décompresser. Et le moins qu'on puisse dire, c'est que la voix sensuelle de la chanteuse du groupe latino et les deux caïpi que j'ai bues m'y aident.

– Qui est-ce que tu mates comme ça ? me demande Kevin.

Bien décidé à ramener une gonzesse chez lui ce soir, il s'est mis sur son trente-et-un. Chemise blanche à fleurs qui fait ressortir son teint ambré, cheveux bouclés maîtrisés et sourire de tombeur scotché au visage.

Il n'a pas encore repéré sa proie et est à l'affût.

– L'assistante de direction de Warm Me Up avec qui je bosse, dis-je en pointant mon verre vers elle.

– Laquelle ?

Blair est avec deux personnes dont une fille qui a l'allure plus sage. Elle dégage une aura charismatique dans son caraco en dentelle noire, avec son rouge à lèvres rouge et ses cheveux qui dévalent dans son dos. Elle se balance nonchalamment au rythme de la musique et je déglutis en espérant que mon pote n'ait rien vu de l'effet qu'elle me fait.

– Celle avec des pivoines tatouées sur le bras.

Ses yeux s'écarquillent.

– Merde alors ! C'est un avion de chasse !

Exactement.

– Elle a un mec ? s'enquiert-il.

J'observe le brun trapu entre les deux filles.

– Ouais.

– Chaud de bosser avec une nana comme ça dans le plus grand des calmes.

– C'est pas vraiment dans le plus grand des calmes. On bouge dans un autre pop-up ?

Je sais d'avance que Kev va me rembarrer. Il y a pas mal de filles seules aux alentours, les cocktails sont bien dosés et le groupe est tellement entraînant que les gens dansent de partout. Bref, aucune raison de partir si ce n'est que je n'ai pas envie de me mettre une mine et de draguer ici, sous les yeux de ma collaboratrice du moment.

– Déconne pas, on est exactement là où il faut, répond-il en pointant du menton le bar où deux filles se déhanchent nonchalamment, leurs verres bientôt vides à la main.

– Je ne les avais pas vues.

– Normal, tu n'as d'yeux que pour ta collègue déjà maquée. Allez viens !

Je dois être un type drôlement influençable – ou drôlement alcoolisé – car je vide mon verre d'une traite, secoue la tête énergiquement comme si je m'apprêtais à monter sur un ring et devance mon pote d'un coup d'épaule, faisant mine de vouloir mettre le grappin sur les filles avant lui. C'est sans compter son agilité, car il me passe devant en deux secondes et on se marre comme deux cons.

– La rousse m'a déjà repéré, je te laisse l'autre, dit-il alors qu'on s'approche d'elles.

C'est vrai, elle ne le quitte pas des yeux et je le laisse amorcer la discussion. Toujours la même vieille technique de drague : offrir un verre à deux filles ou les inviter à danser. Pas original mais souvent efficace, et c'est rare qu'on se fasse rembarrer.

– Salut, lance-t-il de sa voix suave. On allait prendre un verre, on vous en offre un ?

– Pourquoi pas ? glousse la rousse tandis que l'autre, qui a l'air moins ouverte, étire juste les lèvres.

En principe, ça ne me rebute pas quand ça s'annonce un peu compliqué, mais je ne ressens pas la *vibe* ce soir. Je m'accoude au bar, fais signe au barman et en attendant qu'il arrive, je m'adresse aux deux nanas.

– Qu'est-ce que vous buvez ?

– Je vais reprendre un cocktail de Noël, sourit la rousse.

– C'est quoi ? s'étonne Kev.

– C'est à base de tequila et d'épices. C'est… envoûtant ! dit-elle en le regardant dans les yeux tout en bougeant lascivement, et je comprends qu'il ne rentrera pas seul ce soir. C'est déjà dans la poche.

– Un cocktail de Noël pour moi aussi, mec, me lance mon pote.

– Et toi ? demandé-je à la fille qui s'est mise en retrait.

– Je vais m'arrêter là, mais merci.

Je crois qu'on est sur la même longueur d'onde, elle et moi. Pour finir, je ne commande que les deux cocktails au bar, décidé à déguerpir dans la foulée. Quand je m'empare des verres emplis de liquide rouge et blanc et agrémentés d'un sucre d'orge, je manque de me heurter à… Blair.

Elle écarquille les yeux de surprise.

– Qu'est-ce que tu fous là ?

Elle ne se démonte jamais, elle.

Ça me fait sourire.

– Toi d'abord ?

Elle se rend compte que sa question était bête car elle hausse les épaules en s'avançant vers le bar.

L'alcool, la musique de fond, ses lèvres qui font la moue… bordel, cette fille m'attire follement !

– T'es toute seule ?

Je connais la réponse mais ce serait bizarre de lui souhaiter une bonne soirée et de lui tourner le dos. Ou pas.

– Non, je…

– Ils arrivent ou bien, ces cocktails ?!

Kevin vient de s'immiscer entre nous comme si de rien n'était et me prend les verres des mains, ce qui m'arrange car j'avais l'air con comme ça. Il en sirote un comme s'il était déshydraté avant de s'apercevoir que je ne suis pas seul.

– C'est quoi ces têtes que vous tirez ? Ne me dites pas que vous êtes en train de parler de choses sérieuses à une soirée aussi cool ?

Blair fronce les sourcils un instant.

– T'es qui, toi ?

Ça, c'est fait.

Je ricane tandis que Kevin manque de s'étouffer avec une gorgée de son cocktail qui a l'air dégueulasse.

– Ça ne se voit pas ? Le pote charismatique de Sonny. Et toi, laisse-moi deviner… tu as une tête à être l'assistante de direction du boss de Warm Me Up.

Le con, putain.

J'ai fait semblant d'être surpris en la voyant. Blair a un sourire en coin tout en le regardant et ça m'énerve qu'elle le trouve plus drôle que moi.

Elle n'a pas le temps de répondre que la rousse se plante devant Kevin en le dévorant des yeux.

– Alors, tu bois sans moi ?

Le regard de Blair passe d'elle, à lui, à moi, à derrière moi… où se trouve la copine qui fait un peu la gueule sur le côté. Ça me fait chier pour une raison que j'ignore, j'ai pas envie qu'elle s'imagine que c'est ma meuf.

– Bon allez, bonne soirée, me lance-t-elle.

Sauf qu'elle est devant le bar et qu'elle n'a pas passé commande. Autrement dit, « dégagez de mon champ de vision ». Kevin et sa nouvelle nana nous ont déjà oubliés de toute façon.

– Ouais, moi je vais rentrer. On s'appelle bientôt.

Je tape sur l'épaule de Kev et lui fais signe que c'est bon pour moi.

– Déjà ?

– J'ai du taf demain. Profite !

Son clin d'œil est parlant et je me faufile entre les groupes, amusé. Je ne peux m'empêcher de me retourner avant de quitter l'endroit. Blair est assise sur un tabouret, attendant toujours son verre, l'air dans la lune. Je la trouve encore canon, faut que j'arrête.

CHAPITRE 14

BLAIR

J'ai donné rencart à Sonny dans un restaurant à côté de Warm Me Up. Il y aura plein de gens autour de nous et je me sentirai mieux que si on se retrouve seuls dans mon bureau. Depuis qu'on s'est croisés au bar lundi soir, je fais une fixette sur lui. J'ai détesté le sentiment de jalousie que j'ai ressenti en pensant que la fille qui faisait la gueule était avec lui. Et j'ai encore plus détesté le soulagement que j'ai éprouvé quand il est parti seul. C'est quand même fou, cette manie que j'ai d'être attirée par des mecs qui ne sont pas pour moi. Sonny est un partenaire de Warm Me Up, il ne doit pas y avoir de dérapage possible.

Du coup, quand mardi il m'a proposé d'aller sur le lieu de la *Christmas party* avec lui, j'ai prétexté être débordée. Ce qui de toute façon était vrai. Sauf que depuis, il me soûle avec ses planches d'inspiration et j'ai beau essayer, je n'arrive pas à me projeter dans un espace inconnu en imaginant un décor fictif grâce à des images qu'il m'envoie. Les *mood-boards*, j'y pige pas grand-chose. Voilà pourquoi je n'ai pas eu d'autre choix que de lui proposer qu'on se voie pour qu'il m'explique ses propositions que je ne peux pas valider sans les avoir comprises. Et puis il faut que je sois capable de les détailler si besoin à Samuel.

Un peu angoissée par ce déjeuner en tête à tête, je descends l'escalier et me pique au houx qui recouvre la rambarde. *Est-ce que c'est un signe que je ne dois pas y aller et retourner en courant me calfeutrer dans mon bureau ?*

Je croise justement Samuel qui monte à grandes enjambées, vêtu d'un pantalon en velours aussi vert que le feuillage et d'un pull rouge à motif de sucres d'orge. Ça me fait penser aux cocktails que tenait Sonny dans la main lundi soir.

Merde à la fin.

– Où allez-vous Blair ?

Il est midi cinq, il est plutôt logique que je sorte déjeuner, mais vu qu'il est habitué à ce que je mange sur place… Si je lui dis, peut-être qu'il voudra m'accompagner ? Ce serait parfait.

– Je vais déjeuner avec Sonny qui vient avec des propositions pour la décoration de la *Christmas party*. Vous voulez vous joindre à nous ?

Mon cœur palpite un peu trop fort en attendant sa réponse. Ses lèvres s'étirent et il se lisse la barbichette.

– Voyons Blair, ce ne serait plus une surprise si je vous accompagnais ! Et puis j'ai de la paperasse qui m'attend. Voilà mon déjeuner.

Il me brandit sous les yeux un sachet transparent contenant un bretzel au fromage et une pomme.

– Le parfait équilibre entre la folie et la sagesse, continue-t-il en reprenant sa montée. Vous voyez ce décor que vous avez fait installer ici, il nous plonge sagement dans l'ambiance… Je veux que, pour la *Christmas party*, on sombre dans la folie.

Il disparaît à l'étage, me laissant bouche bée. Mon décor est sublime ! Il ne manque absolument rien, je songe en regardant autour de moi. Les décorateurs n'ont pas lésiné. Il y a tellement de feuillage dans les locaux que j'ai l'impression que ça me dégage les narines à chaque inpiration. C'est peut-être grâce à ça que je suis passée au travers de l'angine qui me guettait en début de semaine.

Lc sapin qui orne le hall est aussi immense que le patron l'imaginait et j'avoue que ça a de la gueule. Au rez-de-chaussée, des chants de Noël passent en boucle toute la journée et j'ai une pensée émue pour le personnel qui y bosse et qui doit avoir envie de mourir à chaque seconde. Je ne vois pas ce que j'aurais pu faire de mieux, pensé-je en passant la porte en bois.

J'ai douze minutes de retard quand j'arrive devant le restaurant et repère Sonny, déjà attablé. Je n'étais jamais entrée ici mais j'y ai déjà pris des réservations pour Samuel et je sais que les commerciaux aiment bien s'y rendre pour signer des contrats. Je suppose que l'endroit est cool et c'était l'occasion de le tester.

Je déchante quand même un peu quand je comprends que l'ambiance est hyper guindée.

– Ça va ? me demande Sonny alors que je prends place en zieutant tous les couverts et les verres sur cette table de deux personnes.

J'adore son sourire. Il est doux et sincère. Il a vraiment l'air d'un type gentil et je ne suis pas habituée à en fréquenter. C'est limite déstabilisant.

– Oui, réponds-je en retirant ma doudoune.

– Tu viens souvent ici ? demande-t-il alors que j'adresse un signe de la main à une commerciale de la boîte.

Il n'a pas l'air non plus dans son élément. Comme je ne veux pas faire celle qui débarque par hasard, je mens.

– Oui, c'est la cantine de Warm Me Up.

Le serveur se pointe avec les cartes. Sonny commande une eau gazeuse et j'opte pour un Coca avant de me plonger dans le menu.

Bordel… c'est atrocement cher. Je ferai passer la note sur la boîte car pas question de payer trente-cinq dollars pour un plat. Et je ne veux pas imposer ça à Sonny non plus.

– C'est Warm Me Up qui invite. Tu vas prendre quoi ? lui demandé-je au bout de deux longues minutes.

– Aucune idée, qu'est-ce que tu recommandes ?

Le problème, c'est que je n'aime quasiment rien de ce que la carte propose. Ou alors, j'ignore ce que c'est.

Je jette un coup d'œil discret aux assiettes autour de nous qui ne m'inspirent pas davantage.

– Vous avez fait votre choix ?

Le serveur me regarde, Sonny aussi. Je me racle la gorge.

– Des spaghettis bolognaise.

Ils ont l'air déçus. Ils s'attendaient à quoi ?

À ce que je commande le truc à la crème de champignons et aux huîtres chaudes ?

Je ne suis pas venue ici pour souffrir, comme dirait Carlos. Ni pour vomir.

– Euh… c'est uniquement pour le menu enfant, me répond le mec en chemise blanche et tablier noir.

Et alors, connard ?

– Ça vous gêne de le faire en portion adulte ? Je suis allergique aux fruits de mer, au poisson et au lait. Il n'y a que ça sur votre carte.

Il se penche vers moi et je retiens un mouvement de recul alors qu'il pose son index sur le menu.

– Si je peux me permettre, nous avons le steak au vin qui est accompagné de légumes. Ce plat est sans allergène.

– Je n'aime pas les légumes. Mais si c'est compliqué de faire des plats enfants en portion adulte, je me forcerai, minaudé-je en essayant d'avoir l'air attendrissante.

Je préférerais ne pas savoir à quoi ressemble mon rictus.

– Je vais aller demander. Et pour vous, monsieur ?

Sonny a une lueur amusée dans le regard. Il se mord l'intérieur de la joue pour ne pas rire et je plisse les yeux pour le dissuader de se le permettre.

– Le poisson à la sauce à l'armoricaine.

Beurk.

– Cuit vapeur ou au four ?

Mais ils sont malades ou quoi ?

– Euh… comme vous voulez.

Le serveur parti, Sonny libère enfin le grand sourire qu'il retenait.

– Ça doit être compliqué de vivre avec ces allergies.

– Oh ça va, je pouffe.

Je sais qu'il sait que je mens, vu que je n'ai rien mentionné pendant la dégustation traiteur. Est-ce qu'il sait aussi que sa présence en face de moi me déstabilise encore plus que quand on se trouve à mon bureau, en fin de compte ?

J'ai les mains moites de me retrouver attablée en face de lui et essaie de dissiper ma gêne en plaisantant.

– La carte est minable.

– C'est toi qui as choisi l'endroit !

– Elle a dû changer depuis la dernière fois que je suis venue.

Il se penche avec un air de conspirateur.

– Je suppose que tous les gens qui ont une doudoune Warm Me Up sur le dossier de leur chaise sont tes collaborateurs ?

– Oui.

– La moyenne d'âge est jeune !

Je regarde autour de moi et me rends compte qu'il y a bien huit commerciaux répartis dans la pièce, dont certains mangent ensemble. Je croise le regard d'un petit groupe. Les quatre types m'adressent un signe de tête gêné et j'en comprends la raison. Ils n'ont pas de partenaire à leur table et j'imagine que, bien souvent, les notes de frais que je vois passer doivent correspondre à des repas personnels. *Tranquilles, les gars.*

– Comment tu as eu ce poste ?

Je reporte mon attention sur Sonny. Ça fait deux fois qu'il me pose cette question, c'est louche.

– Pourquoi tu me demandes ça ?

– Comme ça. Tu as un franc-parler pas ordinaire, et puis tu as l'air encore plus jeune que les autres.

Nos boissons arrivent et je profite de cette coupure pour inverser les rôles.

– Toi d'abord, comment tu as décroché cette mission ?

Je sens qu'il y a anguille sous roche à ce sujet et je suis curieuse. Il boit une gorgée et soupire en grimaçant.

– Ça reste entre nous ?

CHAPITRE 15

BLAIR

La façon dont il me regarde, avec cet air bien à lui qui oscille entre naïveté et espièglerie, me trouble et j'essaie de ne rien montrer.

– Vas-y.

– Je me suis incrusté à la fête d'Halloween.

Le suspense qu'il avait suscité en moi retombe comme un soufflé.

– Jusqu'ici, j'avais compris.

Enfin, je m'en doutais. C'était improbable qu'il se retrouve par erreur à la table de Samuel.

– J'ai fait en sorte d'être assis près de Samuel.

Ça devient intéressant. Le petit Sonny n'est pas si sage qu'il en a l'air.

– Et t'as décroché le gros lot…

– Au début, je me suis fait petit. Je suis arrivé le premier et j'ai été placé.

– Qui t'a aidé pour ça ?

Il a un petit sourire espiègle.

– Je ne peux pas te le dire. Quand j'ai entendu qu'un premier convive était installé à ma table et qu'il a demandé si quelqu'un était déjà là, je n'ai rien dit. Je suis resté dans le silence comme ça, pendant que les autres invités rejoignaient la table et se présentaient.

Amusée, je l'écoute sans l'interrompre.

– Puis Samuel est arrivé. Avec sa voix tonitruante, il a demandé qu'on fasse un tour de table pour savoir avec qui il avait le plaisir de partager ce dîner d'Halloween. Les cinq partenaires se sont présentés et là encore, je suis le seul qui n'ai pas pris la parole. Et Samuel a conclu en disant : « Nous sommes donc six, si j'ai bien compté », avant de se pencher vers moi et d'ajouter assez doucement pour que je sois le seul à entendre : « Plus vous. »

– Han ! Comment il a compris ?

– Je crois qu'il a un sixième sens, pouffe-t-il.

– Tu as répondu quoi ?

– Rien.

J'hallucine de son toupet.

– Non, mais à ce moment-là, c'était quoi, ton but ?

– J'espérais avoir une ouverture pour me présenter discrètement à Samuel et lui remettre ma carte mais plus le dîner avançait, plus je me disais que je n'aurais jamais dû mettre les pieds ici. J'ai enchaîné quelques verres de vin.

– Ça doit être horrible de faire comme si on n'existait pas…

J'imagine Sonny mâcher en silence et retenir son souffle. Et puis ce dîner était déjà improbable au départ. J'avais reçu une présentation vidéo avant d'y inscrire Samuel et je me rappelle avoir levé les yeux au ciel en voyant les images des serveurs avec leurs lunettes infrarouges…

– Oui, c'était stressant. J'avais l'impression d'être un fantôme. Le pire, c'est que Samuel savait que j'étais là mais faisait comme si de rien n'était.

– Je pense qu'il a dû croire que ce mystère était orchestré.

– Peut-être. En tout cas, il a placé à plusieurs reprises qu'à part l'obscurité, il n'y avait rien qui fiche la trouille et que c'était dommage pour une soirée d'Halloween.

Je reconnais bien là mon patron. Toujours plus.

– Et qu'est-ce que t'as fait, alors ?

– À un moment, il s'est penché vers moi et m'a dit : « Qui êtes-vous ? » C'était la fin du repas, je ne m'y attendais plus et j'ai failli m'étouffer avec une gorgée de vin.

J'éclate de rire et il sourit. Il est appuyé sur ses avant-bras, je me suis rapprochée car il parle à voix basse et je me rends compte que, de loin, on paraît bien intimes. Bizarrement, ça ne me gêne pas. Tout ce qui m'intéresse, c'est la suite de son histoire.

– Je m'étais préparé à cette question et je comptais me présenter en invoquant une erreur de placement. Sauf que là, je ne sais pas ce qui m'a pris mais j'ai chuchoté : « Je suis la dernière personne que vous entendrez. »

J'ouvre la bouche, aussi choquée qu'épatée.

– Non ?! Tu as vraiment répondu ça ?

– J'avais bien bu, je t'ai dit, rit-il comme pour se défendre. Il a laissé passer quelques secondes pendant lesquelles j'ai hésité à déguerpir puis il s'est encore penché à mon oreille et m'a dit : « Comment allez-vous me faire disparaître ? »

Mon Dieu, cette histoire est géniale. C'est incroyable que Samuel ne m'ait rien raconté ! Je n'arrive pas à croire que ce mec qui a l'air tellement honnête en face de moi ait si peu froid aux yeux.

– J'ai répondu que la part de tarte à la citrouille qui venait de nous être servie était empoisonnée. Qu'il allait s'endormir aussitôt après l'avoir dégustée et qu'une équipe de gars costauds déguisés en zombies viendrait chercher son corps.

– Il l'avait déjà mangée ?

– Non, les assiettes venaient d'être posées. Et justement, il m'a dit : « Dans ce cas, mieux vaut que je n'y touche pas, d'autant qu'à ma connaissance, vous ne faites pas partie de la liste des partenaires à cette table. »

Samuel devait jubiler de vivre un instant pareil…

– Et là, tu as dit quoi ?

– J'ai répondu : « Vous êtes du genre à prendre des risques, je sais que vous allez goûter cette part de tarte. »

– C’est fou.

Il hoche la tête comme s’il n’en revenait pas non plus.

– Entre-temps, quelqu’un à notre table l’a pris à partie dans une discussion. Ils ont tous parlé au moins dix minutes. Puis Samuel a lancé : « Cette tarte était délicieuse. »

– Je ne suis pas du tout étonnée qu’il l’ait mangée. Et donc, est-ce qu’il est mort ?

Sonny plonge ses yeux verts dans les miens et son regard complice me fait frémir.

– Non mais il s’est penché vers moi et m’a demandé combien de temps il lui restait. Le problème, c’est que les lumières allaient bientôt se rallumer et que c’était surtout moi qui devais déguerpir avant que les autres se demandent qui j’étais. Donc je lui ai glissé ma carte dans les mains et je lui ai dit : « Je suis organisateur d’événements bien plus fous que cette soirée. Appelez-moi si vous survivez », et je suis parti.

J’éclate de rire et les gens aux tables voisines se tournent vers nous.

– T’es malade ! Et tu avais organisé quoi avant, comme événement fou ?

Il grimace.

– Rien justement. Que des mariages…

C’est pas possible !

– Quoi ? Mais qu’est-ce qui t’a pris ?

– Ça fait longtemps que j’essaie de percer dans le secteur des professionnels car je tourne en rond avec les particuliers. Quand j'ai su que ce repas était organisé et qu'il y aurait Samuel Barvissi, je me suis dit que c'était l'occasion unique de nouer contact. À la base, je n'avais pas l'intention de m'y prendre avec autant de culot.

Je me mords les lèvres en le regardant, les yeux pétillants. Je n'en reviens pas. Je suis partagée entre l'admiration qu'il suscite en moi car j'adore les gens qui ont du culot et l'inquiétude qu'il a fait naître car je viens de piger que notre *Christmas party* est son premier événement professionnel. Est-ce qu'il sait où il va, au moins ? Est-ce que je dois continuer à lui faire confiance ?

– Tu te rends compte que tu es en train de dire ça à l'assistante de Samuel ?

C'est fou qu'il me fasse confiance à ce point.

– Il fallait que je soulage ma conscience, souffle-t-il en portant théâtralement sa main sur son cœur. Et puis, je sais que tu n'iras rien dire à Samuel.

J'aime le petit air de défi qu'il arbore, et qui ne le rend que trop attirant. Je soutiens son regard.

– Et pourquoi donc ?

– Car au mieux, il fera abstraction de mon manque d'expérience et tu seras considérée comme la rabat-joie, au pire, il me vire et tu continues l'organisation seule.

– Enfoiré… je murmure, ce qui lui arrache un rire.

Le serveur revient avec nos deux assiettes et repart aussi sec.

– Tu obtiens toujours ce que tu veux ? me demande Sonny avec ironie en pointant du menton mon assiette de spaghettis.

– Oui, je suis une enfant gâtée, rétorqué-je avec un clin d'œil. D'ailleurs, j'ai eu le poste car mon père m'a pistonnée.

Il plisse les yeux sans savoir si c'est du lard ou du cochon. En fait, ça me fait marrer de le laisser penser que je suis une fille à papa. C'est bien plus drôle que la réalité.

– Peu importe, tu as l'air de faire ton boulot comme il faut…

Il y croit vraiment. Ça me ferait presque culpabiliser. En même temps, ça me fait plaisir qu'il me trouve professionnelle. Moi, à l'instant où j'ai compris qu'il avait triché, je me suis inquiétée pour la *Christmas party* – heureusement sans le dire à voix haute – alors que lui ne paraît pas me juger et je trouve ça très cool. Il est très cool. Et quand il se frotte la mâchoire en me regardant comme ça, bien trop attirant.

Le problème, c'est que c'est un partenaire et que je ne dois pas tomber sous son charme. Jamais. Il y a subitement entre nous quelque chose d'un peu trop… intime et je réfléchis à la façon d'enrayer ça.

– Tu en es où avec les rennes ? demandé-je alors qu'il boit une gorgée de son eau.

Il avale de travers et je réprime un sourire.

– Je… je ne m'en suis pas encore occupé. C'est vraiment important qu'il y ait des rennes à la *Christmas party* ?

Son air effaré me donne envie de rire mais je me retiens.

– Oui. Samuel n'en démord pas.

Il hoche la tête gravement.

– D'accord. Demain je me mettrai en quête d'un ranch…

En réalité, Samuel ne m'en a plus reparlé mais comme il y avait fait allusion la première fois, mieux vaut s'en préoccuper. Et puis, si finalement ça ne peut pas se faire, cette idée absurde aura eu au moins le mérite de casser l'ambiance électrique qui régnait entre nous il y a encore quelques secondes.

PARTIE 2
Tu chauffes

CHAPITRE 16

SONNY

– Point de situation ?

Je souffle en regardant ma mère. Je me suis incrusté pour le petit-déjeuner comme je le fais chaque week-end quand je ne me lève pas trop tard.

– De bon matin, tu me fais déjà penser au boulot ?

– Tu ne penses qu'à ça en ce moment, arrête ! Et puis, c'est toujours bon de récapituler à voix haute.

Ma mère représente beaucoup de choses à la fois : une figure maternelle, une confidente et, en ce moment même, une collaboratrice. Si j'exerce ce métier, c'est grâce à elle.

On n'a pas de famille et je n'ai pas connu mon père. On a toujours été seuls tous les deux et elle m'a impliqué dans tout. Depuis petit, je l'aide à organiser tous les événements à la galerie d'art. Un jour, elle a recommandé mes services à une cliente pour son mariage. Puis une autre. Le bouche-à-oreille a fonctionné et j'ai fini par me lancer. Au début, elle venait même avec moi sur les événements, donc elle connaît bien le métier et ses conseils sont souvent avisés.

– J'ai le lieu, le traiteur et le prestataire pour les cocktails. Blair a validé la scénographie.

– Je n'avais aucun doute là-dessus. C'est absolument génial, ce que tu lui as proposé. Les animaux grandeur nature, la fausse neige, les boules géantes au-dessus du traîneau… ça va être incroyable.

La décoration, c'est ce que je préfère gérer dans un événement et là, je m'en suis donné à cœur joie.

– Tu as contacté quelle fleuriste ? Barbara ? C'est la meilleure.

– Barbara, oui. J'ai appelé aussi une chorale et un groupe de rock que m'a conseillé Blair.

Elle hoche la tête tout en se levant pour enfiler ses chaussures.

– Parfait, tout ça ! La prochaine étape, c'est… ?

Je pousse un long soupir.

– Aller au ranch pour louer des rennes.

Elle éclate de rire devant mon air dépité.

– Je ne comprends pas pourquoi tu as l'air aussi blasé… C'est une expérience fabuleuse que tu vis ! Tu n'auras peut-être plus jamais ce genre de demandes !

– Heureusement !

Ce point-là me stresse particulièrement. Mercredi, j'ai rendez-vous au Creek Ranch avec Blair. J'ai souhaité qu'elle m'accompagne car c'est un sujet délicat. J'ignore combien en louer, pour combien de temps et puis, peut-être qu'en les voyant en vrai, elle se rendra compte que cette idée est ridicule. J'aimerais vraiment qu'on passe outre car je ne suis pas du tout à l'aise avec les animaux et n'ai pas envie d'en voir déambuler dans mon décor.

– Et c'est quand, l'achat des lots de la tombola ? me demande encore ma mère.

Il y a ça aussi.

Je fais vite le calcul dans ma tête. On est le 29 novembre. Il faut que je m'en occupe la semaine prochaine.

– Samedi prochain, je pense.

– Je t'accompagnerai ! J'ai plein d'idées de cadeaux farfelus.

– Je n'en doute pas une seconde vu ce que tu offres à tes collègues chaque Noël.

Elle éclate de rire. Ma mère a ce défaut d'acheter des choses qui lui plaisent à elle, même si elle sait que l'autre n'en aura aucune utilité. C'est évident qu'elle me sera d'une grande aide sur le sujet.

– Donc, ce week-end, c'est repos ?

Elle s'avance déjà vers la porte d'entrée pour partir à la galerie. Je hoche la tête.

– Oui, je vais sûrement sortir ce soir, mais je mangerai avec toi.

– Ah non !

Je fronce les sourcils devant son air catégorique.

– J'ai invité Nina.

C'est que ça a l'air de fonctionner, avec cette Nina. Même si jusqu'ici ma mère m'assure qu'il ne s'est rien passé entre elles.

– Super, tu me la présenteras, je souris d'un air innocent comme si je n'avais pas compris le message.

Elle ne veut pas me voir dans les parages.

– Sonny, si j'aperçois ne serait-ce qu'un cheveu de ton crâne pendant le WEEK-END entier, je te découpe en petits morceaux. Et range-moi tout le bordel que tu as mis sur la table avant de retourner chez toi. Bonne journée, chéri.

Je ricane tandis qu'elle claque la porte. Seul devant mon petit déjeuner, j'actualise machinalement mes e-mails et suis surpris de voir que Blair m'en a envoyé un hier soir à vingt-trois heures.

De : Blair Miller
À : Sonny Harvey
Objet : Calendrier de l'avent

Salut,
Désolée si tu me l'as déjà dit mais pour m'ôter un doute : c'est bien toi qui nous déposes les calendriers de l'avent lundi ? Je voulais te poser la question hier mais tu m'as lobotomisée en me parlant de déco ;)

Blair Miller
Assistante de direction.

Je passe ma main dans mes cheveux en essayant de réfléchir. OK. Blair n'a pas les calendriers de l'avent. Elle en a besoin pour le 1er décembre qui arrive… ce lundi. Dans moins de quarante-huit heures. Et j'ignore totalement pourquoi ils ne sont pas déjà arrivés dans les locaux de Warm Me Up où je les ai fait livrer.

Je laisse tout en plan dans la cuisine de ma mère pour filer chez moi et allumer mon ordinateur. J'ai suivi toute la création jusqu'à l'expédition en début de semaine et ensuite, je me suis enlevé cette charge mentale de la tête. Je n'aurais pas dû, erreur de débutant.

Si j'avais été bon, j'aurais informé Blair de l'expédition et elle se serait inquiétée avant. Je lui réponds quoi, maintenant ?

Je retrouve le numéro de suivi du colis et en allant sur le site du transporteur, m'aperçois qu'il a été bloqué trois jours dans un point de tri en raison d'un nombre important d'envois. *A priori*, la livraison est prévue pour lundi.

C'est une bonne nouvelle mais ce n'est pas professionnel de ma part d'attendre qu'elle se pose la question pour l'informer qu'il sera livré en dernière minute. Dégoûté de ce loupé, je me décide quand même à lui répondre pour ne pas la laisser dans le doute plus longtemps. Si elle pensait à ça avant de se coucher, il y a des chances qu'elle y pense encore en se levant.

De : Sonny Harvey
À : Blair Miller
Objet : Re : Calendrier de l'avent

Salut Blair,
Les calendriers arriveront directement chez Warm Me Up lundi, pile à temps pour la distribution ;)

J'ai essayé de tourner ça comme si c'était normal mais mon petit doigt me dit que ça ne va pas passer. Blair est hyper rigoureuse. Elle ne laisse rien au hasard et a un œil de lynx. Hier par exemple, quand je lui ai montré le devis de la sono et des lumières, elle a tiqué sur le nuage de fumée en me demandant si ce n'était pas *too much*. Je l'avais prévu pour faire diversion pour la sortie « spectaculaire » de Samuel après son discours mais évidemment, je ne pouvais pas dire ça à Blair. Donc j'ai prétexté une erreur sur le devis que j'allais faire corriger.

Bref. Cette histoire de calendrier de l'avent me stresse. Pour penser à autre chose, je retourne chez ma mère ranger mon bordel et, quand je reviens, j'ai une réponse de Blair.

De : Blair Miller
À : Sonny Harvey
Objet : Re : Re : Calendrier de l'avent

À la dernière minute ? Mais qu'est-ce qui s'est passé ? Rassure-moi, on les aura le matin, au moins ?

Blair Miller.

Elle ne pourrait pas faire autre chose le samedi matin que de penser au travail ? Son e-mail n'est pas agréable mais en même temps, je comprends son énervement. Autant jouer cartes sur table.

De : Sonny Harvey
À : Blair Miller
Objet : Re : Re : Re : Calendrier de l'avent

J'appellerai la société de livraison dès l'ouverture. Je ne t'en ai pas parlé pour ne pas t'inquiéter mais ils sont restés bloqués plusieurs jours dans un centre de tri à cause de l'affluence de colis en cette période… Désolé pour ce coup de stress.

Je l'imagine en train de gonfler ses joues et de soupirer, comme j'ai remarqué qu'elle le fait quand quelque chose ne se déroule pas selon ses souhaits. Comme quand elle a pris connaissance du menu, au restaurant. Je souris en la revoyant faire. En fait, Blair est souvent drôle malgré elle et ça la rend attachante. Son sujet de conversation favori, c'est son boulot à Warm Me Up ou ses anciennes expériences professionnelles. C'est fou car elle est jeune, a un super poste qu'elle paraît maîtriser sur le bout des doigts mais est tout aussi capable de parler gestion de la musique, traiteur ou logistique événementielle. Une vraie machine. Ça ne la rend que plus mystérieuse. La seule question personnelle que j'aie osé lui poser alors qu'on avait terminé de parcourir toutes mes planches d'inspiration, c'était où en étaient ses recherches d'appartement.

Elle a haussé les épaules en disant « Sur pause » et je me suis surpris à espérer comme un idiot qu'elle ne soit plus avec son mec.

Je me cale dans mon canapé devant un match de base-ball et commence à peine à me détendre quand mon portable vibre. Un SMS de Blair. *Non, mais elle est partout !*

Blair : *Je préfère que tu me dises*
quand il y a des problèmes à l'horizon.
Surtout maintenant que je sais que
tu débarques à peine dans la cour
des grands et qu'on est tes cobayes…

Je laisse échapper un rire. Je n'aurais rien dû lui dire de cette rencontre avec Samuel. Je l'ai angoissée pour rien. Elle ne va pas me lâcher maintenant, c'est annoncé.

Sonny : *Tout va bien se passer.*

Pour toute réponse, elle m'envoie une émoticône « œil ».

Genre, « je t'ai à l'œil ».

Ou genre, « mon œil ».

CHAPITRE 17

BLAIR

Je reconnais le bruit des grandes enjambées de Samuel dans l'escalier. Il était en déplacement la moitié de la semaine dernière et, en ne le voyant pas à mon arrivée ce matin, j'étais en train de prier mentalement pour qu'un rhume attrapé dans l'avion le cloue au lit aujourd'hui. Le dieu du 1er décembre vient d'ignorer mes appels.

– Bonjour Blair !

– Bonjour Samuel.

Il dézippe sa doudoune bleu turquoise en regardant autour de moi, comme s'il cherchait quelque chose tandis que mon regard se perd sur son pull jaune sur lequel sont brodés des chocolats. En plein dans le thème en ce premier jour de l'avent.

– Enfin le 1er décembre ! sourit-il de toutes ses dents parfaitement alignées. Le jour de la découverte du calendrier de l'avent. J'y ai pensé tout le week-end.

Voilà ce qu'il cherchait. J'inspire profondément en faisant mine de ranger des papiers sur mon bureau impeccable avant de relever la tête vers lui. Depuis dix mois que je travaille ici, je crois que c'est la première fois que je le regarde comme un lapin qui va se faire dépecer. Il est neuf heures vingt et les calendriers de l'avent ne sont pas encore arrivés. Sonny a appelé à la première heure la société de transport qui lui a annoncé une livraison entre huit et dix-sept heures.

– Vous voulez commencer par un café et la synthèse des chiffres de la semaine dernière ?

Il lève un sourcil mais avant qu'il ne s'y oppose, je m'empresse d'ajouter :

– Pour garder le meilleur pour la fin…

– Si vous voulez, Blair, je vous attends dans mon bureau.

Je souffle un grand coup en le regardant s'éloigner. J'ai gagné entre quarante-cinq minutes et une heure. Quelle excuse je vais devoir invoquer ensuite si le livreur ne débarque pas ? Si seulement ça avait été la société pour laquelle bosse Carlos…

Les mains moites, je tourne mon organiseur de bureau pour que la face « antisèches » soit visible. Sait-on jamais : dans les contacts que j'y ai notés pourrait figurer quelqu'un qui pourrait connaître quelqu'un qui bosse pour Fedex. Je fais glisser mon doigt le long des noms sans qu'aucun ne me fasse tilt. Et quand je me résous enfin à faire couler les cafés, mon téléphone fixe sonne. C'est le numéro du service de préparation des commandes au rez-de-chaussée.

– Oui ?

– Blair, c'est Tom. On vient de réceptionner un gros paquet à ton nom.

– J'arrive !

Le dieu du 1er décembre m'a entendue. Je dévale les quatre étages à la vitesse de l'éclair en saluant à peine les collaborateurs que je manque de renverser sur mon passage.

Dans le hall, un grand colis m'attend. L'expéditeur est bien le chocolatier qu'a engagé Sonny. Pas de doute, ce sont nos calendriers de l'avent et je sens enfin mon anxiété s'atténuer. Le paquet n'est pas lourd mais encombrant, je suppose qu'il doit y avoir plein de mousse ou un truc dans le genre pour protéger les boîtes. Je le pousse vers l'ascenseur que Samuel ne nous autorise à utiliser qu'en cas de charge lourde à porter ou d'entorse. *Vous êtes en bonne santé, prenez l'escalier.*

Une fois à mon étage, je déballe le carton, le cœur au bord des lèvres. Maintenant que tout est imprimé, j'ai peur d'être passée à côté d'une information importante quand j'ai validé le bon à tirer.

Chaque calendrier de l'avent est emballé dans du papier de soie avec un sticker doré qui ferme le tout comme un paquet-cadeau où est inscrit : « Invitation pour un collaborateur de Warm Me Up + la personne de son choix. »

Je déchire le papier et tends les deux bras pour observer le calendrier avec du recul. Les lettres dorées manquent de m'éblouir.

« CECI EST UNE INVITATION. »

Tu parles, c'est une convocation, surtout...

En tout cas, le rendu est superbe. Samuel n'a jamais vu la maquette car le jour où je l'ai validée, il était en déplacement et que j'avais assez d'assurance pour me passer de son aval. Maintenant je doute. Est-ce que ça va lui plaire ?

Avant de me rendre dans son bureau, j'ouvre la case 20 à la hâte. Un rouleau de papier doré fermé d'un ruban rouge tombe au sol. L'instant de vérité. S'il n'y a pas d'erreur sur l'adresse, tout est bon.

Jour J !

Vous êtes attendu à The Mackey House
808 S Michigan Avenue, Chicago.
Cette adresse confidentielle ne doit être
connue de personne d'autre que vous
et votre accompagnant.
Venez muni de ce ticket dont le numéro
vous portera peut-être chance à la tombola.
Et n'oubliez pas votre doudoune Warm
Me Up qui sera votre passe d'entrée !

OK. Rien à signaler.

J'inspire un grand coup et tape à la porte de Samuel qui m'invite à entrer. Je lui tends un calendrier et ses lèvres s'étirent quand il touche le papier de soie rouge qui l'enveloppe. Il me regarde et laisse échapper un rire.

– Comment vous êtes passée de votre première proposition café-synthèse au déballage du calendrier de l'avent ?

Merde.

– Finalement… je suis trop impatiente de vous le montrer.

– Voyons ce qui se cache à l'intérieur !

Il jubile.

Son excitation est contagieuse. Je souris en voyant ses yeux pétillants parcourir l'objet et toute la tension que j'ai accumulée depuis mon arrivée s'évapore.

– Superbe travail, Blair ! C'est exactement ce que j'avais en tête.

– Je suis ravie, dans ce cas.

– Comment comptez-vous vous y prendre pour la distribution ?

– J'ai demandé à la responsable des ressources humaines de me préparer une liste des collaborateurs pour chaque service. Cela va me permettre de déposer le nombre précis de calendriers à chaque responsable de service qui s'occupera ensuite de les distribuer contre signature.

– Vous avez dit à Samantha qu'on organisait une *Christmas party* ?

– Non, vous m'avez dit de n'en toucher mot à personne !

– Excellente réponse, Blair. En plus, Samantha est assez rabat-joie.

Il est gonflé… Samantha est la responsable des ressources humaines et forcément, quand elle a besoin de voir Samuel, c'est pour des points importants, voire conflictuels. C'est sûr que son service n'est pas aussi fun que celui du marketing où les salariés écrivent sur les murs et les vitres ou encore que le service de préparation des commandes où l'équipe bosse parfois en dansant et nous régale de vidéos drôles sur les réseaux.

Cela dit, je n'ai pas envie de prendre la défense de Samantha car elle m'a bien gonflée la semaine dernière quand je lui ai demandé la liste des employés de chaque service. Elle a rechigné car elle était débordée, a voulu savoir pourquoi j'avais besoin de ces informations – *on aurait dit que je lui demandais la date de ses dernières règles, sérieux* – et a soufflé comme un taureau quand je lui ai répondu que c'était confidentiel. J'entends encore sa voix de crécelle : « Mademoiselle Miller, vous vous doutez bien que les données que vous me demandez sont elles aussi hautement confidentielles. »

J'ai fini par lui ordonner de me donner les informations le 1er décembre à midi au plus tard en jouant sur mon statut d'assistante de direction. Je n'ai pas regardé mes e-mails depuis une heure et j'espère que ce que j'attends s'y trouve, ce sera une chose en moins à gérer.

Je me lève alors que Samuel est toujours dans la contemplation du calendrier de l'avent.

– Cela vous gêne si je vous envoie la synthèse par e-mail et que nous en parlons plus tard ? Comme ça, je peux m'occuper de la distribution…

Il hoche la tête vigoureusement.

– Faites, faites !

Je sors de son bureau et mon cœur manque un battement quand je vois au loin Samantha devant le mien. Elle est penchée dessus comme si elle lisait quelque chose et n'a même pas un mouvement de sursaut alors qu'elle me voit arriver. Non mais quel sans gêne !

Ma mâchoire se crispe alors que j'avance rapidement vers elle, puis je vois les feuilles qu'elle a dans les mains et me détends un peu. Elle a dû monter car je ne décrochais pas. Normalement, quand je vais en entretien avec Samuel, j'ai toujours mon mobile sur moi, mais dans la précipitation tout à l'heure, j'ai oublié.

– Bonjour Samantha.

– Bonjour Blair, voici les informations que vous m'avez demandées.

– Parfait, merci. Je passerai vous voir dans la matinée et vous expliquerai tout.

Elle me fixe droit dans les yeux et un petit sourire en coin se dessine sur son visage.

– Avec grand plaisir. Je vous les dépose là ?

Joignant le geste à la parole, elle pose la liasse sur mon organiseur et mon cœur s'emballe quand je vois que la face « antisèches » est visible. Je reste de marbre alors qu'elle s'en va au ralenti et me laisse tomber sur la chaise quand je n'entends plus que des pas lointains dans l'escalier.

Depuis quand est-elle là ? Est-ce qu'elle a lu tout ce que j'ai écrit ?

Je parcours les Post-it et mon sang se glace. Il y a les formules de base à connaître sur Excel et que je connais par cœur depuis longtemps. Pourquoi je les ai laissées là…

Il y a aussi les cartes de visite de mon prof de remise à niveau en anglais, celle de mon formateur en informatique, une description de mon poste imprimée, découpée et scotchée avec certains passages surlignés… Autant dire que si elle s'est penchée dessus un moment, c'est la cata…

Rageusement, je retire les Post-it et les papiers scotchés les uns après les autres, fourre le tout en vrac dans mon sac à main et me rends vers le placard pour y prendre un organiseur neuf. Il est temps de remplacer l'ancien et de tourner la page sur mon passé. Je suis douée pour ce poste et il est hors de question de laisser qui que ce soit croire le contraire.

CHAPITRE 18

SONNY

Je souffle un grand coup en me garant devant le Creek Ranch avec dix minutes d'avance. J'ai l'impression que cette journée n'a pas de fin. Aujourd'hui, je me suis occupé de tous les achats du décor. À commencer par les figurines grandeur nature représentant un ours polaire, un loup, des écureuils que j'ai entassées dans l'utilitaire loué pour l'occasion avant de parcourir les boutiques pour dénicher des suspensions festives et des sucres d'orge en polystyrène. Je n'ai même pas eu le temps de rentrer prendre une douche avant de me rendre au dernier rendez-vous de ce mercredi de l'enfer, à savoir rencontrer les rennes que nous aurons à la *Christmas party*. Il est bientôt dix-huit heures, la nuit est tombée et je me frotte les mains pour les réchauffer en regardant distraitement une camionnette se garer à côté de ma bagnole. Ce n'est qu'une ou deux minutes plus tard, quand le bruit d'une main qui tape contre ma vitre me sort de ma torpeur, que je reconnais Blair à l'extérieur.

Elle n'est pas venue seule. À côté d'elle se trouve le mec qui l'accompagnait au Christmas Pop Up Bar l'autre soir, à qui doit sûrement appartenir la camionnette. Je m'empresse de sortir.

– Ça fait longtemps que t'es là ? me demande-t-elle en guise de bonjour.

– Non, même pas cinq minutes. Salut ! je lance à l'attention du brun trapu qui a un visage sympathique.

– Carlos, se présente-t-il.

– Sonny.

Bizarre, qu'elle soit venue avec son mec.

– C'est de la bonne ? me demande-t-il en désignant le siège passager.

Un sac de neige artificielle y est posé. Ma voiture est encombrée de petites décorations que je n'ai pas eu le temps d'apporter à The Mackey House avant de rendre l'utilitaire et je ris de sa blague.

– J'avais besoin de me mettre en condition avant d'aller faire un tour de rennes.

– J'espère que c'est une blague ? grimace Blair.

– Mais je veux faire un tour, moi ! argue son mec en riant.

Je me contente de hausser les épaules tandis que je m'avance vers l'entrée.

– Carlos, on ne montera pas sur les rennes, l'entends-je répliquer dans mon dos.

– Je suis venu pour quoi, alors ?

On dirait deux gosses et j'ai envie de me marrer tandis qu'on marche le long de l'allée enneigée. Au loin, je distingue les animaux et j'espère que nous n'aurons pas besoin de trop nous en approcher. Je ne suis pas du tout à l'aise avec les grosses bestioles et elles ont tendance à bien me le rendre. J'espère ne pas me retrouver dans une situation ridicule.

– Tu es venu car je n'aime pas prendre les petites routes enneigées la nuit en voiture.

– Tu aurais dû me le dire, je serais passé te chercher ! lancé-je à Blair en me retournant.

– Non mais laisse tomber, elle adore me confier les plans galère, soupire le Carlos, amusé.

Blair hausse les épaules en soufflant sur ses mains. Elle porte un short en cuir noir, des collants fins et ses éternelles Dr. Martens. Elle est très sexy là-dedans mais en effet, elle ne doit pas avoir bien chaud. Carlos lui met une petite bourrade à laquelle elle répond volontiers et je doute soudain qu'il s'agisse de son mec. Ils ont plutôt l'air de deux potes.

C'est une pensée qui me ragaillardit et je m'en veux immédiatement. On se fréquente pour les affaires, rien de plus.

– Bienvenue au Creek Ranch ! nous lance une voix féminine alors qu'on arrive devant le corps de ferme.

On fait pivoter nos têtes vers la femme gaillarde qui se tient plus loin, un seau à la main et un énorme bonnet en laine vert sur la tête.

– Vous êtes la fameuse équipe de la *Christmas party* ?

– Oui ! réponds-je en me dirigeant vers elle. C'est moi qui ai eu votre mari au téléphone.

Harry, un homme très chaleureux. Je redoutais de lui faire part de ma demande de louer des rennes pour une fête mais il l'a très bien accueillie et a insisté avec force pour que je vienne rencontrer mes « futurs amis ».

– Enchantée, je suis Wendy. Harry est absent, c'est moi qui vais vous faire visiter le ranch.

Blair et Carlos se présentent à leur tour et cette femme rigolote nous fait visiter les lieux pendant une bonne demi-heure. Si Carlos a l'air enchanté et pose des questions à tout bout de champ, Blair et moi échangeons des regards entendus. Du genre « vivement que ça se finisse ».

En traversant un chemin, elle marche dans une flaque de boue et peste en regardant sa chaussure sale.

– Pourquoi tu avais besoin que je vienne, en fait ? me glisse-t-elle alors que Carlos et Wendy ont quelques mètres d'avance.

Je lui adresse un grand sourire.

– Eh bien, parce que ça te semblait si important cette histoire de rennes que je ne voulais pas te priver du plaisir de les choisir.

– On va les choisir ?

– Exactement.

C'est ce qu'Harry m'a dit au téléphone en tout cas.

– Putain Sonny, ils se ressemblent tous, tu le fais exprès ou pas ?

Je pouffe devant ses yeux qui me lancent des éclairs. Elle n'a pas compris que je la taquinais.

– C'est parce que tu ne les as pas vus de près. Je suis sûr que tu vas bien t'entendre avec Johnny.

On est arrivés devant l'enclos et je lui désigne l'un des rennes. Ils ont tous leur prénom inscrit autour du cou et Johnny nous fixe, la gueule ouverte et le regard absent. Cette fois, Blair comprend que je me fous de sa gueule et me tape l'épaule.

– Je regrette d'être venue.

– Trop tard.

– Est-ce que vous voulez leur donner une carotte ? lance Wendy sur un ton enjoué, plus loin.

Carlos est déjà affairé et s'en donne à cœur joie.

– C'est ce que Blair voulait faire justement !

Elle ouvre la bouche pour protester mais Wendy fond sur elle et sort un légume du seau qu'elle tient depuis notre arrivée.

– Tenez mademoiselle, ils ne mordent pas, vous pouvez vous approcher davantage.

Joignant le geste à la parole, elle pousse Blair dans le dos, qui se voit contrainte d'avancer. Je réprime un fou rire et croise le regard de Carlos. Il a dû comprendre ma manigance car de loin, il lève son pouce en m'adressant un clin d'œil.

Wendy donne des instructions à Blair et finit même par lui refourguer son seau pour qu'elle nourrisse la dizaine de rennes qui attendent leur tour. Je n'ose même pas croiser son regard, je pense que je mourrais foudroyé sur place.

– Sonny, pour en revenir à votre demande… commence Wendy en s'approchant de moi. Harry m'a dit que vous vouliez louer des rennes pour une *Christmas party* le 20 décembre, c'est ça ?

– Exactement. C'est une première pour moi, je ne sais pas comment vous fonctionnez d'habitude ?

– C'est une première pour nous aussi, rit-elle. On a coutume de faire des parades, des balades à dos de rennes ou de la location pour des shootings mais pour une fête, c'est inédit. Qu'est-ce que vous souhaitez exactement ?

Aucune idée, tellement cette demande est saugrenue, et Blair est plus loin en train de refiler le seau à Carlos qui se marre.

– Le photocall est en intérieur donc ce ne sera pas adapté pour le shooting, mais le cocktail se déroulera dans le jardin. J'imagine que les rennes pourraient être présents pour le cocktail.

– Il est grand, ce jardin ? Parce que les balades…

– Non, pas de balades prévues, je la coupe.

Comment lui dire poliment que Samuel Barvissi aimerait fixer des plateaux de fromages sur leur dos ?

– C'est plus pour… le décor. Je veux dire, pensez-vous qu'on pourrait leur mettre des plateaux sur le dos ?

Les sourcils de Wendy se froncent.

– Très mauvaise idée, jeune homme. Si les rennes sentent de la nourriture sur leur dos, c'est la catastrophe assurée !

C'est si évident…

– Non bien sûr ! Je voulais dire, des plateaux de fleurs.

L'idée est naze mais j'essaie de m'en sortir comme je peux.

– Oh bien sûr ! Ils portent bien des adultes, ils peuvent porter des fleurs, ce sera très joli en plus. Vous en voudrez combien ?

Je jette un coup d'œil à Blair qui est en train d'enfoncer une carotte dans l'oreille de Carlos. Je ne sais pas ce qu'ils foutent mais mieux vaut que Wendy ne regarde pas dans leur direction. Je me décale un peu de façon qu'elle leur tourne complètement le dos.

– Je pense que quatre seraient bien…

– Et si je vous en mettais six ? Je vous propose cela car l'après-midi, nous avons une parade avec six rennes au marché de Noël de Chicago. Nous pourrions venir dans la foulée.

– Oui, c'est parfait. Vous pouvez m'envoyer un devis dans ce sens. Pour une présence de dix-neuf heures à minuit.

Au moins Samuel les verra en arrivant et en partant. Une douleur sourde me traverse et je pousse un cri. Un renne vient de me mordre une fesse.

Wendy éclate de rire.

– Vous devez avoir le popotin tentant.

J'entends Blair et Carlos ricaner alors que je me masse la fesse endolorie, mortifié.

– C'est le karma, lance Blair en s'approchant.

Elle a sûrement raison.

J'ai super mal mais j'essaie de faire comme si de rien n'était.

– Nous avons tout passé en revue avec Wendy, l'informé-je. Tu avais des questions ?

– Si on peut choisir les rennes, j'aimerais bien qu'on ait celui-ci, affirme-t-elle en désignant celui qui m'a maltraité avec un grand sourire.

Wendy éclate de rire.

– C'est noté, Johnny sera des nôtres.

Putain, Johnny, c'est toi le traître ?

On rebrousse chemin vers le parking où Wendy nous raccompagne.

– Si vous voulez, aller vous ravitailler avant de rentrer à Chicago, mon fils tient le Ill's Kitchen que vous verrez sur la route, nous lance-t-elle en tournant les talons.

En effet, j'ai vu ce petit restaurant sur mon chemin.

– Je vous offre un verre pour nous remettre de nos émotions ?

Blair lève un sourcil, surprise, et lance un regard à Carlos.

– Mais carrément ! On te suit. C'est pas Blair qui me le proposerait alors que je viens exprès pour la soutenir moralement.

Je l'aime bien, lui, pensé-je en souriant alors que je m'engouffre dans ma bagnole. Et je vais tenter d'en savoir plus la nature de leur relation. Non pas que ça changerait quelque chose s'il s'avérait que ce n'était pas son mec. Si ?

CHAPITRE 19

BLAIR

– Tu ne m'avais pas dit que Sonny ressemblait à… Sonny, me lance Carlos dès qu'on a quitté le parking.

– Comment ça ?

Je feins de ne pas comprendre.

– Quand tu m'as supplié de t'accompagner, je m'attendais à ce que l'organisateur soit un type coincé en costard, pas un gars de notre âge aussi sympa que moi.

Dans l'obscurité, il ne voit pas mon sourire en coin. Si j'ai tanné Carlos pour qu'il vienne c'est justement parce que Sonny est charmant. Je préfère éviter de me retrouver seule avec lui car sa présence me trouble.

– Je ne voulais pas rouler sur les petites routes enneigées, je soupire. On est déjà arrivés ?

Le Ill's Kitchen est vraiment juste à côté, en effet. C'est un chalet en bois bardé de guirlandes lumineuses qui donnent envie d'entrer.

On se gare à côté de Sonny et, quand on entre quelques secondes plus tard, le restaurateur qui s'appelle Logan nous accueille à bras ouverts. Pire, quand Sonny lui annonce qu'on vient de la part de sa mère, il nous offre notre première tournée de cocktails. Une spécialité de la maison, paraît-il.

– Bon alors, vous avancez bien sur votre *Christmas party* ? demande Carlos à Sonny.

Ils ont parlé base-ball en attendant nos verres. Logan doit en être fan à en croire les maillots dédicacés suspendus partout et voilà que, maintenant, on va parler boulot. Je ne fais pas de commentaire car je n'avais qu'à prendre l'initiative de lancer un autre sujet de discussion.

– Oui plutôt pas mal, non ? m'interroge Sonny.

La tequila additionnée de cannelle et de gingembre est délicieuse. Je trempe mes lèvres encore une fois dans mon verre avant de répondre.

– Tu fais bien de me poser la question maintenant car après avoir bu ça, je trouverai que l'organisation ne manque de rien.

– Elle ne manque déjà de rien !

– Je te rappelle qu'il faut que Samuel goûte le pain d'épices du traiteur.

À cette mention, Carlos s'esclaffe.

– Mais d'où lui viennent ces demandes, à votre chef ? Des rennes qui se baladent, du pain d'épices de la grand-mère, le personnel déguisé… Il est fou, ce type.

– C'est le moins qu'on puisse dire, rit Sonny avant de se tourner vers moi. Je m'occupe du pain d'épices la semaine prochaine, pour que Samuel continue de me trouver génial.

Je n'aurais jamais dû lui dire que le patron avait adoré l'idée des cadeaux piégés.

L'air trop fier qu'il arbore d'un coup me renvoie à notre première rencontre et je pointe mon index vers lui.

– Qu'est-ce que vous vous êtes dit dans son bureau, le jour où tu es venu et que j'ai dû patienter avant de vous rejoindre ?

Son sourire s'étire.

– Je savais que ça t'avait vexée.

– Qu'est-ce qu'il t'a dit, ce jour-là ?

Le restaurateur dépose sous nos yeux une assiette de *chicken wings*. Carlos se jette dessus tandis que je traque Sonny du regard tout en vidant mon verre d'une traite. L'alcool commence à faire son effet mais pas assez pour que je me détourne du sujet qui m'intéresse.

– Tu en veux un autre ? me propose Sonny en regardant nos verres vides.

S'il croit que je vais lâcher l'affaire, il se fourre le doigt dans l'œil.

– Crache le morceau.

– Pourquoi tu veux que je crache ? Je n'ai rien mangé.

Carlos ricane comme un idiot.

– De quoi vous parlez ?

– Sonny ne veut pas me confier ce que mijote Samuel dans mon dos.

– C'est une surprise qu'il réserve aux collaborateurs dont tu fais partie, se défend Sonny.

– Je n'aime pas les surprises, tu peux me la gâcher.

– Non, c'est confidentiel.

N'empêche que sa satisfaction de me tenir en haleine se lit sur son visage. Ça m'énerve !

Je m'empare rageusement d'une aile de poulet et mords dedans comme s'il s'agissait de la cuisse de Sonny.

– Ben t'as raison, si c'est une surprise, lui dis rien, l'encourage ce traître de Carlos.

– Tu vois ? me lance fièrement Sonny.

– C'est un truc de fou ? demande encore Carlos en enchaînant les morceaux de poulet.

– Même pas. Je vais nous commander une deuxième tournée.

Carlos le regarde s'éloigner et m'adresse un clin d'œil.

– Quoi ? je râle.

– Tu t'entends bien avec lui.

– On a l'air de bien s'entendre ?

– Il te tient tête, ça doit te faire plaisir.

Il fait référence au barman avec qui j'étais sortie il y a quelques années et qui me couvrait d'attentions mielleuses. Il m'avait même déposé sous le nez un cappuccino décoré d'un cœur en mousse de lait devant Carlos alors qu'on était ensemble depuis six jours, la honte.

Je lève les yeux au ciel, agacée. Et vexée de ne pas avoir eu le dernier mot. Je n'aime pas qu'on me dise non et encore moins quand c'est avec le sourire.

– Il est célibataire ?

– Oui.

Mais... qu'est-ce que j'en sais, en fait ?

– Je ne sais pas, je me reprends.

– Oui ou tu ne sais pas ?

Il rit.

– Peu importe, qu'est-ce que tu veux que ça me fasse ? Regarde, Amber t'appelle.

Son téléphone a vibré au parfait moment. Mes joues menaçaient de rougir d'un instant à l'autre, me prouvant encore une fois à quel point Sonny ne me laisse pas indifférente. Le souci, c'est que mon passé avec les mecs n'est pas glorieux. J'ai la manie de m'enticher des mauvais types. Soit ceux qui ont l'air d'avoir du caractère mais finissent par me manger dans la main et dont je me lasse vite, soit ceux qui ne pensent qu'à eux et donc je me barre vite. Excepté le dernier en date qui ne m'a plus donné de nouvelles du jour au lendemain alors que ça se passait plutôt bien entre nous. Donc la meilleure chose à faire est de ne pas fricoter avec quelqu'un avec qui je bosse. D'autant plus qu'il a l'air bien trop gentil pour moi.

Carlos s'est éloigné et je fais mine de scroller sur mon portable quand Sonny revient avec trois verres.

J'essaie d'éviter son regard vert qui me déstabilise mais du coup, je fixe sa mâchoire carrée et ses lèvres charnues, ça me trouble encore plus. En fait, sa proximité me rend fébrile. Et je n'arrive pas à faire abstraction de son odeur musquée qui devient beaucoup trop familière.

– Il est où, Carlos ?

– Au fond du resto, il téléphone à sa meuf.

Il regarde dans la direction que je lui indique et fronce les sourcils.

– Ce n'est pas avec lui que tu cherchais un appartement ?

Cette fois, c'est moi qui fronce les sourcils puis je comprends sa question. Depuis le début, il doit croire que Carlos est mon mec.

Mon Dieu, heureusement qu'il n'a pas parlé de ma recherche d'appart devant Carlos.

– Si, c'est avec lui. Mais ne lui en parle pas, il n'est pas au courant.

Devant son expression hébétée, je me vois obligée de m'expliquer.

– C'est mon meilleur pote. On a prévu de faire une coloc mais pour l'instant, il est livreur en intérim, c'est pour ça que notre dossier n'est pas passé. Je ne lui avais pas dit que j'avais commencé les recherches. Je viens de te confier un secret. À ton tour.

Cet abruti éclate de rire et je comprends qu'il ne cédera pas. Vexée, je croise les bras et me renfrogne dans mon siège.

– Tu boudes ? me demande-t-il, amusé.

Je lève les yeux vers lui. Comme je sais qu'il panique vite, je cherche un sujet qui pourrait lui faire perdre son sourire.

– Quand est-ce que tu vas faire les achats des lots de la tombola ?

Il lève un sourcil mais ne se départ pas de son air de ravi de la crèche.

Qu'il m'énerve !

– Samedi, au Magnificent Miles. Tu m'accompagnes ?

L'angoisse. Dans le quartier des riches, comme on aime à le dire avec Carlos, en plein Michigan Avenue. Jamais je n'ai fait les boutiques là-bas, je préfère de loin les petits magasins de créateurs locaux. Mais je vais prendre sur moi pour obtenir ce que je veux.

– Si je t'accompagne, tu me dis quelle est la surprise de Samuel ?

Tiens, tiens... Une lueur d'hésitation vient de passer dans ses yeux et ça me plaît de voir que tout n'est pas perdu.

– Je vais réfléchir.

On dirait que sa loyauté a un prix tout compte fait, ça m'arrache un petit sourire en coin.

– Tiens moi au courant, c'est bientôt, hein ?

Il hoche la tête, l'air aussi amusé qu'embêté. Carlos arrive derrière lui et pose son téléphone un peu trop brutalement sur la table. Il s'assoit en soupirant et je suis surprise de son air énervé alors que je le voyais rire au téléphone un peu plus loin il y a encore quelques secondes.

– Toi aussi t'as une meuf qui te casse les couilles dès que tu sors sans elle ? demande-t-il à Sonny.

Et là, je comprends. Le mec fait du cinéma et il est vraiment très fort. Il est en train de prêcher le faux pour savoir le vrai.

– Non, je suis seul, répond naïvement Sonny en poussant l'un des verres vers mon pote. Tiens, bois un coup, ça ira mieux.

Carlos ne laisse rien passer sur son visage quand il croise mon regard désabusé. Je ne laisse rien passer non plus de mon plaisir de savoir ce type célibataire. Même s'il m'agace autant qu'il me plaît. Qu'il soit célibataire ne change rien. C'est un partenaire.

– J'espère que ça va vite s'arranger avec Amber... lancé-je ironiquement à Carlos à peine s'est-on engouffrés dans son camion.

J'ai beau avoir deux verres au compteur, grâce aux *wings* que j'ai avalés, je garde les idées claires. Mon pote éclate de rire.

– Tu ne savais pas, maintenant tu sais. Il est célibataire, la voie est libre.

– Arrête, c'est pas mon style.

En plus c'est vrai. Normalement, j'ai un faible pour les *bad boys* ou les mecs plus arrogants.

Normalement...

Sonny est en train de me faire douter.

– Il ne te plaît pas ?

– Je préfère ne pas mélanger boulot et perso. Elle faisait quoi, Amber, ce soir ? demandé-je pour changer de sujet.

– Là, elle partait au resto avec ses amis.

– Pourquoi tu as accepté qu'on boive un verre ici ? Tu aurais pu l'accompagner.

– J'avais pas envie.

Je tourne la tête vers lui, surprise.

– Comment ça se fait ?

– Je ne me sens pas à l'aise avec eux. On n'est pas du même milieu.

D'habitude, Carlos ne se prend pas la tête avec les filles. Depuis le collège, c'est seulement la deuxième fois qu'il paraît accroché. C'est pour ça que je suis un peu jalouse d'Amber. Pour autant, je veux que ça marche entre eux car elle a l'air de le rendre heureux.

– Amber ou un de ses potes t'a déjà fait une réflexion ?

– Non. Avec Amber, ça se passe bien. Mais avec ses amis, je sens qu'on n'a pas du tout les mêmes centres d'intérêt. Ils parlent de week-ends que je ne pourrai jamais lui payer, ses copines se montrent des fringues que je ne peux pas lui offrir, ou encore on va dans des restos qui coûtent une blinde, c'est trop galère pour moi.

Je comprends mieux.

– Et tu en as parlé avec Amber ?

– Non. Elle s'en doute car elle a insisté sur le fait que c'est elle qui m'inviterait et en fait, ça me frustre encore plus.

– Va quand même falloir que vous en parliez. Il y a des solutions, comme voir ses potes dans des lieux moins chers, ou faire un ciné, ce genre de trucs.

– Mais même, j'accroche pas tant que ça avec eux.

– Parfois, faut faire des efforts. Regarde, elle, elle vient avec nous !

Il me lance un regard entendu. Et là je me rends compte que je ne fais rien de spécial pour la mettre à l'aise. Putain. Les potes d'Amber sont comme ça avec Carlos ?

– Bref, ça va aller, t'inquiète.

Je le connais, il veut changer de sujet. Ça tombe bien, j'en ai un autre sous le coude.

– Ce matin, je me suis chopée avec la responsable RH et elle m'a menacée.

– Comment ça, menacée ?

Il tourne la tête vivement vers moi et je le force à regarder la route.

– Calme-toi, pas des menaces de rue. Elle va regarder mon dossier, je le sens. Et toutes les références sur mon école et mes expériences sont fausses.

– Putain… Tu risques quoi ?

– D'être licenciée, je suppose.

– Si un soir tu as besoin que je reprenne le camion pour cacher un corps, tu me le dis.

– T'es con, je souris.

Il me tapote la cuisse.

– Ça fait des mois que tu fais un taf de fou. Même si elle te balance au patron, il fera peut-être l'impasse. Surtout qu'il a l'air disjoncté.

– C'est ce que j'espère… soupiré-je. Je ne m'imagine pas revenir à un poste de vendeuse ou de serveuse maintenant que j'ai goûté à ça.

– Il n'y a pas de sot métier.

– Mais je sais bien ! je m'insurge. Tu me connais, quand même, Carlos ! C'est juste que j'ai trouvé un boulot très bien payé et qui me plaît. On me laisse de l'autonomie, c'est hyper valorisant par rapport à tout ce que j'ai connu.

– Alors accroche-toi, je suis sûr que le patron ne te virera pas comme ça.

J'espère.

– Pendant que t'étais aux toilettes, j'ai filé mon numéro à Sonny, reprend-il.

– Pour quoi faire ?

– Pour venir l'aider à installer la décoration, je serai dispo toute la matinée.

– OK, c'est sympa.

– Tu le veux ?

Je fronce les sourcils face à son sourire en coin.

– De quoi ?

– Son numéro.

– Roh, je l'ai, t'es pénible.

Il ricane, fier de sa blague.

– En tout cas, je ne culpabilise plus de t'abandonner le 20, vu que tu n'es pas si seule que ça…

Je feins une grimace mais en vrai, il a raison. Ça fait quelques jours que je ne m'inquiète plus d'aller seule à cette fête. Je me sens aussi investie que Sonny dans l'organisation et je pense que c'est avec lui que je passerai la soirée.

CHAPITRE 20

SONNY

Je tourne mon téléphone entre mes mains sans savoir comment me sortir de ce dilemme. Je crève d'envie que Blair m'accompagne faire les boutiques mais je suis loyal. Samuel m'a demandé de ne rien dire de ce foutu discours et de sa sortie spectaculaire alors, je n'ai pas envie de me louper. Dès que je m'apprête à envoyer le message pour lui dire que je n'accepte pas le deal, je me retiens car j'ai envie de passer du temps avec elle hors du boulot, même si c'est pour le boulot. Et sans que les minutes soient comptées.

Voir si l'alchimie naissante que je sens monter entre nous est réelle ou pas.

J'ai envie de me tarter. Le seul domaine où je suis sûr de moi dans la vie, ce sont les femmes, mais avec elle, je doute. Elle m'intimide.

Je prends une douche, enfile un jean troué et un sweat un peu loose. Mes fringues de tous les jours mais dans lesquelles elle ne m'a jamais vu car ce n'est pas adéquat pour une soirée ou un rendez-vous pro. Je vais être moi-même aujourd'hui et advienne que pourra.

Elle doit être du genre à détester faire les boutiques. Donc si elle accepte de m'accompagner, c'est qu'il y a une petite chance pour que je lui plaise et là, j'aurai tout gagné. Depuis que je la sais célibataire, je n'ai plus envie de lutter contre mon attirance pour elle.

Sonny : *J'ai une bonne*
et une mauvaise nouvelle.

Le « lu » qui s'affiche m'indique qu'elle a vu mon message. Est-ce qu'elle guettait son téléphone ?

Blair : *Vas-y*

Sonny : *Je suis trop loyal pour*
divulguer le secret que Samuel m'a
demandé de garder. Du coup, tu es
dispensée de shopping. Souhaite-moi
bonne chance pour affronter l'univers
impitoyable de Chicago.

Blair : *Bonne chance.*

OK.

Sonny : *Tu es sérieuse ? Tu ne vas*
pas m'accompagner ?

Être moi-même, j'ai dit. C'est ce que j'aurais répondu à une fille lambda qui ne m'intimide pas.

Blair : *C'est toi qui es sérieux ?*
Tu as menti une fois à Samuel,
tu n'es plus à ça près.

L'enfoirée.

Sonny : *Je vis dans le regret depuis.*

Blair : *Ce doit être très difficile. Tu as*
tout mon soutien dans cette épreuve.

Sonny : *Heureux de l'apprendre.*
Donc je passe te prendre ?

Je l'imagine en train de sourire. Je n'ai jamais été aussi forceur, j'espère qu'elle le prend à la rigolade.

Blair : *De toute façon j'avais bloqué*
ma journée et pris la carte
de l'entreprise au cas où tu serais
un homme courageux. Je vais
te rejoindre, tu veux aller où ?

Le sourire que j'arbore me fait mal tant il est étendu.

Sonny : *Au croisement de Michigan*
Avenue et d'Oak Street, on devrait
trouver notre bonheur avec toutes
ces boutiques, non ?

Blair : *J'y serai dans une heure.*

Yes ! Je suis tellement excité que je n'ai même pas faim et tourne comme un lion en cage jusqu'à ce que ce soit l'heure.

Au moment de partir, je ferme la porte aussi discrètement que possible pour ne pas attirer l'attention de ma mère. Je ne sais pas si elle est rentrée déjeuner et je ne veux pas lui dire que je l'ai écartée de la mission « cadeaux » avant que ce ne soit terminé. Elle serait capable de se faire remplacer à la galerie et de s'incruster tant cette activité lui plaît. J'en arrive même à me sentir coupable de la priver de ce petit plaisir en descendant à pas de loup l'escalier mais, une fois sur le chemin, je suis à nouveau concentré sur Blair. Elle me rejoint sans contrepartie, c'est fou. J'arrive avec dix minutes d'avance et je me rends compte qu'il peut faire très froid quand on fait le pied de grue sur la chaussée enneigée.

– Depuis quand tu portes une casquette, toi ?

Je ne l'avais pas vue arriver et j'effectue un quart de tour pour lui faire face.

Depuis quand tu portes une veste en cuir toi ?

Elle a un sourire en coin qui me plaît. Et son look rock'n'roll est mortel.

– Prête à jouer au Père Noël ? demandé-je en faisant un signe de tête vers la droite où se trouve une première allée de magasins.

– Tu parles ! Je vais surtout être le Grinch qui va t'empêcher d'acheter n'importe quoi, sourit-elle.

On avance côte à côte dans l'avenue. Des notes de musique de Noël s'échappent des boutiques, toutes décorées avec soin. On dépasse les premières, consacrées au prêt-à-porter.

– On reste sur l'idée d'acheter un lot pour chaque employé ?

– On verra en fonction de ce qu'on trouve mais ça serait bien. Par contre, si c'est pour acheter cinquante-quatre fois la même paire de chaussettes, c'est naze.

C'est pas faux. Je repère une boutique de bougies et bibelots en tout genre.

– Regarde, on rentre ici ?

Elle me précède et, pendant que je lui tiens la porte, il y a comme une gêne entre nous. C'est frustrant. Je m'attendais à retrouver la même complicité que la dernière fois qu'on s'est vus. Mercredi soir au Ill's Kitchen, c'est pas si loin pourtant. Mais même moi, je suis sur la réserve, comme si j'étais en préchauffage.

– Je peux vous renseigner ? nous demande la vendeuse.

– On cherche des petits cadeaux moches, pour une fête de Noël, lui lance Blair en regardant autour d'elle.

Le visage de la dame se décompose. Je me rends vite compte que tout est artisanal ici et que ce n'était peut-être pas la bonne façon d'aborder le sujet.

– Des cadeaux à petits budgets pour offrir en entreprise, je précise.

Blair, voyant que la femme ne rebondit pas, se promène dans l'espace. Elle saisit une boule à neige représentant le Père Noël sur un traîneau.

– Ça, c'est bien, non ? Il y a plusieurs modèles différents en plus.

Je m'avance vers elle en priant silencieusement pour qu'elle n'ajoute pas que c'est moche à souhait. Même si ça l'est clairement. Tout comme les figurines de lutins qui paraissent sortis d'un film d'horreur et que je prends discrètement en photo. Ma mère adore les lutins et en fait une collection mais quand je vais lui montrer ça, elle ne pourra pas dire que c'est beau.

– Je valide.

Elle grimace en attrapant un autre modèle de boule à neige représentant un bonhomme de neige et une petite fille un peu glauque.

– Oh celui-là ! Je meurs si je le remporte.

Si elle continue, je vais avoir un fou rire. Faut qu'elle arrête ses commentaires à voix haute.

– C'est peut-être la vendeuse qui les a faits, murmuré-je.

Ses yeux s'écarquillent et elle se mord les lèvres pour garder contenance.

– Combien ça coûte s'il vous plaît ? demande-t-elle subitement à la vendeuse qui en profite pour se rapprocher avec un air peu aimable.

– Elles sont à quarante-neuf dollars.

– Chacune ?

Blair, toujours l'objet en main, ne masque pas sa stupéfaction et si je pouvais la hisser sur mon épaule pour la faire sortir immédiatement, je pense que ça serait mieux.

– Ces boules à neige ont été peintes à la main, rétorque la vendeuse.

– Ça se voit, marmonne Blair en reposant l'objet sur l'étagère.

Je m'approche de la sortie.

– Bonne journée, madame.

À peine dehors, Blair me regarde et éclate de rire. On est encore devant la vitrine et je sens le regard de la vendeuse peser sur nous alors je la tire par le bras pour la faire avancer, amusé.

– Ça va être un calvaire de faire les boutiques avec toi.

– Non mais t'es pas d'accord ? Elle est malade !

– C'est pas donné mais comme c'est fait à la main, ça ne m'étonne pas trop.

Je pense aux prix des tableaux dans la galerie de ma mère. Je n'y emmènerai jamais Blair.

– Mais en fait, Sonny, tu les aimais bien !

Elle me pointe de son index, les yeux écarquillés et j'éclate de rire.

– Pas du tout, ce n'est pas la question.

– Si, j'ai senti qu'il te plaisait, le petit bonhomme de neige. T'avais l'air ému en le regardant.

– Peut-être que je repasserai me le prendre plus tard, je le vois bien sur ma table de chevet. Viens par-là !

Je l'entraîne vers une boutique de bonnets et chaussettes. Ici, on devrait trouver notre bonheur, il n'y a que des lainages à motif de Noël, moches comme il se doit. En plus, le vendeur est occupé avec une cliente et on peut regarder les marchandises librement.

– C'est parfait, ça, Sonny !

Je hoche la tête devant les chaussettes qu'elle me tend. Cette fois, c'est le prix que je regarde en premier.

– Trente-huit dollars, je tique en les reposant.

– Non ? Tu délires ?

Elle vérifie à son tour.

– Mais pourquoi ?

– Elles sont faites à la main en laine de chat persan.

Je vois à son regard qu'elle n'a pas compris que je blague.

– Apparemment, ils sont en voie d'extinction, ça explique le prix.

– Ce sont des chaussettes en poils de chat ?

– Oui, mais du coup, quand tu les portes, t'es beaucoup plus agile.

J'éclate de rire quand elle comprend que je la mène en bateau et elle me tape l'épaule avec les affreuses chaussettes vert et rouge.

– T'es un enfoiré Sonny. Allez, on se barre.

Dehors, il gèle mais les rues décorées, la musique qui s'échappe des haut-parleurs et, plus encore, cette fille qui marche à côté de moi, rendent la balade agréable. On parcourt encore l'avenue pour faire chou blanc dans toutes les boutiques où on entre. La plupart sont des magasins de fringues à la mode, on n'essaie même pas.

– Ça va être plus compliqué que je ne le pensais, je soupire.

Ma mère doit avoir des boutiques en tête pour ça, elle a toujours des adresses. Mais si je l'appelle maintenant, elle va me passer un savon.

– Maintenant que les tickets sont imprimés, on est obligés d'avoir un minimum de lots. Putain, il fait froid ! râle-t-elle sans transition.

On est juste à côté d'une locomotive rouge d'où s'échappe une bonne odeur de marrons grillés et de chocolat chaud.

– Ça te tente ?

Elle suit mon regard et je vois à ses yeux que la pause sucrée est bienvenue. Je commande deux boissons et un cornet de marrons pendant qu'elle se frotte les mains. En même temps, le genre de veste qu'elle porte ne doit pas tenir bien chaud.

– J'aurais dû commander les articles sur Internet. Tout est hors de prix en boutique…

– Ça me conforte dans mon habitude de ne jamais faire les magasins dans les quartiers chics, grimace-t-elle.

En effet, la majorité des enseignes sont haut de gamme mais j'avais espoir que parmi les quatre cent soixante boutiques répertoriées ici, on en trouve deux ou trois vendant des conneries. Je me suis planté, on dirait.

Le lutin de la locomotive nous dépose nos chocolats et le cornet de marrons sur le comptoir et on se met devant un tonneau faisant office de mange-debout pour les déguster. Je dépiaute un marron pour lui éviter de se salir les mains et le lui tends.

– Ici on ne trouvera pas cinquante lots, soupire-t-elle. Ni même dix. J'ai peur que Samuel tique si la note est explosive pour des bêtises.

– Non, il ne faut pas qu'on lui fasse dépenser une fortune là-dedans.

Je vois qu'elle cogite à cent à l'heure tout en mâchouillant les marrons que je pose sous son nez.

– Faut aller ailleurs.

C'était ce que j'étais en train de me dire. Moi non plus je ne suis pas un fana du shopping. Normalement, Internet est mon ami mais là, je me suis laissé dépasser par les délais. La moue qu'elle fait en réfléchissant est craquante.

– Il y a un centre commercial à une quarantaine de minutes, reprend-elle. J'emmène ma propriétaire une fois par an là-bas, il y a un immense bazar où on aura plus de chance de trouver qu'ici.

Un bazar… je ne suis pas convaincu.

– Tu penses que Samuel appréciera qu'on achète des gadgets ?

Pour toute réponse, elle souffle et enfourne un marron dans sa bouche. Puis son visage s'éclaire.

– J'ai une idée ! lance-t-elle, la bouche pleine, en sortant son téléphone de son sac. Samuel a fait une donation à une association le mois dernier et depuis, je suis noyée par leurs e-mails. J'en ai reçu un hier qui parlait d'une vente de Noël de trucs artisanaux.

Ça, c'est une vraie piste.

– Ce serait parfait. Surtout si Samuel est un contributeur, il va apprécier.

Elle me brandit son mobile devant les yeux et je me concentre pour discerner les informations de l'e-mail en question tant le jeu de polices et de couleurs rend le tout illisible.

– Mais c'est à Naperville, tu as vu ? C'est en banlieue…

On ne pourra pas y aller en métro.

– Et alors ? Ta maman ne t'a pas donné la permission de sortir de Chicago ?

Qu'elle me plaît quand elle me provoque comme ça… Je lui décoche un clin d'œil.

– Je peux demander une dérogation. Par contre, je suis venu à pied. On peut retourner chez moi prendre ma voiture mais j'habite à…

– C'est bon, je suis garée au parking à côté, me coupe-t-elle en faisant volte-face. Viens !

Elle ne sait pas se poser dix minutes ? J'ai l'impression que c'est une pile électrique. On s'empare de nos gobelets de chocolat chaud et je suis sa cadence rapide tout en repensant à son allusion sur sa propriétaire. Elle ne vit donc pas chez ses parents comme je le pensais.

– Tu habites dans quel quartier ? lui demandé-je pour briser le silence.

Elle lèche sa lèvre supérieure pour retirer un surplus de chocolat chaud et cette vision me procure des frissons. Une mèche s'est échappée de son chignon fait à la va-vite et j'ai envie de passer mes doigts dans sa nuque. Mais elle me ferait une clé de bras, alors je plonge mon nez dans ma boisson.

– En banlieue. Dans une ville encore moins chic que Naperville. Si je te donne le nom, tu fais un malaise.

Je lève les yeux au ciel sans en demander davantage.

Je m'en veux de la gueule que j'ai tirée en pensant à sortir de la ville quand elle doit faire ça tous les jours. Ça doit lui faire une trotte pour venir bosser en plein dans le quartier du Loop. Je comprends mieux sa recherche d'appartement. Elle nous fait prendre un raccourci entre deux boutiques et je repère son petit cabriolet.

– Tu crois que je vais rentrer dedans ?

Avec mon mètre quatre-vingts et mes épaules larges, j'ai l'impression que je vais devoir me contorsionner. Elle fronce les sourcils en déverrouillant le véhicule et je sais d'avance qu'elle va me tacler.

– Tu t'es pris pour Hulk ?

– Je savais que tu m'enverrais une pique.

– Tu tends le bâton, ma foi. Tu peux jeter les gobelets dans la poubelle là-bas pendant que je fais la marche arrière ?

À vos ordres, chef.

Je m'exécute et jette un coup d'œil à mon téléphone en attendant qu'elle roule jusqu'à mon niveau.

Un message de ma mère, c'était couru d'avance.

Maman : *Ce n'est pas aujourd'hui*
qu'on doit aller faire les boutiques ?
Passe me prendre en voiture
à la galerie.

Ça date d'une heure.

Sonny : *J'y suis allé avec Blair*
car elle voulait donner son avis.
Je pensais te le dire hier
mais t'étais avec NINA.

Un demi-mensonge, ça passe. Surtout que j'ai voulu rendre visite à ma mère hier soir, mais j'ai entendu les rires d'une autre femme à travers la porte alors je me suis abstenu.

Maman : *Tiens donc...*
Vous avez l'air de former
une bonne équipe avec BLAIR ;)

Je souris tout en m'engouffrant dans la voiture.

CHAPITRE 21

BLAIR

On arrive à Naperville et je tourne longtemps avant de trouver une place suffisamment large pour me prémunir des coups de portière.

– Tu galères comme ça pour te garer tous les jours ? me demande Sonny quand je consens enfin à faire une manœuvre.

– Oui. Cette bagnole, c'était mon petit caprice quand j'ai signé mon CDI. J'ai toujours eu envie d'avoir un cabriolet comme les greluches dans les films mais au quotidien, c'est chiant.

Il éclate de rire.

– Pourquoi tu voulais ressembler à une greluche ?

– J'ai jamais dit ça ! J'aimais juste le fait que c'est une voiture qui claque.

On est garés à côté de la place où se trouve la foire. Des pancartes faites à la main indiquent que les bénéfices des ventes iront à l'association « Un Noël pour tous » et une chorale est en train de s'égosiller. Sonny et moi nous lançons un regard entendu.

– On va y laisser nos tympans, je suppose ?

– Et nos yeux aussi, marmonné-je en regardant le premier stand qui met à l'honneur des pulls tricotés dans des couleurs atroces et qui n'ont rien à faire ensemble.

Sonny se retient de pouffer car la dame devant l'étal nous adresse un « bonjour » tonitruant.

– Ce sont des pulls confectionnés par les bénévoles de l'association « Un Noël pour tous ». Ici les petites tailles, ici les adultes.

Mes yeux vont d'un article à l'autre et je réprime une grimace alors que Sonny s'empare d'un modèle représentant un ours sur fond rayé rouge et vert.

– Je te vois bien dedans, sourit-il avec son air angélique.

Il semble vivre sa meilleure vie en fouillant dans la pile de pulls. Soudain, il lève la tête vers la vendeuse.

– J'ai vu écrit « Un Noël pour tous ». C'est pour quelle cause exactement ?

Allez, on va partir dans un dialogue sans fin.

– Nous organisons des Noëls pour les animaux. Ceux qui sont abandonnés, blessés ou encore recueillis car ils n'apprécient pas la vie sauvage. Chaque année, nous mettons une race animale à l'honneur mais nous n'oublions pas pour autant les autres.

Merveilleux.

– Tu as choisi ? je demande à Sonny en lorgnant ses mains chargées.

– Et cette année, quels animaux ont été sélectionnés ? demande-t-il encore, m'ignorant totalement.

– Les écureuils ! L'année dernière, c'étaient les rats et l'année d'avant…

Hein ? Mes oreilles deviennent soudain hermétiques et je m'éloigne nonchalamment avant d'être secouée par un fou rire.

Le stand suivant propose des bonnets, écharpes et accessoires en tout genre. J'en reste suffisamment éloignée pour ne pas être prise à partie par la bénévole. Je préfère laisser ça à Sonny vu comme il aime jacasser. Le stand d'après vend des vêtements pour animaux et quand je laisse mon regard errer à perte de vue, j'ai l'impression que ça ne s'arrêtera jamais. On va trouver tout ce qu'il nous faut ici, c'est sûr. Les prix sont très corrects en plus et tout n'est pas affreux. C'est dans ce genre d'endroit que je devrais amener Rita pour qu'elle choisisse ses cadeaux de Noël plutôt que son bazar habituel où elle achète souvent la même chose mais de couleurs différentes.

D'ailleurs, c'est bizarre qu'elle ne m'ait pas encore demandé de l'y conduire.

Je rebrousse chemin vers Sonny qui est en train de regarder des photos que la dame lui montre. Il voit à ma tête que l'échange a assez duré.

– Merci pour toutes ces explications, on est ravis de contribuer à cette cause.

Tu parles si ça m'émeut, que les écureuils fêtent Noël...

– On en prend combien ? me demande-t-il plus bas.

– Ceux que tu as choisis, ça m'a l'air pas mal. Le mieux, c'est qu'on fasse mettre de côté tout ce qu'on veut acheter à chaque stand, on fait le calcul à la fin et je retire de l'argent avec la carte de l'entreprise pour tout payer.

– Parfait.

Je patiente pendant qu'il explique notre façon de procéder à sa nouvelle pote et qu'elle lui calcule le montant à prévoir. Ça fait au moins une demi-heure qu'on est arrivés quand on reprend notre marche. Enfin, reprendre est un grand mot. Sonny s'arrête à chaque stand et prend un vrai plaisir à échanger avec les gens…

On a encore réservé plusieurs articles à divers étals quand il s'arrête devant un stand grouillant de monde. Je soupire.

– Viens, on avance.

– Non, c'est de la broderie personnalisée ! On peut faire broder des casquettes avec les mots qu'on veut, c'est génial !

Rien que de voir la douzaine de personnes qui attendent leur tour, j'ai l'impression de décéder d'une mort lente.

– Pourquoi tu fais cette tête ?

– Je n'aime pas faire la queue et j'aime encore moins les gens.

– J'avais remarqué pour la deuxième partie, rétorque-t-il en m'adressant un clin d'œil. J'ai de la chance que tu m'aimes bien.

– Pourquoi tu dis ça ?

– Sinon tu ne serais pas venue. Regarde !

Excité, il pointe du doigt un étal de chaussettes à losanges multicolores et ne me laisse pas rebondir sur le fait que je suis venue non pas parce que je l'aime bien mais parce qu'il m'a fait de la peine. Enfin, c'est ce que j'aurais aimé répondre. La réalité ne le regarde en rien.

– Ne prenez pas tout, madame, on en a besoin, lance-t-il à l'intention d'une femme qui pioche dedans.

L'inconnue à qui il s'adresse mais aussi quelques personnes devant nous éclatent de rire.

– Bien sûr que je vais vous en laisser. Ce modèle vous irait très bien ! rétorque-t-elle en pointant une paire rose fuchsia et violette.

Sonny se met naturellement à bavarder avec les gens dans la queue et je l'observe faire avec son air insouciant. En fait, il se dégage de lui une sorte de force tranquille et je me demande s'il lui arrive de basculer dans l'énervement, comme j'ai tendance à le faire dès que quelque chose coince ou ne va pas assez vite. Là par exemple, voir autant de monde m'aurait achevée mais, avec Sonny, je me surprends à doucement lâcher prise.

– On va noter quoi, sur les casquettes ? lui demandé-je quand le vieux devant nous lui lâche enfin la grappe.

Ou le contraire, en fait.

– On peut en faire une pour Samuel « Father of deers », une autre avec écrit « Flemme », une autre avec « Patate de Noël »…

Il regorge d'idées et certaines me font rire. Arrive enfin notre tour, il passe sa commande de l'enfer.

– « Patate de Noël », ce sera pour elle, précise-t-il au bénévole qui éclate de rire.

Je soupire et lui file un coup de coude.

– Vous êtes témoin, madame ? Elle essaie de me blesser ! râle-t-il à l'intention de la femme derrière nous.

– Vous avez de la chance, vous êtes costaud. Il en faudra plus que ça pour vous faire disparaître.

– Elle a admis que j'étais costaud, murmure-t-il à mon oreille. C'est ce que j'essayais de te dire avant de rentrer dans ta voiture.

Je pouffe malgré moi.

– Tu comptes parler à tous les gens ? demandé-je quand on s'éloigne après avoir noté le montant à régler plus tard.

– Les maisons sont pour nous ! me coupe-t-il en pointant du doigt des maisonnettes en bois dont s'échappent des notes de musique.

– C'est horrible.

Je ris en m'approchant du stand.

– Justement ! Il faut qu'on ait de tout.

Il en réserve quelques-unes et j'admets que c'est super drôle de faire des achats sans trop compter, puisque ce n'est pas notre budget, tout en choisissant des trucs moches. Des dizaines de figurines peintes à la main et accessoires inutiles plus tard, on parcourt la dernière allée et un lot de boules pour décorer le sapin m'interpelle.

– Comment tu pensais procéder au tirage au sort de la tombola ?

– Classique. Je vais tirer des numéros que j'aurai mis dans un bonnet de Père Noël. Pourquoi ?

Je lui montre un paquet gigantesque contenant soixante boules en bois.

– Avec ça, tu pourrais faire comme au loto. Si tu numérotes chaque boule avec un feutre noir… tu vois ce que je veux dire ?

Son visage s'éclaire et je me promets que s'il fait un bond de joie, je lui fais un croche-patte.

– Mais trop ! On prend ! s'exclame-t-il en notant le prix du paquet. On les mettra dans la boîte aux lettres géantes, c'est une idée géniale.

Je lui adresse un grand sourire fier assorti d'un haussement de sourcil.

– Oh ça va, ce sera ta seule touche dans la décoration, me tacle-t-il alors qu'on se joint à l'immense file devant le distributeur

– C'est moi qui t'ai amené ici et c'est grâce à moi qu'on a trouvé les lots.

– En effet.

– Donc tu vas admettre que je suis une nana sympa ?

Mon ton est tellement naturel qu'il met un temps à comprendre et éclate de rire. Le couple devant se retourne, amusé.

– Elle est sympa, leur dit-il.

Il est chiant mais je n'arrive pas à retenir un sourire en coin. Je crois qu'en quelques heures, j'ai parlé avec plus de monde que depuis le début de l'année.

– Le supplice touche à sa fin, je fais mine de soupirer alors que j'ai limite un pincement au cœur en pensant que notre mission est terminée.

On retire l'argent et il nous faut près d'une heure pour aller régler tous les stands et fourrer le tout dans la voiture.

– Tu as le temps pour un café ? me demande Sonny alors que je m'apprêtais à m'engouffrer dans le véhicule.

Comme je ne suis pas du tout pressée de rentrer, je hoche la tête.

– Pour un café et même pour un sandwich.

On se dirige vers un petit *delicatessen* où on prend place près de la vitre qui donne sur la foire. Ça fait du bien d'être au chaud et au calme. Je me plonge dans la carte en salivant déjà devant la liste des bagels proposés.

– D'habitude, c'est toi qui organises les événements de la boîte ? me demande soudain Sonny.

– Moi ? Non, ce n'est pas mon rôle. Et puis, c'est le premier événement de l'entreprise. Pourquoi ?

– Parce que tu as la logique de quelqu'un qui s'y connaît…

Démasquée, je pense en souriant.

– Avant d'entrer chez Warm Me Up, j'ai bossé pour pas mal de soirées, festivals, concerts. Toujours à des postes différents, donc ça m'a permis de voir un peu comment ça se passe.

Il hoche la tête, l'air surpris.

– Ah OK, je croyais que tu sortais d'une école.

Merde.

C'est ce que je lui ai dit au restaurant quand il m'a questionnée sur mon parcours. J'avais ressorti cette histoire d'école de commerce pour qu'il arrête de me demander comment j'ai eu le poste.

– Oui mais il fallait bien la payer, cette école. Ce sont des boulots que j'ai faits à côté, et des stages aussi.

– J'ai hésité à faire une école de commerce.

– Et tu as fait quoi à la place ?

– Rien, rit-il. Ma mère tient une galerie d'art et a toujours été convaincue que les études ne rimaient à rien, qu'on apprenait mieux sur le tas.

Il grimace mais c'est un discours rare que j'aurais aimé entendre de la part des professionnels qui embauchent.

– Pour finir, la flemme aidant, j'ai rejoint la galerie.

Atypique comme parcours, la tournure inattendue de cette conversation me plaît. La serveuse prend nos commandes et dès qu'elle repart, je l'interroge à nouveau. Plus j'en apprends sur lui, plus il me plaît.

– C'est quel genre de boulot ?

– Un peu de tout. Tu essaies de dénicher de nouveaux talents, de mettre en place un planning varié d'expositions, d'être présent sur des salons… Et puis il y a l'organisation des vernissages qui était prenante aussi.

– Mais, je veux dire, tu fais quoi exactement maintenant ? Tu travailles à la galerie et à ton compte ?

– J'ai organisé le mariage d'une cliente il y a trois ans, puis un autre. Et ça m'a plu. De fil en aiguille, j'ai décidé de me lancer, pendant deux ans, je jonglais entre les deux et, depuis l'année dernière, j'en vis.

Ça a l'air tellement facile quand il le raconte alors que pour moi, ce métier-là, comme le fait d'être à son compte, m'a toujours semblé inaccessible. J'imagine que ce n'est pas simple, mais j'aime bien qu'il en parle sans en faire des tonnes justement.

– J'adorais travailler sur les mariages ! lui confié-je. Il se passe toujours des trucs improbables…

– Tu en as fait beaucoup ?

Je hoche la tête vivement alors que notre commande nous est déposée et on échange des anecdotes tout en mangeant avec appétit. Il a un don pour raconter ses histoires et pour les faire vivre. Il me fait rire et je me sens légère à ses côtés.

Il s'est écoulé encore une heure et la salle s'est vidée. Il est près de dix-huit heures et, de l'autre côté de la vitre, les bénévoles rangent leur stand. C'est l'heure d'y aller, je songe à regret.

– Je suis lessivé, me confie-t-il en se levant

– Tu m'étonnes, on y a passé la journée.

– J'avais dit à des potes que je les rejoindrais en soirée mais j'ai tellement la flemme !

Moi, je n'ai aucun plan ce soir, je ne vais pas le lui préciser.

– Qu'est-ce que tu as prévu, toi ? me demande-t-il alors que je remets ma veste.

– De dormir ! lui avoué-je plutôt que de mentir sans raison.

– Parfait, comme ça, tu seras en forme pour venir m'aider à emballer les lots demain.

Il me sort ça comme si c'était normal et je marque un temps d'arrêt, le sourire au coin des lèvres.

– Tu plaisantes ?

– Allez, s'il te plaît…

Cette fois, j'éclate de rire.

Aussi étrange que ça puisse me paraître, ce mec me plaît. Pourtant, il n'est pas rentre-dedans, il n'essaie même pas de me charmer. Enfin si, un peu, mais de façon naturelle. Il est lui-même.

C'est d'ailleurs ce qui prête à confusion. Est-ce que je lui plais ? Car si c'est le cas, j'ai l'impression qu'il ne fera jamais le premier pas. Est-ce qu'il a juste le contact facile – comme j'ai pu le voir avec des inconnus aujourd'hui – et n'attend rien de plus de moi que notre collaboration ?

CHAPITRE 22

SONNY

Elle a dit qu'elle viendrait vers onze heures, d'un instant à l'autre donc. Et je suis en stress. Parce que ma mère a découché et ne décroche pas au téléphone, donc je ne peux pas lui dire de ne pas se pointer. Elle peut débarquer à tout moment et je n'en ai pas du tout envie. Normalement, on a un code. Si je verrouille ma porte, c'est que je suis accompagné, et elle n'insiste pas. Mais comment je vais expliquer à Blair que je l'enferme à son arrivée ?

Blair… Cette fille me rend complètement fou. Pire, elle m'obsède et je suis incapable de lui faire comprendre qu'elle me plaît. Ni de voir si c'est réciproque.

Je m'étais dit que si elle acceptait de venir, je ne la laisserais pas partir sans l'embrasser. Ce n'est pas le genre de nana à se forcer. Si elle vient m'aider un dimanche à empaqueter des lots, c'est que je dois bien lui plaire, non ?

Merde, je me suis dit la même chose pour le shopping hier et même si on s'est encore un peu rapprochés, elle m'a simplement jeté devant chez moi sans que je décèle rien de particulier dans son regard quand je suis sorti de sa voiture… Pire, elle s'est foutue de moi car j'étais plus chargé que le Père Noël. J'ai dû faire trois allers-retours pendant qu'elle attendait, warnings allumés.

La sonnette retentit. J'actionne l'ouverture du porche et ouvre ma porte pour l'accueillir. Elle ne tarde pas à arriver et je sens mes jambes flageoler. J'ai envie de me claquer.

– La galère pour trouver une place !

– J'attendais que tu râles, dis-je en la faisant entrer.

Elle avance dans le salon et je tente d'amorcer le verrou en silence.

– Sympa chez toi ! lance-t-elle en se tournant vers moi.

Je retire vivement ma main du loquet, le cœur battant. Tant pis, je tenterai plus tard.

– Pose tes affaires où tu veux, c'est déjà le bordel.

Les sacs de nos achats sont éparpillés partout. Hier, quand elle m'a déposé, j'ai juste eu le temps de prendre une douche et de partir en virée avec mes potes, vu que Kevin ne m'en a pas laissé le choix.

– On commence par quoi ? demande-t-elle en enlevant son manteau.

Elle porte un jean dont elle a le secret, qui lui moule divinement les fesses, et une blouse noire tout en transparence qui laisse voir la dentelle de son soutien-gorge. Je vais suffoquer si je continue de la regarder.

– Par un café ?

– OK.

Je m'éclipse dans la cuisine pendant qu'elle s'empare de l'un des rouleaux de papier cadeau qu'on a achetés hier à Naperville avant de regagner sa voiture. Toujours efficace. Il va falloir que cette journée dure très longtemps pour que je me sente enfin capable de lui faire comprendre que…

– T'as des ciseaux ?

Je ne l'avais pas entendue arriver. Elle passe derrière son oreille une longue mèche de ses cheveux brun-violet.

– Dans le tiroir derrière toi.

Je m'attends à ce qu'elle se tourne mais au lieu de ça, elle me pointe du doigt en riant.

– Toi, tu es sorti hier soir ! Tu as l'air crevé.

Non, je ne suis pas crevé mais plutôt en panique. Tu me déboussoles.

La diversion est quand même parfaite.

– Ouais, le café va me réveiller. Tu ne prends toujours pas de sucre ?

– Comment tu le sais ? s'étonne-t-elle en se tournant enfin vers le tiroir.

C'est le moment de la mettre sur la piste.

– Parce que tu n'en as pas pris le jour où j'ai apporté la maquette à ton bureau. Ni dans ton cappuccino sur le trajet de la dégustation. Ni à la dégustation. Et pas non plus au restaurant.

J'ai lancé ça du ton le plus naturel que j'ai pu, tout en posant les tasses sur un plateau, et je fais mine de sortir de la cuisine sans la regarder. Histoire que ça fasse un peu le mec sûr de lui.

Je la sens qui marche dans mes pas mais elle ne dit pas un mot et se contente de me regarder avec un sourire au coin des lèvres quand on s'assoit sur le canapé. J'ai toujours le foutu verrou en tête mais il est en plein dans sa ligne de mire.

– T'es sorti où hier soir ?

– Au Green Mill Jazz, tu connais ?

Elle écarquille les yeux en buvant une gorgée de son café.

– Oui ! J'adore l'ambiance qu'il y a là-bas. Je n'y suis allé qu'une fois, et c'était une soirée slam.

Le Green Mill Jazz est un bar emblématique de Chicago, avec un petit côté clandestin qui lui donne un caractère unique. C'est dingue de me dire qu'on aurait pu s'y croiser.

– Ça devait être un dimanche soir alors ? C'est toujours ce jour-là, les slams.

– Je ne m'en souviens plus.

Elle déroule le papier rouge à rayures blanches qu'on a choisi ensemble parmi la dizaine de motifs proposés et je m'abstiens de tout commentaire quand je la vois découper salement le papier. Alors que je suis très minutieux, elle a l'air d'être un bourrin. Je crois que je n'ai jamais vu quelqu'un qui emballe aussi mal un cadeau.

– Tu sais que c'est le cadeau qui doit être moche ? Pas l'emballage.

Son air perplexe m'indique qu'elle ne le fait même pas exprès.

– Ben quoi ?

Pour toute réponse, je ricane en lui montrant le mien qui est quasi parfait.

– Tu fais chier… Ce n'est pas un concours ! Moi je viens pour t'aider et…

La porte s'ouvre en trombe.

– Coucou chéri !

Ma mère entre comme une fusée et ne se rend compte qu'une fois au milieu de la pièce que je ne suis pas seul. On est toujours assis quand elle nous regarde tour à tour.

– Ah pardon, je…

Ses cheveux bouclés sont éparpillés au-dessus de sa tête. Non seulement elle a découché, mais en plus, elle n'a pas pris de douche.

– Enchantée, je suis Penny, la maman de Sonny. Tu dois être Blair ?

Blair se lève maladroitement et serre la main qu'elle lui tend.

– Euh, oui c'est ça.

Et là… ma mère s'assoit comme si de rien n'était à l'autre bout du canapé.

– J'ai dormi chez Nina et il y a eu une coupure d'eau. Obligée de rentrer, on a dansé toute la nuit, je ne pouvais pas rester comme ça. Elle s'est douchée à l'eau froide mais je n'en ai pas eu le courage.

Blair la regarde comme si c'était une extraterrestre et je peux la comprendre.

– Va la prendre, cette douche, alors.

– Oui oui, je vais y aller. Alors, vous avez trouvé tout ce que vous vouliez ?

Je soupire en comprenant qu'elle va prendre tout son temps avant de déguerpir. Je devrais la connaître depuis le temps et ne pas être surpris…

– On a tout, je marmonne. Des pulls, des figurines, des chaussettes… Que du moche.

– Oh mais montre-moi ça !

Elle se lève et regarde dans les sacs en commentant nos trouvailles.

– Ça, je suis désolée de vous le dire les jeunes, mais ce n'est pas moche !

Blair et moi échangeons un regard amusé devant l'aquarelle d'un Père Noël assis sur les toilettes.

– Tu le veux pour Noël ? demandé-je.

– C'est de l'art ! Je trouve ça génial.

– En fait, il me plaît aussi, finit par admettre Blair.

Ma mère hoche la tête vigoureusement.

– Ah merci ! Le problème de Sonny, c'est qu'il a parfois du mal à sortir des sentiers battus. Pour lui, le Père Noël ne fait pas caca.

Je rêve.

Blair esquisse un sourire moqueur quand je me frotte le visage, blasé.

– Maman, tu te souviens que tu habites en face ?

– Oui, je vous laisse, finit-elle par concéder en regardant toujours le tableau. Mais lui, je l'emmène.

Heureusement qu'on a pris un peu plus de cadeaux que nécessaire dans l'euphorie du moment.

– Vas-y.

Prends ce que tu veux, mais rentre chez toi !

– Je suppose qu'on ne décore pas la maison aujourd'hui du coup ? me demande-t-elle sur le pas de la porte.

– Demain ?

– Oui parfait, je n'ai prévu d'aller à la galerie qu'à quinze heures. À huit heures, rendez-vous à la maison. En pyjama de Noël, n'oublie pas !

Elle ferme la porte et je regarde Blair qui part dans un fou rire nerveux.

– Arrête de rire.

– Et donc, ta mère et toi, vous mettez des pyjamas de Noël, de la musique aussi j'imagine et vous vous trémoussez en décorant le sapin ?

Putain, c'est exactement ça.

J'éclate de rire à mon tour.

– C'est notre rituel, oui.

– C'est très drôle.

– Dis-moi quel est le rituel de ta famille, qu'on soit quittes.

Elle hausse les épaules en s'attaquant à un emballage.

– Je n'en ai pas.

– Arrête, tout le monde à une coutume.

– Je n'ai pas de famille.

Il n'y a pas de colère ou de tristesse dans son ton. Plutôt de l'ironie. Comme si elle s'était barricadée et je ne sais quoi répondre.

– Alors, ta mère vit en face ? lance-t-elle pour changer de sujet.

– Oui. J'ai emménagé ici il y a un an et demi. Une vieille dame partait en maison de retraite et j'en ai profité pour quitter le nid. Enfin quitter, c'est un grand mot.

Elle sourit.

– Il est parfait, ton appart. J'aime bien la façon dont tu l'as aménagé.

L'ambiance qui règne ici est très bohème. Mon canapé vintage est super confortable et il y a des plantes un peu partout. Chaque fois que j'ai ramené une fille ici, j'ai eu droit à des compliments. Elle a l'air pensive en embrassant la pièce du regard.

– Et toi, dès que ce sera possible, tu veux faire une colocation avec Carlos ?

Je remarque qu'elle ne s'applique pas plus qu'au début sur ses emballages mais ne fais plus de commentaires. Si ça se trouve, elle n'a jamais emballé de cadeaux.

– Oui, ça a toujours été un projet commun. Ça fait longtemps qu'on aurait aimé se lancer mais on n'avait pas de boulot fixe. Et maintenant que j'en ai un, ça ne suffit pas.

– Tu n'as pas trouvé d'autres pistes depuis la dernière fois ?

– Non, pas qui remplisse tous les critères en tout cas, mais j'ai commencé les recherches depuis quelques semaines seulement et j'ai peu de temps à y consacrer. Je laisse ce projet en attente et je m'y remettrai en début d'année, j'aurai plus de temps sans *Christmas party* à organiser.

– Et en attendant, tu vis seule ?

– Non. Chez une dame qui s'appelle Rita, une Mexicaine.

– De la famille de Carlos ? demandé-je nonchalamment.

Elle laisse son geste en suspens.

– T'es sérieux, là ?

Son ton est moitié scandalisé, moitié amusé.

– Quoi ?

– Tu crois que tous les gens qui ont un prénom latino sont de la famille de Carlos ?

Je mesure l'absurdité de ma question et ris comme un con.

– J'avoue.

– La lourdeur… soupire-t-elle.

– Bon et du coup, c'est qui, la Mexicaine ?

Elle vide sa tasse de café d'une traite.

– Une vieille dame qui avait besoin de présence quand j'avais besoin d'un logement. On s'y met ?

C'est fou. Chaque fois qu'on parle d'elle, elle coupe court. Mais ça ne me décourage pas, je sais que petit à petit, à force de revenir à la charge, elle finira par me confier un peu plus d'elle.

CHAPITRE 23

BLAIR

– On voit la différence entre les tiens et les miens ! me nargue Sonny en comparant deux paquets cadeaux.

Il se fout de la gueule de mes emballages mais il ne sait pas que je n'ai jamais emballé un cadeau de ma vie. Je n'ai rien loupé, c'est mortellement rébarbatif. Sauf qu'avec lui, ça passe crème. Il me fait rire, beaucoup, et souvent, sans le faire exprès.

– En fait, les tiens font peur. On dirait qu'ils ont été emballés par un type maniaque et plein de tocs.

– Moi, des tocs ?

– Un peu. Tu te concentres sur chaque pliage, tes morceaux de scotch font tous la même taille et tu fais des boucles cheloues avec le ruban en plastique…

– Ça s'appelle du bolduc.

– Tu vois, tu fais flipper ! Il n'en reste que trois, je te laisse finir. Moi, je vais écrire les numéros sur les boules de la tombola.

Le paquet de boules me fait de l'œil depuis que je suis arrivée. C'est davantage une mission pour moi que les emballages et je me lève pour aller l'ouvrir.

– Non, moi aussi je veux écrire les chiffres !

Il râle comme un gosse.

– Toi, tu finis tes cadeaux, je lui ordonne. Tu as un feutre, j'espère ?

– Oui.

– Où ?

– Quelque part.

Je me tourne vers Sonny, amusée.

– T'es sérieux ?

– Là, c'est froid, sourit-il malicieusement en se remettant à sa tâche.

Il est con, ma parole.

– Mais t'as quel âge ?

– Vingt-cinq ans.

– C'était une façon de parler.

J'avance dans la pièce sans savoir où regarder avec le bordel qu'on y a mis. Le feutre doit être sur la commode où j'ai pris le scotch ce matin.

– Toujours froid.

Je l'ignore et me dirige vers les sachets vides qui jonchent le sol bien qu'il n'y ait aucune chance que je le trouve par terre.

– Glacé.

Cet imbécile est en train d'empaqueter à la vitesse de l'éclair dans l'espoir de finir avant que je mette la main sur le feutre pendant que je navigue d'un endroit à l'autre. Je trouverai avant même si je dois retourner l'appartement. Dans un coin de la pièce, il y a un bureau avec son ordinateur. Je tente.

– Tiède.

Sans pitié, je fouille autour mais ne trouve rien. J'abandonne cet endroit et retourne au milieu de la pièce.

– Froid.

– Oh mais t'es chiant !

Il ne lui reste qu'un cadeau à empaqueter. Je veux trouver avant car je veux écrire sur ces boules. Bon, c'est vers le bureau, alors.

– Tiède, il s'amuse.

Je pose ma main sur le tiroir.

– Tu chauffes…

C'est un vrai fourre-tout là-dedans.

Des stylos, un mètre à mesurer, des surligneurs… Pas de feutre.

Deuxième tiroir.

– Tu brûles.

Il y a trois marqueurs. Je m'empare d'un et glisse les deux autres discrètement dans la poche arrière de mon jean. Ça lui apprendra. Le sourire aux lèvres, je reviens vers le canapé et galère un peu à ouvrir le sac. En forçant, toutes les boules s'échappent, ce qui me fait exploser de rire.

– Mais t'as aucune dextérité, c'est pas possible, rit-il en me voyant entourée de boules sur le divan.

– C'est vrai, maintenant que tu le dis. Bon, c'est toi qui vas annoncer les lots de la tombola ?

– Qui d'autre ?

– Je vais essayer de faire en sorte que ce soit lisible.

Comme je m'en doutais, il lève la tête vivement vers moi.

– Applique-toi, hein !

J'en étais sûre. Ma main à couper que quand je serai partie, il améliorera mes paquets les plus moches. En vrai, j'ai une très belle écriture mais, jusqu'au bout, je vais l'emmerder.

Sachant qu'on a un peu plus de boules que nécessaire, j'inscris sur la première un minuscule 1 qu'un type bourré aurait écrit mieux que moi.

– Ça va, là ?

Il se décompose devant la boule que je brandis en l'air.

– Tu te fous de moi, soupire-t-il au bout de trois secondes.

Penché sur son papier cadeau, il fait une moue avec sa lèvre supérieure. Ses cheveux bruns qui étaient encore humides à mon arrivée retombent maintenant en bataille sur son front. Exit le Sonny bien coiffé qui se pointe avec un manteau en tweed au bureau, exit le mec branché avec sa casquette vissée sur la tête que j'ai emmené en vadrouille hier. Là, c'est le vrai. L'intime. Son sweat à capuche streetwear lui donne une allure plus cool et la couleur kaki fait ressortir ses yeux. Son jean déchiré qui me laisse entrevoir la peau de sa cuisse me procure des bouffées de chaleur. J'ai bien senti qu'il était mal à l'aise ce matin. Il lui a fallu un temps pour se détendre et je sais pourquoi. Je lui plais et surtout, je l'intimide. J'adore ça.

– Fini !

Il se lève et je jubile pendant qu'il se rend vers le tiroir où il ne trouve rien.

– Il n'y avait pas plusieurs feutres ?

– Si, je souris tout en m'affairant à inscrire mon chiffre.

Quand il va découvrir mes talents de calligraphe, il va rester bête.

– Allez, tu les as mis où ? insiste-t-il à l'autre bout de la pièce.

– Glacé.

Comprenant qu'il vient d'être pris à son propre jeu, il avance doucement.

– Tiède, je marmonne sans le regarder quand il arrive au milieu de la pièce.

Il continue vers le canapé.

– Tu chauffes.

Est-ce qu'il osera venir les chercher dans ma poche ?

Son regard balaie la table et les environs. Je suis enfoncée dans le divan au milieu d'une soixantaine de boules. Le feutre pourrait se trouver n'importe où là-dessous. Il s'approche et commence à déblayer en faisant tomber les sphères en bois sur le sol. Quand ses mains approchent de ma cuisse, je lève la tête vers lui.

– Tu brûles.

Mon regard le transperce. Je ne lui laisse aucun doute sur mes intentions. Je veux goûter à ses lèvres tout de suite et tant pis s'il n'y a pas eu de transition. Je ne suis pas venue ici pour faire du bénévolat. Enfin, pas que pour ça. L'odeur de son gel douche frais s'infiltre dans mes narines et je me délecte de le sentir aussi fébrile alors que son regard se pose sur ma bouche.

Viens par là, toi.

Sans ménagement, je tire sur le col de son sweat et nos lèvres s'entrechoquent. Les siennes sont douces comme je les avais imaginées et ça me donne plus envie encore de les maltraiter. C'est fou mais plus je sens qu'il perd pied, plus je deviens sauvage.

Je joue avec sa langue, m'accroche à son cou et enfin… enfin, ses mains se glissent dans mon dos sous ma blouse et, à la pression que ses doigts exercent sur ma peau, je sais qu'il va avoir du répondant.

Il n'a plus l'air fébrile alors que sa bouche quitte la mienne pour venir me mordre la clavicule. Quand il revient à la charge, c'est pour m'embrasser langoureusement. Il a le goût du café et des biscuits à la cannelle qu'on a achetés hier. Ils sont encore meilleurs dans sa bouche. Je regrette de ne pas avoir mis une jupe qui nous aurait rendu la tâche plus facile, là, à travers mon jean, j'ai l'impression que je vais prendre feu et même si ses baisers sont passionnés, il n'amorce rien pour passer la seconde.

– Blair… murmure-t-il avec une lueur de doute dans le regard.

– Ce n'est pas le moment de poser des questions, dis-je en passant mes doigts à la lisière de son jean.

Il déglutit mais son regard se fait à présent plus espiègle et je souris. L'instant d'après, je me sens soulevée du canapé et je me dis que je ne pourrai plus le contredire quand il clamera qu'il est costaud, l'enfoiré. Sur le chemin vers sa chambre, il actionne le verrou de la porte d'entrée et ce geste m'excite encore plus. Je passe mes mains dans ses cheveux, lui mordille le cou, ne lui laisse aucun répit alors qu'il me pose sur son lit.

On se toise du regard et je fais passer ma blouse au-dessus de ma tête. Il n'avait qu'à être plus rapide.

Le temps qu'il prend me frustre et me rend folle à la fois. Il retire son sweat et ma respiration s'accélère. Je savais qu'il était bien foutu mais, torse nu, il envoie. Ses pectoraux sont proéminents, exactement comme je les imaginais, et les muscles de ses bras sont parfaitement dessinés. Je reviens sur ma première impression, le jour où je l'ai vu chercher son chemin dans les locaux de Warm Me Up, il aurait pu sans problème prendre la place du mannequin.

Je m'apprête à déboutonner mon jean mais il s'allonge sur moi et arrête mon geste de la main.

Ses lèvres se posent sur les miennes et, pour la première fois, je ferme les yeux et me laisse porter par l'instant.

Ma tension grimpe en flèche quand il passe sa main dans mon dos et dégrafe mon soutien-gorge. Il a beau prendre son temps, ses gestes sont désormais assurés. Je ne sais pas si j'aime ça ou si je préférais quand il était fébrile.

Je tressaute quand il me lèche la pointe des seins et me cambre quand il dépose des baisers le long de mon ventre.

Faut que je reprenne le dessus.

– Tu en mets, du temps, murmuré-je en tirant un peu sur ses cheveux.

Il remonte jusqu'à moi et plante son regard dans le mien.

– Si Rita n'a pas instauré de couvre-feu, je n'ai pas l'intention de te laisser partir de sitôt.

Je meurs.

CHAPITRE 24

SONNY

Elle est au lit comme dans la vie. Directe et sauvage. Et pourtant, je ne me laisse plus submerger. J'ai trop rêvé de goûter à ses lèvres, de caresser son grain de peau, de la découvrir dans l'intimité. Si on en est là, c'est que je n'ai plus aucune raison de douter.

Alors que j'aime prendre mon temps, elle veut brûler les étapes et je prends mon pied à la faire languir. Enfin, à grappiller quelques secondes par-ci, par-là, car pour moi aussi c'est un supplice. Je vois qu'elle bout, allongée ainsi, alors que d'une main, je déboutonne enfin son jean. La dentelle noire qui se dévoile dessous est assortie à celle de son soutien-gorge. Je la libère du vêtement, puis déboutonne le mien pour respirer un peu. C'est que je deviens de plus en plus serré là-dedans. Elle me dévore du regard. Mais à présent ses yeux perçants, au lieu de m'intimider, me gargarisent.

– Où sont tes préservatifs ?

– Quelque part.

L'air de défi qu'elle arbore me fait frémir et je pointe le tiroir du menton. Elle bascule sur le ventre pour aller s'en procurer un et je me délecte de ses fesses rebondies que son tanga met en valeur. Elle déchire l'emballage du préservatif pendant que je retire mon jean et je frémis quand elle vient libérer mon érection de mon caleçon pour y placer la protection. On est tous les deux à genoux sur mon lit, elle fond sur ma bouche et je l'allonge d'un geste. Son tanga voltige en l'air, je pétris ses seins avec fougue et, sans crier gare, elle parvient à basculer sur moi. Je ne suis même pas surpris, je m'y attendais.

Qu'elle prenne le contrôle, je le reprendrai plus tard.

Quoique… putain.

Elle s'empale sur moi et ses mouvements de bassin me font vriller. La vue panoramique sur ses seins est à couper le souffle. Je me redresse, empoigne ses hanches sans ménagement et viens embrasser sa poitrine, son cou, dévorer sa lèvre inférieure alors que sa tête rejetée en arrière et ses cheveux qui viennent me caresser la main me font monter en flèche.

Heureusement, ses gémissements de plus en plus forts m'indiquent qu'elle touche au but car je n'y tiens plus et explose à mon tour.

Bordel de merde.

Elle vient s'allonger à côté de moi et seuls nos souffles percent le silence. Il s'écoule juste quelques secondes avant qu'elle ne se lève pour se rhabiller. Dans la semi-obscurité de la pièce, nue et les yeux encore dans le flou, elle est magnifique.

– Tu ne t'en vas pas, je lui lance.

En agrafant son soutien-gorge, elle fronce les sourcils.

– Tu restes encore. On a plein de trucs à finir, je précise.

Je suis loin d'en avoir fini avec toi.

– Tu as vraiment besoin de moi pour écrire des chiffres sur des boules ?

Je me redresse et enfile mon caleçon, puis mon jean. Elle est encore en train de batailler pour boutonner le sien que j'arrive à sa hauteur. C'est la première fois qu'on est face à face debout et aussi proches. J'ai l'impression qu'elle est encore plus petite quc d'habitude.

– Il y a des talons dans les Dr. Martens ?

– La ferme, rit-elle.

Qu'elle est romantique.

Je lui lève le menton et l'embrasse. Impossible de me rassasier du goût de ses lèvres maintenant que j'y ai eu droit.

– Ça ne va pas s'arrêter là.

Je ne sais pas si c'est une lueur de surprise ou d'amusement que je vois dans ses yeux. Et surtout, je ne sais pas pourquoi j'ai dit ça. Mais je suis déjà en manque d'elle. J'aurais aimé qu'on reste dans le lit, lui caresser le dos, passer ma main dans ses cheveux. Des trucs ordinaires, quoi.

– D'accord, je vais finir les boules avec toi.

– Et après, on commandera une pizza.

– Pepperoni avec supplément fromage, lance-t-elle en me plantant là.

Je la suis dans le salon. Il est sens dessus dessous, c'est un paysage apocalyptique pour un maniaque comme moi et, pire encore, quand elle se trouve dedans. En train d'écrire des chiffres sur une boule comme si de rien n'était alors que je crève d'envie d'entrer en contact avec elle. À peine sortie de mon lit qu'elle me paraît déjà inaccessible.

– Tu veux une bière ? Ou… un verre de vin ?

– Du vin !

Le problème c'est que… la dernière bouteille que j'avais a disparu. Ma mère est encore passée par là. J'enfile le pull que j'ai toujours dans la main et me dirige vers la porte d'entrée.

– Je reviens ! dis-je à Blair qui me regarde d'un air interrogateur.

Je traverse le couloir frais en trois enjambées et entre en espérant que ma mère soit dans la douche, dans sa chambre ou où elle veut, mais loin. Peine perdue. Elle est dans le salon. Enfin, elles sont dans le salon.

– Et ce jeune homme qui entre sans frapper, c'est mon fils.

La femme qui l'accompagne, plus jeune que je ne l'aurais imaginé, me sourit. Elle a un look atypique, un pull bariolé sur un pantalon en velours pêche et des centaines de dreadlocks blondes. Je m'approche pour lui serrer la main.

– Nina ?

– En personne. Ravi de te connaître, Sonny.

– Tu veux boire un verre avec nous ? me propose ma mère.

Je regarde la table où se trouvent des chips, des olives et… ma bouteille de vin rouge que je reconnais.

– Non, je suis venu prendre ça, rétorqué-je en m'emparant de la bouteille.

– Repose-la ! s'agace ma mère.

Sa petite amie observe la scène d'un air amusé.

– Nina, est-ce que je vous ressers avant de partir en courant ?

– Non, file, je la tiens !

Je vais bien l'aimer, celle-là, je me dis alors que je m'éclipse comme un voleur sous leurs éclats de rire. Une fois chez moi, je prends soin de refermer à clé. Blair me regarde, regarde la bouteille, me reregarde.

– Ma mère trinque de loin avec nous ! expliqué-je.

– J'ai tout entendu, les portes étaient ouvertes. Tu es un voleur, Sonny. Si on ajoute à ça que tu gruges ton entrée dans les soirées d'Halloween, ça commence à m'inquiéter.

J'attrape deux verres à vin et profite de son ton taquin pour me coller à elle sur le canapé.

– Si à chaque fois que je fais une connerie, ça me rapproche de toi, j'ai pas fini d'en faire.

Elle hausse les sourcils et se sert sans attendre. Je l'observe, médusé, descendre la moitié de son verre avant de me faire face.

– Désolée, j'avais besoin de ça pour me remettre de la phrase pathétique que tu viens de sortir. Ne me dis pas que tu es romantique ?

J'éclate de rire.

– Pas spécialement.

Mon attention se porte sur ce qu'elle est en train de faire et j'hallucine.

– Hé… belle écriture !

– N'est-ce pas ? confirme-t-elle sans aucune modestie. Figure-toi que j'ai travaillé pour un imprimeur, je notais les adresses sur les enveloppes.

– J'ai l'impression que tu as eu mille vies. T'as quel âge ?

– Vingt-trois.

– Et cette femme chez qui tu vis, Rita…

– La tante de Carlos ?

Je lui adresse un rictus, conscient que j'ai dit une connerie l'autre fois.

– Tu as un lien de parenté avec elle ?

– Pas du tout. C'est une vieille dame chez qui j'avais fait des ménages quand je travaillais dans une société de services pendant les vacances d'été, et qui se plaignait d'être seule car sa famille ne vient pas la voir. Je cherchais à me barrer d'un taudis que je louais pour un loyer exorbitant, donc quand elle m'a proposé de louer une chambre chez elle, j'ai accepté.

C'est fou, mais je n'imagine pas Blair supporter une vieille dame. Je trouve ça beau qu'elle loge chez elle et que ça rende service à l'une comme à l'autre.

– Ça fait de la peine, ces personnes âgées qui ne reçoivent pas de visite.

Elle arrête d'écrire et me dévisage.

– C'est son problème si elle est seule.

Je ne peux m'empêcher de rire.

– Mais tu n'as aucune empathie !

– Si mais… Rita est insupportable. Enfin, moi je l'aime bien, mais elle fait chier son fils tout le temps. Elle appelle sa belle-fille pour se plaindre de n'importe quoi, quand ses petits-enfants viennent, dès qu'ils bougent une oreille, elle les remet à leur place. Après, j'avoue qu'ils sont pénibles.

C'est un peu gros quand même.

– Ah oui et aussi, quand elle s'emmerde, elle se poste sur son balcon avec un pistolet à eau et vise les pigeons.

Ah ouais… C'est un dragon, la vieille, en fait.

– Tu m'étonnes que tu sois pressée de prendre un appart avec Carlos. Tu dois vivre un enfer…

Elle secoue la tête distraitement.

– Non, on s'entend bien. Mais c'est sûr que je ne suis pas chez moi, je ne peux pas recevoir de visiteurs, elle regarde toujours des trucs à la con dans le salon et ne cuisine que mexicain… J'ai hâte de me barrer et d'être tranquille.

En fait, Blair a une vie super bizarre. Je me lève pour aller prendre mon téléphone et commander les pizzas.

– Et tu as… perdu tes parents alors ? demandé-je timidement.

– Laissons-les où ils sont.

Je n'arrive pas à la cerner. Est-ce que c'est une fille gâtée qui s'est barrée de chez elle à cause de relations conflictuelles avec ses parents ? Ou une nana qui s'est élevée toute seule ?

Les pizzas commandées, je reviens me poser à côté d'elle et la laisse continuer. Son écriture est parfaite, les chiffres sont gros et ronds, parfaitement lisibles.

Pendant ce temps, je lance Netflix.

– Les pizzas arrivent dans vingt minutes. Je suis sûr que tu as envie de manger devant une comédie romantique de Noël.

Elle réprime un sourire montrant qu'elle a compris que je me fous de sa gueule.

– J'aime les films de Noël, imbécile.

– Cites-en un.

– *Maman, j'ai raté l'avion.*

C'est exactement celui que je comptais mettre. Fier de moi, je ne dis rien mais pointe l'écran du menton où j'avais commencé à inscrire les premières lettres du titre. Elle m'adresse un clin d'œil et me tend son poing pour que je le checke.

Si... romantique.

CHAPITRE 25

BLAIR

J'ai dormi chez Sonny. Je ne sais pas ce qu'il m'a pris.

Le vin ?

Putain, deux verres, c'est pas possible.

Le film de Noël ?

Je connaissais par cœur.

La baise magique ?

Hum.

La deuxième baise magique ?

Mon Dieu.

Ses bras qui m'ont enserrée quand il croyait que je dormais ?

Chauuuud.

Je deviens une guimauve ?

Impossible !

J'ai travaillé en dilettante aujourd'hui et c'est la première fois que ça m'arrive. Cette impression de planer et d'avoir envie d'être avec lui. Cette façon de regarder s'il m'a envoyé un message, d'être frustrée que ce ne soit pas le cas, de sourire quand ça l'est. D'être imperméable à la charge de travail d'un lundi. De me surprendre à fredonner la musique insupportable de Mariah Carey en marchant dans le couloir d'un service à un autre. J'ai même été contente d'apprendre la livraison prochaine des sweats que tous les collaborateurs – y compris moi – allons devoir porter jusqu'à la fin du mois de décembre.

Bordel, faut que je me reprenne !

Et puis, Samuel m'a relancée pour l'histoire du pain d'épices. Il faut que je contacte Sonny mais tout devient étrange maintenant. Je ne sais pas si je l'appelle, lui envoie un SMS ou un e-mail ou encore lui glisse l'info entre deux parties de jambes en l'air.

Je vérifie qu'il n'y a personne dans les parages et appelle Carlos. Comme il aime le dire pour m'emmerder, il est à la fois mon meilleur pote et ma meilleure copine. Il ne décroche qu'au troisième appel consécutif et j'entends qu'il est en voiture.

– C'est urgent Blair ? Je suis en pleine tournée.

– J'ai couché avec Sonny.

– Yeaaah ! hurle-t-il dans le combiné.

– J'ai aussi dormi chez lui.

– Déjà ?! Félicitations !

Putain, il me soûle à se foutre de ma gueule.

– Carlos, merde, c'est un partenaire de la boîte…

– Abuse pas, dans deux semaines, cette collaboration est finie.

– Douze jours précisément. J'aurais dû attendre !

– Bon arrête de paniquer, je me gare.

Je patiente pendant qu'il fait sa manœuvre tout en marchant de long en large dans mon bureau. Les flocons de neige s'écrasent contre ma fenêtre comme si le temps était au diapason de mon humeur. Agité.

– C'est quoi le problème ? me demande Carlos à l'autre bout du fil.

– Je ne sais pas comment combiner travail et relation personnelle.

– Pour commencer, vous êtes au bout de l'organisation et il ne travaille pas dans ton bureau.

Heureusement, putain.

– Ouais.

– Vous vous revoyez quand ?

– Je ne sais pas.

– Mais vous avez prévu de vous revoir ?

– On est bien obligés !

– Blair, je parle de vous revoir tous les deux…

Je mélange tout, en même temps !

– Il m'a proposé qu'on se voie ce soir, j'ai dit que je ne pouvais pas.

– Alors que tu pouvais ?

– Je ne savais pas si on se voyait, toi et moi.

On se retrouve souvent le lundi soir, comme une façon de bien commencer la semaine. Ce n'est pas une habitude figée mais c'est courant.

– On n'a rien de prévu, qu'est-ce que tu racontes ? Cependant, Amber a organisé une soirée bowling avec ses amis pour que je me sente dans mon élément.

Ah… ça me fait plaisir qu'elle soit aussi à l'écoute de Carlos.

– Génial !

– Viens avec nous.

– Non. Tu me le proposes car tu te sens obligé.

– T'es chiante, Blair ! Je n'ai pas eu le temps de le faire mais je comptais t'envoyer un SMS. Je passe te prendre à dix-neuf heures.

Je réfléchis rapidement et me rends compte que j'ai envie de tout sauf de passer une soirée au bowling avec des inconnus.

– Tu m'en veux si je ne viens pas ?

– Oui.

– Carlos ! Tu m'as abandonnée pour la *Christmas party*, donc on sera quittes.

– J'avais une bonne excuse. On sera quittes si t'en as une. Et à part avoir un rendez-vous avec Sonny, je vois pas trop…

Je souris. En fait, j'ai bien envie de le voir. Je me torture pour rien.

– Lâche-toi, soupire-t-il encore. Tout va bien se passer.

– OK.

– Promis, t'arrête de gamberger ?

– Ouais.

– Bon, il faut que j'y retourne, appelle-moi plus tard si besoin.

– Ça ira, profite de ta soirée, on débriefe demain soir ?

On raccroche et je retourne m'asseoir au bureau. Mon portable toujours dans les mains, je relis les échanges que j'ai eus avec Sonny ce matin.

Sonny : *Tu pars toujours à l'aube*
et sans dire au revoir ?

Blair : *Tu dis jamais bonjour ?*

Sonny : *C'est toi qui dis ça ;)*
Bonjour rayon de soleil.

Blair : *Pire surnom...*

Sonny : *Tu es au boulot ?*

Blair : *Oui ! Je suis partie tôt*
car je devais passer chez moi avant.

Sonny : *Tu aurais pu prendre*
une douche ici.

Blair : *Et te piquer une tenue*
de rechange ? Je te rappelle
que je n'avais plus de haut...

Hier, dans l'empressement de notre deuxième round, il a déchiré ma blouse. Je ne pouvais pas venir comme ça au bureau.

Sonny : *Je t'aurais volontiers*
prêté une chemise... je t'imagine
très bien dedans.

Ce message m'a fait frémir quand je l'ai lu et j'ai préféré ne pas entrer dans son jeu, déjà que je me sentais peu apte à travailler avec le film de notre nuit que je n'arrêtais pas de me repasser.

Blair : *J'ai déjà emprunté ta brosse*
à dents, je ne voulais pas abuser
de ta bonté.

Après ma réponse, il s'est écoulé trois heures avant qu'il ne revienne vers moi.

Sonny : *Tu es prise ce soir ?*

Blair : *Oui.*

Voilà.

Et maintenant, j'ai envie d'aller le voir. Comment je m'y prends pour rectifier le tir ?

Je me cale dans mon siège en soupirant et actualise mes e-mails. Mon cœur s'accélère quand je vois qu'il m'en a envoyé un.

De : Sonny Harvey
À : Blair Miller
Objet : Déjeuner d'affaires

La *Christmas party* est dans douze jours, il est plus que temps de faire un point sur l'organisation. J'exige un déjeuner d'affaires demain midi dans un restaurant où on mange de la nourriture normale. Je passe te prendre, j'ai une bonne adresse.

Le ton de son message me fait sourire. Alors que j'ai des scrupules de coucher avec un partenaire de la boîte, lui assume complètement et n'hésite pas à mélanger boulot et perso. Finalement, Carlos a raison : dans douze jours, la fête sera passée et avant que Samuel ne décide d'en organiser une autre, cette histoire sera sûrement terminée.

En réalité, j'espère que non, mais le passé m'a appris à ne plus faire de plans sur la comète.

De : Blair Miller
À : Sonny Harvey
Objet : RE : Déjeuner d'affaires

En fait, ce point me paraît bien plus urgent que ce que j'avais prévu. Tu veux toujours qu'on se retrouve ce soir ?

Mon portable vibre dans les minutes qui suivent.

Sonny : *J'ai une bouteille de vin neuve,*
je vais de ce pas voler à ma mère
la moitié du gratin qu'elle est en train
de cuisiner. Toutes les conditions
sont réunies pour qu'on avance
au mieux. J'espère que tu es en route ?

Ce type sait beaucoup trop comment il faut me parler. Je regarde la nuit tomber et les voitures s'agglutiner les unes derrière les autres dans la rue, en regrettant déjà le temps que je vais perdre dans les embouteillages avant de le retrouver. J'espère que c'est juste l'effet de la nouveauté conjugué à l'interdit, et que je ne suis pas en train de tomber amoureuse. Manquerait plus que ça !

CHAPITRE 26

SONNY

Blair vient de sonner et j'ai les mains moites. Pourquoi je n'arrive pas à me débarrasser de ce sentiment de ne pas être à la hauteur avec elle ? Pourtant tout s'est bien passé hier soir… Même si elle est différente des filles que j'ai connues jusqu'ici. Plus sauvage, plus secrète, plus brute de décoffrage. J'ai été traumatisé qu'elle m'avoue sans pression avoir utilisé ma brosse à dents ce matin. *Qui fait ça ?*

– Salut, me lance-t-elle en entrant.

Je reste saisi un instant tant je la trouve somptueuse dans cette robe longue noire que la doudoune ouverte par-dessus ne parvient pas à gâcher. Je vois qu'elle ne sait pas comment m'aborder et moi non plus. L'embrasser serait *too much* pour elle, j'imagine. Mais se regarder comme ça, c'est bizarre. Je me tourne vers le bar et nous sers deux verres pendant qu'elle retire son blouson et viens s'installer au petit comptoir en face de moi.

– Du vin blanc, aujourd'hui ? s'étonne-t-elle en souriant.

– J'avais envie de te surprendre.

Elle rit et ça me détend un peu. L'odeur du plat de macaronis au fromage de ma mère embaume la pièce et j'hésite à servir maintenant.

– Tu as faim ?

– On peut attendre un peu, si ça te va.

– On fait le point d'abord, c'est ça ?

À nouveau, elle sourit.

– Où en est-on de l'organisation, monsieur Harvey ? J'ai des comptes à rendre à mon patron.

– Alors... Déjà, nous avons le lieu, et grâce à toi le traiteur et le groupe de rock. La décoration est bouclée. Les rennes aussi. Je vais t'envoyer demain des devis pour un nouveau duo photographe et vidéaste que je viens de dénicher.

– Et qu'est-ce que nous n'avons pas ? continue-t-elle sur un ton trop professionnel qui contraste avec ses yeux pétillants.

J'opte pour le même ton tout en la dévorant du regard.

– Il faut que j'organise un rendez-vous de repérage avec le traiteur et tous les intervenants dans les jours qui arrivent, que je bosse sur la programmation musicale de la soirée.

– Il me semble qu'il manque des points importants...

Sa voix rauque et sensuelle en même temps va me faire vriller à tout moment.

– Comme ?

– Des journalistes.

Putain, je m'attendais à un truc beaucoup plus sexy quand elle a approché son visage comme ça. Elle joue avec mes nerfs et, à son petit sourire en coin, je sais que ça lui plaît. Je porte mon verre à mes lèvres. Elle les observe comme en apnée. Un point partout.

– J'en ai booké deux du journal local. Autre chose, mademoiselle Miller ?

– Des personnes pour gérer le vestiaire et d'autres pour contrôler les entrées…

Elle m'épate à penser à tout alors que ce n'est pas son métier.

– C'est prévu. Je t'ai envoyé le devis de la conciergerie alors que tu étais en chemin. Je leur ai dit de plaquer au sol quiconque ne porterait pas la doudoune appropriée.

– Si tu veux savoir, d'ailleurs, j'ai vu le prototype. Elle est rouge pailleté, fourrure rouge et intérieur fourré blanc. Tu auras droit à ton modèle aussi.

Nos souffles sont saccadés. Nos visages sont beaucoup trop proches au-dessus du comptoir et je pourrais cueillir ses lèvres en une fraction de seconde mais ce serait trop facile de faire le premier pas quand elle s'amuse de l'effet qu'elle provoque chez moi. Nos regards se perdent l'un dans l'autre et elle scrute à nouveau ma bouche.

Je m'incruste entre ses jambes et elle pose son verre pour passer les mains autour de mon cou. Nos lèvres ne sont qu'à quelques centimètres. Soit je me penche, soit elle se lève.

– Qu'est-ce que t'attends ? murmure-t-elle de sa voix rauque.

Des frissons me parcourent l'échine.

– Que tu arrêtes de parler boulot et que tu me parles un peu plus de toi… Je sais que tu adores ça.

Ce doit être la formule magique car elle soupire et m'attire vers elle, scellant nos bouches dans un baiser langoureux. Pour une fois, je ne suis pas frustré qu'elle ne veuille pas s'épancher sur son sujet, je valide même totalement cette diversion. Qu'ils aient la saveur du café, de la pizza ou, comme maintenant, du vin blanc, ses baisers sont ce que j'ai goûté de meilleur. Je profite de chaque seconde, littéralement suspendu à ses lèvres, me perdant dans son regard espiègle, frissonnant quand ses mains se faufilent sous mon tee-shirt. Ses ongles qui me titillent la peau font monter mon adrénaline et je remonte sa robe pour passer mes mains sur ses hanches. Elle porte des bas, bordel. Il n'y a rien de plus sexy. Le contact de mes paumes contre sa peau la fait tressaillir. Je sais d'avance que la dentelle de son sous-vêtement avec laquelle mes doigts sont en train de jouer est noire. Elle ne porte que ça. J'hésite un instant, quand elle me mord la lèvre en réponse à ma caresse, à la soulever pour l'amener dans ma chambre tant la tension est à son comble. Mais elle entreprend de baisser mon jogging et je comprends le message. *Ici, maintenant.*

J'avais mis un préservatif dans ma poche au cas où on se sauterait dessus dès son arrivée. J'ai à peine le temps de l'enfiler qu'elle m'attire en elle sauvagement.

On a dévoré les macaronis et on est calés sur le canapé, à rire comme des gosses devant un one-man-show. Blair a un rire décomplexé qui est communicatif et l'ambiance est légère. Je suis content qu'elle n'ait pas encore essayé de s'échapper mais, à la façon dont elle regarde régulièrement l'heure sur son portable, ça ne devrait pas tarder. Tiens, elle recommence en réprimant un bâillement.

– Tu restes ?

Elle secoue la tête.

– Non, je vais rentrer.

Pas envie qu'elle parte. C'est peut-être dû à mon côté protecteur mais je n'aime pas la savoir traverser Chicago en pleine nuit pour rejoindre la banlieue dans son cabriolet rouge.

– Tu es sûre ? Je peux te faire de la place dans mon lit.

Son trait d'eye-liner qui paraît prolonger son œil à l'infini s'est un peu estompé et je le trace du bout de l'index. Ses yeux se plongent dans les miens et je jurerais qu'elle hésite sur la conduite à tenir. *Qu'est-ce qui l'empêche de lâcher prise ?*

– Qu'est-ce que tu as annulé pour venir ce soir ? murmuré-je.

– Rien.

Rien ?

Je fronce les sourcils et elle rit de mon air surpris.

– J'avais rien de prévu.

– Pourquoi tu m'as fait croire le contraire ? Tu n'avais pas envie de me voir ?

L'amusement qu'il y a dans ses yeux laisse place à la gêne. Elle se rend compte qu'elle a gaffé.

– Ce n'est pas ça… Je n'étais pas sûre que ce soit une bonne idée de mélanger boulot et… voilà, quoi.

Alors, c'est ça. On a eu les mêmes doutes, elle et moi. Sauf que depuis qu'on a franchi le pas, j'ai décidé de ne plus me poser de questions. Ce qui est fait est fait et autant se concentrer sur le moment présent. Je laisse mes doigts courir sur ses jambes nues.

– Pourquoi tu as changé d'avis, alors ?

– Parce qu'on devait faire le point, me répond-elle avec malice.

– C'est l'un des meilleurs points que j'ai pu faire.

Elle se redresse et passe une mèche derrière son oreille.

– Tu couches souvent avec tes clientes ?

– Je te rappelle que jusqu'ici, j'organisais des mariages uniquement. J'évite de coucher avec la future mariée.

Elle éclate de rire en enfilant sa robe par-dessus son caraco et je me sens très drôle.

– Et avec tes prestataires, alors ?

Touché. Je repense à la chanteuse que les mariés avaient fait venir de Californie qui m'avait envoûté et avec qui j'avais passé une nuit. Blair voit mon petit sourire et soupire.

– Je le savais, t'as l'habitude de ce genre de plans… C'est pour ça que tu ne culpabilises pas.

– Tu culpabilises ?

C'est compliqué d'en venir aux faits mais, à force de persévérance, elle finit par parler…

– Non, je ne culpabilise pas mais…

– Tu ne mélanges pas plaisir et boulot, je finis pour elle.

– C'est surtout que c'est arrivé une fois et que ça s'est mal fini.

OK. Je comprends mieux. Elle a eu une mauvaise expérience et elle a peur que ça se reproduise.

– Si ça peut te rassurer, la *Christmas party* est dans douze jours et, ensuite, notre collaboration sera terminée. Et puis, quoi qu'il se passe entre nous, mon objectif restera le même : réussir la mission qui m'a été confiée, murmuré-je en tirant sur le bas qu'elle essaie d'enfiler

Elle s'accroche à mon regard comme pour s'assurer qu'elle peut me faire confiance. Puis, son index se pose sur mon pectoral.

– C'est rassurant en effet, mais je vais rentrer quand même.

– Je suis déçu.

À nouveau, elle me dévisage. J'ai l'impression qu'elle essaie de voir si je suis sincère ou pas. Ce n'est pas le genre de filles à croire quelqu'un sur parole mais mon regard franc soutient le sien.

– Je n'ai pas de vêtements de rechange en plus, finit-elle par lâcher en portant son attention sur ses Dr. Martens.

J'hésite à lui dire que je lui ai acheté une brosse à dents mais je crains de l'effrayer.

Alors, à regret, je la laisse se rhabiller et me lève pour mettre une veste.

Quelques minutes plus tard, je la raccompagne à sa voiture. Elle s'y engouffre et je souffle sur mes mains pour les réchauffer en attendant qu'elle démarre. Je profite du fait qu'elle ouvre la vitre pour lui voler un dernier baiser.

– Tu crois que dans ta mini-voiture tu pourrais glisser un sac d'affaires de rechange ?

Elle a un air surpris mais ne dit rien. Seul un petit sourire se dessine sur son visage alors qu'elle met le contact.

– Je dis ça, je dis rien, ajouté-je quand la voiture démarre.

Son éclat de rire me réchauffe.

CHAPITRE 27

BLAIR

À la fin d'un après-midi que je n'ai pas vu passer, je me rends compte que Samuel a oublié de signer les devis que j'ai envoyés ce matin pour la conciergerie et le duo de photographe et vidéaste. La fête est dans onze jours mais, en ce moment, il a l'air ailleurs. Comme fait exprès, il sort de son bureau d'un pas dynamique en zippant sa doudoune.

– Je pars en rendez-vous, me lance-t-il sans donner davantage de précision sur sa destination.

– Très bien.

C'est vraiment curieux. Ses déplacements que je n'ai pas organisés deviennent réguliers mais je n'ose pas lui poser de questions.

– Ah ! Ça y est, nous avons reçu les sweats de Noël ?

Il pointe du doigt mon vêtement rouge estampillé au nom de l'entreprise et orné de sucres d'orge. On les a reçus en fin de matinée et ça tombait bien car je venais de me renverser du café dessus tant j'étais distraite en pensant à Sonny. J'ai donc remplacé ma blouse par ce nouveau sweat.

– Oui, j'étais pressée de le porter mais les collaborateurs arboreront le leur à partir de demain. Samuel, vous avez eu mon dernier e-mail ?

– Lequel ?

– Celui concernant les ruptures de stocks. Depuis la publication des vidéos des influenceurs, tous les stocks de la collection hiver ont été dévalisés. Nos partenaires réclament des réassorts car la demande de la clientèle est incroyable.

– Non, pas d'exception à la règle. Il n'y aura pas de réassort.

Le service commercial va râler et je le comprends. Les commerciaux ont une belle commission sur leurs ventes et, vu le succès de la collection actuelle qui se démarque par des tons fluos et l'insert de musique, ils espéraient que Samuel accepterait de relancer exceptionnellement la fabrication.

– Il va falloir que j'annonce cela aux commerciaux, soupiré-je alors qu'il s'apprête à partir.

Il pivote et j'espère l'avoir fait douter de sa décision.

– C'est le fonctionnement normal, Blair, chaque doudoune est fabriquée en quantité très limitée et doit le rester. C'est le principe d'un produit rare.

– Au temps pour moi, marmonné-je.

– Par contre, vous pouvez annoncer une bonne nouvelle à l'ensemble des collaborateurs…

Je lève la tête, attendant la suite. Il arbore un grand sourire.

– Puisque nous n'avons plus de production à venir d'ici le début de l'année et que notre engagement est que tout soit expédié avant le 20 décembre pour une livraison assurée pour les fêtes, je donne dix jours de congé à tous les collaborateurs après la *Christmas party*.

Hein ? La nouvelle est complètement dingue.

– À tout le monde ?

– Exactement. Et je vais en profiter pour faire refaire la décoration des locaux pour démarrer l'année sur de nouvelles couleurs. Je pars justement en rendez-vous chez un architecte d'intérieur que j'ai rencontré à un cocktail.

Encore une nouvelle qui me soulage. Ça me tracassait de ne rien savoir de ses allées et venues.

– J'ai hâte de voir ce que vous concoctez.

Je souris en espérant quand même qu'il ne me mette pas sur le projet.

– Donc, envoyez une note à tous les collaborateurs pour les informer du congé surprise et leur dire de débarrasser leurs affaires personnelles avant de partir. Les bureaux vont être remplacés par un mobilier conçu sur mesure à la hauteur de notre image.

Il part sur ces mots et je m'empresse de rédiger l'e-mail collectif. Sait-on jamais, s'il changeait d'avis entre-temps. On a tous besoin de congés ici et rien qu'à l'idée d'avoir quelques jours off avec Sonny… je suis excitée.

Malgré l'heure tardive, je balaie mes e-mails en sachant pertinemment que je n'arriverai pas à tout traiter avant de partir. L'un d'eux attire pourtant mon attention. Il vient de la responsable des ressources humaines et elle me demande un rendez-vous en urgence avec Samuel.

Je fronce les sourcils. Pourquoi Samantha sollicite-t-elle un entretien sans m'en préciser le motif ? Il est plus de dix-huit heures et le message a été envoyé à quinze heures. Je suis presque sûre de ne pas réussir à la joindre maintenant. J'essaie malgré tout. En vain. Hors de question que je lui organise ce rendez-vous sans raison valable. Je lui réponds donc dans ce sens en y mettant les formes, enfin, je crois.

Maintenant, ça va me trotter en tête jusqu'à demain. Est-ce qu'elle a découvert que j'ai menti sur mes références pour obtenir le poste ? Elle a une petite tête de fouine, elle serait bien capable d'avoir fait des recherches sur moi…

Comme chaque fois que je suis stressée, je me fais couler un café, ce qui, je sais, n'arrange rien. Encore moins à cette heure-ci. Je dois retrouver Sonny mais il vaut mieux que je prenne quelques minutes pour calmer mes nerfs. Ma tasse en main, je m'approche de la fenêtre et colle mon front à la vitre. Le contact du verre froid a un effet apaisant.

Et la vision de la rue animée, baignée de lumières décoratives, m'aide à prendre du recul.

Finalement, je retourne à mon poste, prête à l'éteindre. Sauf que je vois que la connasse m'a déjà répondu.

« Pour motif personnel. »

OK. J'ai envie de briser l'écran. Le problème, c'est que je n'ai pas le pouvoir de refuser.

Dans l'agenda de Samuel, je trouve une ouverture pour le lundi 15. Très bien. Je note le rendez-vous pour quatorze heures et en informe Samantha succinctement. Puis je me barre, soûlée.

En temps normal, je n'aurais envie de voir personne. Sur la route, j'hésite plusieurs fois à appeler Sonny pour annuler, je passe mes nerfs en klaxonnant sur des ânes qui ne savent pas conduire, j'insulte des piétons qui traversent n'importe où, mais malgré ça, j'arrive en bas de chez lui. C'est la seule personne que j'ai envie de voir même s'il est incapable de comprendre mes angoisses. Le sourire qu'il me fait en m'ouvrant la porte les dissipe un peu.

– Ça sent bon ! je m'étonne en retirant ma doudoune horrible.

– C'est italien ce soir, répond-il fièrement en remplissant des verres d'un liquide rouge à bulles. Le fameux sweat du mois de décembre ?

Il a remarqué mon pull.

– Oui.

Je me dirige vers l'évier et me lave les mains en soupirant.

– Ça te va bien, le rouge…

– J'espère que tu aimeras le vert aussi car je vais alterner entre les deux.

– Journée pourrie ?

– Ouais… J'ai même pas envie d'en parler. Tu as fait quoi, toi ?

– Des courses. J'ai appelé les prestataires et j'ai organisé la journée de repérage le lundi 15, ça te va ? En début d'après-midi.

Lundi 15. Putain, à peine je commençais à oublier l'autre connasse qu'il me renvoie à elle.

– OK, je bougonne.

– Viens…

Je le suis sur le canapé et prends le verre qu'il me tend. La première gorgée de cette boisson étonnante me procure un bien fou. Sonny me fait pivoter un peu et se met à me masser les épaules.

– Tu fais quoi ?

– Détends-toi.

C'est pas dur entre ses mains expertes. Je laisse ma tête retomber et il balaie mes cheveux sur le côté. Il a mis une petite musique bossa nova en fond et je ferme les yeux quelques instants.

– Je pourrais m'endormir comme ça, finis-je par lui avouer.

– Alors on va manger, tout est prêt.

Je n'avais pas spécialement faim en arrivant, il faut dire que j'ai abusé ce midi, mais l'odeur me met en appétit. En traversant le salon, je vois qu'un sapin a pris place dans l'angle de la pièce.

– C'est un vrai ?

– Oui, et c'est mon premier, sourit-il. D'habitude, on ne décore que chez ma mère mais cette année, elle a décidé qu'il fallait qu'on commence à agrandir notre stock, donc elle m'a forcé à prendre un sapin. D'ici deux ou trois ans, je suis sûr que le couloir entre nos deux apparts sera envahi d'accessoires de Noël du sol au plafond…

Il soupire mais je trouve ça mignon qu'ils aient leurs petites traditions.

Je m'approche du conifère pour le sentir, curieuse de savoir s'il a la même odeur que celui qu'on a dans le hall à Warm Me Up. Rita met tous les ans un petit sapin artificiel blanc qu'elle entoure de guirlandes dorées et rouges. Celui de Sonny est bien plus chouette et je me dis que j'achèterai le même quand j'aurai mon propre appartement.

– Quand j'étais en foyer, il y avait un faux sapin qu'on décorait avec d'horribles ornements fabriqués de nos mains et on le faisait tellement tomber en chahutant autour qu'arrivé à Noël, il ne ressemblait plus à rien.

Sonny marque un temps d'arrêt en servant les assiettes et je me rends compte que je lui ai confié un indice sur mon passé sans trop m'en rendre compte.

– Tu as grandi dans un foyer ? demande-t-il alors en râpant du parmesan sur les pâtes.

Je commence à le connaître. En vrai, je suis certaine qu'il a envie de tout poser et de m'écouter mais il feint la discussion nonchalante pour m'encourager à parler, et ça ne me gêne pas. Pas avec lui.

– Oui. J'ai eu une enfance compliquée. Père inconnu, mère droguée, familles d'accueil pas faciles. Ou alors c'était moi qui n'étais pas facile. Bref, j'ai fini par atterrir en foyer.

Il pose les assiettes sur le comptoir et je viens m'y asseoir en les regardant avec gourmandise.

– Tu m'impressionnes, dis donc… je souris en attrapant ma fourchette.

La première bouchée me fait fermer les yeux quelques secondes. Ses pâtes sont parfaites. Il remplit à nouveau mon verre.

– Toi aussi, tu m'impressionnes… murmure-t-il au bout d'un moment.

Son regard profond pourrait me faire défaillir.

– Par la vitesse à laquelle je mange ?

Je blague la bouche pleine pour désamorcer le moment trop intime dans lequel je nous ai plongés.

– Aussi. Mais je parlais surtout de ton parcours. Malgré ton enfance compliquée, à ton âge, tu es en quelque sorte le bras droit du patron de la start-up la plus connue du coin. C'est une sacrée revanche.

Je hoche la tête.

– C'est fou. Parfois, j'ai peur que tout s'arrête.

Pourquoi je me livre autant ? C'est le vin ou quoi ?

– N'importe quoi. Si tu as eu ce poste, c'est que tu en as les compétences.

Perdue pour perdue, je bois quelques gorgées de mon verre et affronte son regard.

– Pas tout à fait.

Mon instinct me dicte que je peux lui faire confiance et puis, je crois que j'ai envie de m'ouvrir à lui.

– Bien sûr que si ! Je vois bien comme tu es efficace. Tu gères la *Christmas party* alors que ce n'est pas ton boulot. Crois-moi, si tu ne faisais pas l'affaire, il t'aurait virée depuis un bail.

– J'ai menti sur mon CV pour être embauchée.

Ses yeux s'arrondissent. Il ouvre la bouche tout en arborant un air amusé, mais finalement ne dit rien. Il se contente de se servir un verre de vin.

– Ça va, c'était pas non plus délibéré.

Là, il éclate de rire et je me rends compte de l'absurdité de ce que je dis.

– Pour faire bref, je me suis pointée à un entretien pour un poste à la préparation des commandes et lui m'a reçue en pensant que j'étais là pour postuler au job d'assistante de direction. Je m'en suis rendu compte pendant l'entretien.

– Waouh, le concours de circonstances.

– J'ai rédigé un nouveau CV et je le lui ai envoyé.

Je n'arrive pas à croire que je suis en train de lui raconter ça mais qu'est-ce que ça fait du bien !

– C'est génial, je suis fan.

– *Dixit* celui qui s'est incrusté à la fête d'Halloween et a menti à Samuel ?

– C'est du pipi de chat à côté de ce que tu as fait. Je suis déçu, j'avais l'impression d'être un *bad boy* mais là, tu me bats à plates coutures.

Cette fois, c'est moi qui explose de rire. Il est tellement naturel.

– Je comprends mieux la pression… Mais comment tu as fait pour qu'il ne se rende compte de rien ?

Je grimace.

– Pendant six mois, j'ai pris des cours du soir de remise à niveau en informatique et en anglais en parallèle pour faire moins de fautes.

– T'es vraiment du genre déterminé, toi.

La fierté que je lis dans ses yeux me flatte.

– Tu n'avais pas remarqué ?

– Si. Et je pense qu'au bout de tout ce temps, il n'a pas de raisons de changer d'avis.

Je vide mon verre et refuse d'un geste de la main quand il m'en propose un autre.

– Ben justement…

Il plisse les yeux et croise les bras.

– T'as fait quoi encore ?

On dirait que je suis une gosse qui enchaîne les conneries.

– J'ai un organiseur de bureau où je note les choses basiques que quelqu'un à mon poste est censé savoir. Des astuces d'orthographe, les cartes de visite de mes formateurs, des numéros de gens qui peuvent m'aider…

Il hoche la tête.

– Oui ! Je me rappelle l'avoir vu sur ton bureau. J'avais cru que c'était un panneau d'agent secret le jour où tu l'as retourné devant moi.

Je me souviens de cette scène et de ma panique quand je ne trouvais plus les questions de Samuel pour l'interview d'Hazel et je gonfle mes joues pour soupirer lentement.

– Voilà, ben ce truc… la responsable des ressources humaines était penchée dessus à un moment où je m'étais absentée de mon bureau.

Je picore encore un peu dans mon assiette avant de la repousser.

– Et alors, ça ne prouve rien.

– Je sais pas. Ça m'angoisse un peu quand même.

– Tu as menti sur quoi ? Ton diplôme ?

– Et mes expériences.

– Ce n'est pas parce qu'elle a vu des notes sur ton bureau qu'elle va appeler l'école pour vérifier que tu y es allée et ensuite téléphoner à chaque entreprise où tu es censée avoir mis les pieds. Il n'y a qu'une sociopathe qui ferait des trucs pareils !

Ce qu'il dit me fait rire et me force aussi à dédramatiser. Vu sous cet angle…

Comme je suis coupable, j'ai l'impression que ça pourrait se lire sur ma figure alors qu'en effet, pourquoi ferait-elle une chose pareille sans raison ?

J'ai besoin qu'il me rassure encore.

– Il y a autre chose…

– Ah non, quoi encore ? rit-il.

– Elle vient de me demander de lui organiser un rendez-vous avec Samuel pour, je cite, motif personnel.

Il hausse les épaules en terminant son assiette.

– Ça veut tout et rien dire. Peut-être qu'elle veut une augmentation. Peut-être qu'elle veut démissionner. Peut-être qu'elle veut te balancer.

– Mais non ! je m'insurge. On a cette conversation pour que tu me rassures.

Son sourire et son regard charmeur achèvent de me faire passer à autre chose.

– Je suis sûr que c'est un concours de circonstances.

Il se lève pour débarrasser et je l'observe du coin de l'œil. Son tee-shirt me laisse une jolie vue sur ses bras musclés. Je le rejoins pendant qu'il rince les assiettes, me plaque dans son dos et lui enserre la taille.

J'ai jamais compris pourquoi les filles faisaient ça dans les films vu qu'on est plus petites que les hommes et qu'à part plaquer une joue contre un dos, ça sert à rien. Mais j'ai eu l'envie subite de le faire. Être au contact de son corps m'apaise, son odeur déjà familière me porte. Il se tourne, s'adosse à l'évier et m'attire à lui pour que je reprenne ma position. Son torse a remplacé son dos. Cette fois, ses doigts qu'il a essuyés contre son jean se glissent dans mes cheveux. Et j'aime bien ce geste tendre.

CHAPITRE 28

SONNY

Le nez enfoncé dans son cou, je n'arrive pas à me passer de son odeur. Elle rit alors que je la chatouille et gigote sous le plaid. J'ai lancé l'un de mes films de Noël préférés, *Love Actually,* et alors qu'elle a décrété que ce serait le film le plus nul de la terre, je vois qu'elle est prise par le scénario.

– Non seulement je t'ai convertie au chocolat chaud au lait d'avoine mais maintenant, tu vas être une fana de comédies romantiques.

– Il est sérieux, là ?

Elle pointe l'écran en éclatant de rire.

Ce n'est pas censé être drôle, comme scène. C'est le tout début, le moment où le meilleur ami du mec de l'héroïne vient lui avouer ses sentiments en utilisant des pancartes. Elle pouffe au fur et à mesure que la scène se déroule et je me redresse.

– C'est l'un des moments clés, c'est émouvant, je grimace.

– Si un jour un mec me fait ça, je lui mets un coup de genou dans les couilles.

OK…

Elle doit voir que je me suis décomposé car elle me dévisage d'une façon étrange.

– Aaaan ! T'as déjà fait quelque chose de ce genre, toi ! C'est sûr, tu es organisateur de mariages, ça te plaît, tout ça…

Je ris bêtement en secouant la tête.

– Je n'en ai pas eu l'occasion.

– Mais tu en serais capable, hein ?

– Pourquoi pas ?

– Pour quoi faire, tu veux dire !

On est si différents. Ça pourrait m'agacer mais pour une raison qui m'est inconnue, ça m'intrigue. J'aimerais entrer dans sa tête et être capable de décortiquer sa façon de penser.

– Je trouve ça extraordinaire d'être capable d'assumer ce que tu ressens. En plus, l'ambiance de Noël rend les choses encore plus magiques.

Elle gonfle ses joues et soupire exagérément. Un tic bien à elle…

– En fait, je comprends mieux pourquoi ta mère disait l'autre jour que pour toi, le Père Noël ne fait pas caca.

– C'est quoi le rapport ?

– Ben tu crois que cette prétendue magie de Noël remplace la réalité.

– Je n'ai jamais dit ça ! Je trouve que ça fait rêver, c'est tout.

On regarde encore le film en piochant dans un saladier de pop-corn. Je n'ai même pas fait exprès de réunir tous les clichés, c'est juste que j'aime ça. Ma copine, un bon film, des gourmandises… et plus si affinités. Et quand dehors, c'est la tempête de neige comme aujourd'hui, c'est encore mieux. Dire qu'il y a exactement une semaine, on était en train de faire nos emplettes à la foire… Une chance qu'il n'ait pas fait ce temps-là !

– C'est quoi le truc le plus romantique que tu aies fait pour une fille ? me demande-t-elle encore au beau milieu d'un moment crucial du film, où ça devrait être illégal de parler.

Sa question est intéressante. On n'a jamais abordé le sujet de nos relations passées alors, si elle m'offre une ouverture, je ne vais pas la laisser passer. Et puis, elle dit détester ça, le romantisme, mais j'ai bien l'impression que le sujet l'interpelle.

– J'ai fait livrer un bouquet de fleurs et des chocolats sur son lieu de travail.

Elle me regarde, dubitative.

– Je m'attendais à pire.

J'avoue que j'aurais aimé avoir un truc plus fou à raconter…

– Je n'ai pas eu beaucoup d'occasions. Ma relation la plus longue n'a même pas duré six mois.

– Ah ouais ? Laisse-moi deviner… elle t'a plaqué et, depuis, tu ne fais plus confiance aux filles ?

– Non, je n'ai pas eu de chagrins d'amour, Madame, mon cœur est vierge. C'est juste que… je me lasse vite.

Et c'est un euphémisme. Je suis bien dans ma petite vie de célibataire, avec ma mère en face et mon pote célibataire toujours partant pour des soirées. Généralement, dès qu'une relation commence à s'installer, je fuis. En fait, j'aime le romantisme mais sur des périodes courtes. Un peu comme si je donnais tout au départ puis que je partais quand la routine s'installe.

Alors qu'avec Blair, c'est moi qui suis en demande pour qu'elle vienne, pour qu'elle reste, pour tout. J'aime les moments simples qu'on partage sans ressentir le besoin d'user d'artifices ou de trop en faire. Mais je ne vais pas le lui dire, elle va prendre peur.

– Et toi ? lui demandé-je.

Elle a reporté son attention sur l'écran et mâche son pop-corn ostensiblement.

– Six mois avec un connard.

– Laisse-moi deviner… il t'a trompée ?

– Non, il s'est barré du jour au lendemain.

– Vous viviez ensemble ?

– J'étais souvent chez lui, mais en fait, il a arrêté de me donner des nouvelles d'un coup.

– C'est moche.

Elle hausse les épaules.

– C'était quand ?

– Cet été.

– Et depuis, tu n'as plus fréquenté personne ?

– Non, mais plus car je n'ai pas le temps que par choix.

Tant mieux. Je réprime le soupir de satisfaction qui me vient malgré moi. On continue de regarder le film pendant de longues minutes sans parler. Je lui caresse la cuisse et je rêverais qu'elle se blottisse contre moi d'elle-même mais pour ça, il faudrait peut-être que je mette un film d'horreur.

Je lutte pour ne pas avoir les larmes aux yeux à un moment triste et l'observe discrètement pour voir si elle est dans le même état que moi.

– Sonny ? m'interpelle-t-elle sans me regarder.

– Oui.

– Et les lutins, tu crois qu'ils font caca ?

J'éclate de rire. Elle me fatigue.

Puisqu'elle veut m'emmerder, je vais l'empêcher de regarder la suite. Surtout que ses jambes nues sous le plaid me narguent depuis tout à l'heure et il ne m'en faut pas beaucoup pour déraper. Mes doigts viennent taquiner l'intérieur de ses cuisses, juste à la lisière de sa culotte. Elle me jette un coup d'œil, mais je feins de regarder la télé. Puis je joue avec l'ourlet du tissu et elle tressaute. Je sais qu'elle aime y aller franco et que je la déstabilise. Elle m'observe en se mordant la lèvre, l'air amusée. J'en profite pour faire glisser mes doigts sous la dentelle. Son gémissement alors qu'elle me regarde dans les yeux manque de me faire défaillir. Je titille son point sensible et elle se crispe. J'en profite pour la pousser à s'allonger et je passe ma tête sous le plaid avec une idée précise en tête. Elle serre instantanément les cuisses.

– Laisse-moi faire.

J'attends une seconde qui me paraît une éternité. Est-ce qu'elle va me laisser l'accès à son intimité ? Je ne sais pas pourquoi mais je me doutais qu'elle ne serait pas à l'aise. Pourtant, j'en crève d'envie. Je dépose des baisers sur ses jambes pour la remettre en confiance. Je ne forcerai pas si elle refuse. Mais elle se relâche.

Alors j'y vais, je la caresse de ma langue en douceur tout en exerçant avec mes pouces une pression à l'intérieur de ses cuisses. Ses gémissements me guident et je trouve son point sensible. Elle se cambre… Ses mains se glissent dans mes cheveux. Elle s'y accroche et l'effet que je parviens à lui procurer me galvanise jusqu'à ce qu'elle cède à l'orgasme.

Quand je remonte vers elle, je n'ai pas le temps de réagir qu'elle est déjà à califourchon sur moi. Je ris en bataillant pour attraper une protection – heureusement que j'en planque partout – et j'empoigne ses fesses à se damner pendant qu'elle mène la danse.

Une heure plus tard, je la regarde s'habiller.

– Tu fais quoi ?

– Je rentre, je n'ai pas de vêtements de rechange.

Chaque soir, j'espère qu'elle aura prévu un sac d'affaires, mais jamais. J'ai réussi deux fois dans la semaine à lui faire passer la nuit ici mais elle a dû se lever super tôt pour filer chez elle le lendemain avant d'aller bosser.

– Il fait un temps pourri, lancé-je pour la dissuader. Tu ne veux pas rester dans mon tee-shirt jusqu'à demain ?

– Je suis déjà dans ton tee-shirt depuis hier soir, je ne vais pas te supporter tout un week-end, rit-elle. Et Rita veut que je l'emmène demain matin acheter des cadeaux pour sa famille à la première heure.

Je regarde par la fenêtre. Les arbres sont secoués par le vent et les flocons de neige s'écrasent contre les vitres.

– Tu vas vraiment partir par un temps pareil ?

Pour toute réponse, elle s'approche de moi et se hisse sur la pointe des pieds pour m'embrasser.

Tiens, il y a du progrès.

– Encore un bisou, râlé-je alors qu'elle me tourne déjà le dos.

Elle ne va pas pouvoir s'échapper de toute façon, je l'ai déjà encerclée de mes bras et elle pouffe.

– T'es sûre que tu ne veux pas dire à Rita que les cadeaux, c'est surfait ? Ou que vous irez demain après-midi ?

– Non, j'ai envie de rentrer.

Ça a le mérite d'être cash. Ça me vexe d'ailleurs, même si, par fierté, j'essaie de ne pas le montrer.

Surtout que je viens de me montrer très insistant, c'est pathétique.

– Envoie-moi un message quand t'es arrivée.

Je n'aime pas le bruit de ses pas dans l'escalier quand elle s'en va, ni cette sensation de vide qui m'envahit. Je regarde mon tee-shirt qu'elle a enlevé et qui traîne sur l'accoudoir du canapé, ses tasses de café qu'elle sème un peu partout, trois petits joncs dorés qu'elle avait retirés de son poignet dans la semaine et qui, depuis, sont sur la commode… Elle est bordélique. En temps normal, je déteste ça mais pas avec elle. Son bordel chez moi est exactement comme celui qu'elle fout dans ma tête. Agaçant mais addictif.

CHAPITRE 29

BLAIR

Je suis complètement paumée. Le froid polaire aurait pu me rafraîchir les idées, mais même pas. Dans les embouteillages des quartiers ouest de Chicago, je lorgne les maisons décorées et les passants qui ont décidé de braver la neige pour aller faire des achats et reviennent les bras chargés.

C'est quoi, son problème, à Sonny ?

Il a insisté toute la semaine pour qu'on se voie et il me balance au milieu du week-end que ses relations ne durent pas car il se lasse vite. Je sais que je ne devrais pas m'en formaliser mais cette petite phrase lancée de manière anodine m'a fait l'effet d'un avertissement. Si c'est son mode opératoire habituel de demander à la fille avec qui il est de venir chaque jour, d'insister pour qu'elle reste dormir, de l'inviter à apporter des vêtements de rechange… faut pas s'étonner qu'il se lasse. Puisque les choses sont claires, moi, je n'ai pas envie de m'attacher à lui pour qu'il me vire quand il l'aura décidé, comme mon ex l'a fait. Non merci.

Quand je me gare enfin à proximité de chez Rita, j'ai l'impression que ça fait mille ans que je suis dans la voiture. On s'est à peine vues cette semaine et, en vrai, elle ne m'a absolument pas demandé de l'emmener faire du shopping mais je suis sûre qu'elle va le faire. J'ai juste anticipé sa demande.

Je pousse la porte et suis étonnée que ça ne sente pas la bouffe. Elle passe pourtant tout son temps à cuisiner, d'où son embonpoint. Je la trouve dans le salon, devant une de ces émissions sur les tueurs en série dont elle raffole.

– Salut Rita ! je m'efforce de lancer malgré mon humeur pas terrible.

– Salut, marmonne-t-elle sans tourner la tête vers moi.

OK.

Je vais tout droit jusqu'à ma chambre où j'enlève ma doudoune hideuse et mes chaussures avant de prendre la direction de la salle de bains. Par rapport à chez Sonny, tout est vétuste ici. Même si c'est propre, j'ai de plus en plus hâte d'avoir mon chez-moi. La déco, ce n'est pas mon truc, alors, si je trouve un appartement moderne où il n'y a rien à faire, ce serait top. Je vais d'ailleurs profiter de ma soirée pour faire des recherches. J'ai réfléchi, je vais chercher un appartement avec une seule chambre qui sera plus abordable, et, si Carlos est partant, il mettra un clic-clac dans le salon. On évoluera vers mieux quand il aura un CDI.

Quand j'enfile des vêtements confortables et que je me cale enfin sur mon lit avec mon téléphone, c'est pour voir un message de Sonny.

Sonny : *Tu es bien rentrée ?*

Je n'ai toujours pas digéré son aveu. Le pire, c'est qu'il a juste été honnête, je ne peux pas le lui reprocher mais jusque-là, je n'avais pas envie de me poser de questions sur notre relation et il me force à prendre conscience qu'elle sera courte. Du coup, je n'ai pas le courage de lui répondre pour l'instant. Je pars dans la cuisine pour me faire un café. J'ai soudain besoin d'une clope et heureusement qu'il fait un temps à pas mettre un chien dehors, car j'aurais été capable de partir au tabac. Je ne fume qu'occasionnellement mais là, je tuerais presque pour une dose de nicotine.

Rita est dans la cuisine en train d'éplucher des légumes. Elle, j'ai l'impression qu'elle tuerait juste pour le plaisir vu la gueule qu'elle tire.

– Ça va pas, Rita ?

– Je ne sais plus quand tu es là avec tes allers-retours. Je n'avais pas prévu de faire à manger.

Elle me cherche ou quoi avec ses aubergines ? Surtout que je déteste ça.

– Tu fais tout le temps la cuisine. Et si c'est pour moi, ne t'embête pas, je me débrouillerai, j'ai même pas faim, rétorqué-je.

– C'est trop tard, j'ai commencé.

Je vais changer de sujet, sinon on va s'entretuer.

– Le week-end prochain, je serai occupée par la *Christmas party* du boulot et ensuite, ce sera la semaine de Noël. Si tu veux aller à Top Bazar, je peux t'emmener demain.

Mon café en main, je m'apprête à repartir dans ma chambre.

– Pas la peine, cette année.

Hein ?

C'est bien la première fois depuis quatre ans que je vis ici qu'elle ferait l'impasse sur ce rituel. Rita ne fabrique pas de fichus sablés de Noël aux épices et ne regarde pas de films débiles de saison… mais elle pose un faux sapin qu'elle décore à la va-vite et achète des cadeaux pour le traditionnel 24 décembre où elle est invitée chez son fils. Au foyer, on fêtait Noël autour d'un bon repas qui se terminait souvent en chamailleries. C'était chouette mais pas plus authentique que ça. Depuis que je n'y suis plus, je ne le fête pas et n'en conçois aucune frustration. Mais ça m'embête pour Rita qu'elle soit seule cette année.

Je pivote et m'appuie au chambranle de la porte.

– Qu'est-ce que tu as fait, encore ?

Autant mettre les pieds dans le plat, elle est comme moi. Pas besoin de tourner autour du pot, on va à l'essentiel. Elle tranche rageusement ses aubergines en soufflant.

– Mirabella est une sombre égoïste et mon fils, un ingrat, mais ça, on le savait déjà !

Mirabella, c'est sa belle-fille. *C'est reparti pour un tour*, je pense en mon for intérieur. Je suis habituée aux disputes permanentes qu'il y a entre elles. À la place de Mirabella, j'aurais accroché Rita au mur depuis longtemps.

– Il s'est passé quoi ?

– J'ai juste dit que le 24, il faudrait me ramener avant dix-huit heures car, l'année dernière, ils ont fait durer le repas jusqu'à tard, les enfants couraient partout, la mère de Mirabella n'avait aucune conversation et je suis arrivée ici à vingt-deux heures !

Oh, ça, je m'en souviens. Elle est rentrée d'une humeur exécrable et m'a rebattu les oreilles de ce réveillon jusqu'à la semaine suivante.

– Tu n'as pas dit tout ça à ton fils, quand même ?

– Bien sûr que si ! Sauf que cet idiot avait mis le haut-parleur. Alors Mirabella, qui est enceinte – entre nous, ça ne lui réussit pas, d'ailleurs – s'est mise à crier, donc je lui ai dit de crier sur Miguel et Pia qui sont très mal élevés plutôt que sur moi qui mérite le respect.

Tout s'explique.

– Et donc, tu as décidé de ne pas y aller le 24.

– Mirabella m'a désinvitée ! Ça me va très bien, je somnolais d'avance à l'idée d'écouter des discussions absurdes. Ses parents n'ont pas inventé l'eau chaude.

Le pire, c'est que je sais qu'au fond d'elle, elle n'est pas si mécontente d'y aller. Je n'ai jamais compris pourquoi elle était si méchante avec sa famille. Les quelques fois où je les ai vus ici, ils avaient pourtant l'air sympathiques. À part les enfants mais bon, le plus grand n'a même pas six ans.

– Qu'ils restent entre eux, conclut-elle. Ils s'ennuieront bien sans moi pour mettre l'ambiance.

Je n'ose pas quitter la pièce car j'ai l'impression que ça lui fait du bien de parler.

– Après… c'était pas super sympa ce que tu as dit, il faut le reconnaître.

Normalement, je m'en fous de ses histoires mais ça me fait de la peine qu'elle soit désinvitée.

– Ah parce que tu es de leur côté ?

– Oh Rita, pas à moi, soufflé-je en décidant finalement de m'asseoir.

– Je ne savais pas qu'elle écoutait. Puis, après, j'ai assumé, je ne suis pas une hypocrite. Et toi là… dans le lit de qui tu vas tous les soirs ?

Je manque de m'étouffer avec une gorgée de mon café tant cette question sort de nulle part.

– Pas tous les soirs, n'abuse pas.

– Tu as rencontré quelqu'un au travail ?

– Oui.

– C'est bien.

En guise de réponse, je hausse les épaules.

– J'espère qu'il a une meilleure tête que le dernier que j'avais vu par la fenêtre.

Elle fait référence à mon ex. Aux beaux jours, elle crèche sur une petite chaise installée sur son balcon et espionne tout ce qui se passe aux alentours.

– Il ne te plaisait pas ?

– Ah non. Il avait l'air louche.

Non mais, Rita !

– Je ne sais pas si Sonny a une meilleure tête.

Mais il est plus intelligent. Il embrasse tellement mieux et le sexe avec lui est... indescriptible. D'ailleurs, il me manque déjà et j'ai envie de me gifler de ressentir ça au bout d'une semaine de… relation ? Est-ce qu'on est dans une relation ?

– Ce sont des aubergines bio, j'espère que tu vas les apprécier, elles m'ont coûté un œil, me sort-elle soudain.

Et ça me fait penser à autre chose.

– Rita, si je pars d'ici, tu t'en sortiras financièrement ?

Le loyer qu'elle me demande est modeste mais ça fait quatre ans à présent que je le lui verse et j'espère que mon départ ne la mettra pas en difficulté.

– Ne me dis pas que tu fais partie de ces imbéciles qui vont vivre chez le premier venu !

Son couteau à la main et ses yeux qui me lancent des éclairs la rendent effrayante.

– Bien sûr que non ! Mais j'envisage de prendre un appartement. Toute seule.

Elle hoche la tête et se remet au travail.

– Petite, j'ai élevé mon fils seule avec les moyens du bord et crois-moi, il mangeait beaucoup. Ce n'est pas ton départ qui va me mener à la rue. Je n'ai besoin de personne.

D'un côté, je me sens rassurée mais, de l'autre, je me demande si elle ne me dit pas ça par fierté.

– En tout cas, si cela t'arrange, je peux mettre une annonce en temps voulu pour trouver quelqu'un qui me remplace.

– Et puis quoi encore ? Je ne supporte pas les gens !

– Oui, mais avec moi, ça se passe bien.

– Je t'ai choisie, ce n'est pas pareil.

Elle m'a sorti ça tranquillement tout en huilant un plat.

– Comment ça ?

– Tu étais venue faire le ménage quand je m'étais cassé le poignet, j'avais apprécié que tu ne sois pas comme les autres commères que j'avais renvoyées avant toi. Elles parlaient plus qu'elles ne travaillaient.

– Ah ! Alors, tu t'es dit que ce serait cool qu'on vive ensemble ?

– N'importe quoi ! Je te trouvais bizarre… mais en creusant un peu, tu m'as fait penser à moi plus jeune. Déterminée et rigoureuse. Et puis, tu louais ce taudis dans un quartier encore plus mal famé que le mien. Alors, je ne sais pas ce qui m'a pris, mais j'ai prétexté me sentir seule pour t'inciter à me louer une chambre.

Je tombe des nues. Elle se fout de ma gueule, c'est pas possible.

– Et depuis quatre ans, tu fais semblant de me supporter, tu vas me dire ?

– Je pensais que ça ne durerait que quelques mois. Toi aussi au départ, non ?

C'est vrai.

– Et pour finir, ça se passe bien car on se ressemble.

– Merci de la comparaison, marmonné-je.

– Tu as quelque chose à me reprocher peut-être ?

– Non mais on ne se ressemble pas ! Je ne tire pas au pistolet à eau sur les pigeons.

Je la regarde et ne peux pourtant pas m'empêcher d'être attendrie. Ses cheveux blancs toujours impeccablement tressés, ses petites mains ridées mais si habiles et ses yeux dans lesquels brille son esprit vif.

– Mon caractère ne s'arrange pas en vieillissant.

– Ça doit être ça. Appelle ton fils, je lance en sortant de la pièce.

– Encore un mot à ce sujet et tu seras ma prochaine victime au tir !

Je pouffe en regagnant ma chambre. Qui aurait cru que Rita avait si bon cœur ? Je la découvre encore au bout de quatre ans. Le pire, c'est qu'elle m'avait bien cernée à l'époque. J'étais au bout du rouleau et je n'avais pas de quoi payer le prochain mois de loyer quand elle m'a fait cette proposition. Quand je regarde le chemin parcouru, je n'arrive pas encore à être fière mais, au moins, je peux me contenter de ce que j'ai accompli. Désormais, j'ai les cartes en main pour voler de mes propres ailes. Il me reste à trouver l'appartement idéal.

CHAPITRE 30

SONNY

En me garant devant The Mackey House qui va abriter la plus folle *Christmas party* que Chicago aura connue, vu que j'en suis l'organisateur, je suis dans les starting-blocks. On est à J-5 et c'est aujourd'hui qu'a lieu le rendez-vous de coordination où tous les prestataires seront présents. Rien n'a jamais été aussi concret. J'ai un peu le trac mais je suis confiant car je me sais bien entouré. Et surtout, je pense à autre chose qu'à Blair qui n'a pas voulu me rejoindre hier soir alors qu'au final, elle n'a pas même pas emmené sa propriétaire faire les boutiques. Si je le sais, c'est que je l'ai harcelée de messages car ce n'est pas elle qui prendrait de mes nouvelles la première. J'ai dit quelque chose qui l'a braquée et, après avoir ressassé toutes nos conversations, je crois savoir de quoi il s'agit. Elle a décidé de partir dès que j'ai sous-entendu que je me lassais vite. Il va falloir que je rattrape le coup car je ne suis pas près de me lasser d'elle, justement.

La commerciale qui loue le lieu se gare en même temps que moi. On s'est déjà rencontrés le jour où je suis venu visiter. C'est une grande blonde qui doit avoir une trentaine d'années. Le sourire qu'elle m'adresse est enjôleur et sa poignée de main, suffisamment longue pour que je comprenne qu'il y a une ouverture. En temps normal, je n'aurais pas dit non.

– Comment ça va, Sonny, depuis la dernière fois ?

– Très bien ! Je suis content que la date arrive car je ne pense qu'à ça, lui avoué-je.

– J'ai regardé la liste des intervenants que tu m'as envoyée, ça a l'air d'être un événement d'envergure ! Tu travailles souvent pour Warm Me Up ?

– C'est la première fois, espérons que ce ne sera pas la dernière.

Elle éclate de rire comme si c'était la chose la plus drôle qu'elle avait jamais entendue, et c'est à ce moment-là que le cabriolet de Blair se gare devant nous.

Je n'avais pas prévu que la commerciale arriverait aussi tôt. J'espérais avoir quelques minutes seul avec Blair et c'est pour ça que je lui ai donné rendez-vous un quart d'heure en avance.

– La fleuriste ? m'interroge la commerciale alors que je regarde Blair sortir de la voiture.

Je n'ai d'yeux que pour elle. Ses cheveux violines sont attachés en queue-de-cheval et elle porte une combinaison en jean noir qui lui va beaucoup trop bien. Elle frissonne quand elle atteint le trottoir et je vois qu'elle a préféré abandonner son nouveau sweat et sa doudoune violette dans la voiture.

– Non, c'est Blair, l'assistante de direction de Warm Me Up.

Je me demande ce que Blair va faire. Me saluer de loin ? Me serrer la main ? Je la connais assez pour savoir qu'elle ne compte pas m'embrasser.

– Bonjour, lance-t-elle en nous rejoignant.

– Blair, voici Mlle Reagan, la commerciale du lieu.

– Oh Sonny, appelle-moi Kate !

Euh... ouais, si tu veux.

La façon dont elle a dit ça me donne l'impression qu'on se connaît depuis plusieurs années alors que ce n'est que la deuxième fois qu'on se voit.

– Kate, voici Blair, le bras droit du patron de Warm Me Up.

– Enchantée, lui lance-t-elle d'un ton enjoué en lui tendant la main.

Blair la lui serre en lui rendant à peine son sourire mais Kate n'y prête pas attention.

– Il gèle…

Tiens, elle râle.

– Allons à l'intérieur attendre les autres intervenants, propose Kate.

Fait chier, elle va rester avec nous, je n'avais pas pensé à ça.

Alors que Kate ouvre l'immense portail et nous précède dans l'allée, je cherche le regard de Blair sans succès. Elle fait mine de détailler les lieux qu'elle découvre pour la première fois mais je vois bien qu'elle s'évertue surtout à m'éviter. On avance vers l'hôtel particulier qui a un cachet fou avec son architecture victorienne et son jardin enneigé.

– La tente sera installée sur toute la surface que tu vois là, expliqué-je à Blair en ralentissant le pas pour la forcer à me regarder. Après le cocktail, on prendra les marches qui mènent au porche pour la deuxième partie de la *Christmas party*.

Elle hoche la tête en suivant mon index du regard. On voit Kate qui ne nous a pas attendus en train d'ouvrir la double porte en bois sous le porche.

– Viens, on la rejoint, tu grelottes…

Blair me précède vers l'escalier et découvre en entrant l'immense salle au décor rococo.

– Tu aimes ?

– Grave ! On dirait qu'on est à une autre époque…

L'endroit est incroyable. Il y a un splendide escalier sur le côté qui mène au premier étage et le plafond semble ne jamais s'arrêter.

– Ici, on mettra en place une estrade pour le discours.

– Samuel va faire un discours ?

Merde.

C'est vrai qu'il m'a demandé de ne pas en parler. Je ne vois pas pourquoi il tient à ce que cette prise de parole soit une surprise mais bon… c'est con de se griller à quelques jours de la fête.

– Non, je veux dire, c'est là que se tiendra la tombola. L'animateur fera un discours de présentation.

– OK. Et tu l'imaginais où, le photocall ?

– Contre le mur beige ! On va l'habiller et ça occupera un peu l'espace car c'est immense, ici.

Je sors les planches de mon *mood-board* pour appuyer mes propos.

– Et le traîneau où les gens s'assiéront pour la photo, c'est la fleuriste qui le loue tu m'avais dit ? demande-t-elle en regardant le mur comme si elle essayait de se projeter.

Je n'ai pas le temps de répondre que Kate s'incruste entre nous, collant sa tête contre mon épaule pour regarder mon dossier.

– C'est le *mood-board* ? Ça va être magnifique ! Tu pourras m'envoyer des clichés après la fête, Sonny ? Ça me permettra d'alimenter le site avec autre chose que des photos de mariages.

– Oui bien sûr.

Blair lui jette un regard mauvais et je dois avouer que le fait que cette blonde la dérange me plaît.

– Il y a du monde qui arrive, lance-t-elle d'un ton cassant, arrachant Kate à la contemplation des papiers que j'ai en main.

Nous nous précipitons tous les trois à l'extérieur.

En effet, je reconnais au loin la voiture rouge de Barbara, la fleuriste, et il y a aussi un petit camion au nom de Charly's Events. Je sors de la maison pour les accueillir. Barbara, qui est devenue une vieille amie de ma mère, me donne une accolade tandis que Jim me présente celui qui sera le maître d'hôtel de la soirée, Edgar. Blair n'a pas pris la peine de descendre les marches et nous attend en haut du perron.

– Les invités vont arriver par ici, il y aura deux personnes à l'accueil pour gérer les entrées, expliqué-je à la petite assemblée qui me suit. Le stand de vin chaud pourra être placé dans l'allée centrale, de sorte que les convives y passent automatiquement avant de rejoindre la tente qui va recouvrir quasiment toute la surface.

Jim et Edgar acquiescent alors qu'on monte le long de l'escalier central. Arrivés en haut, ils serrent la main de Blair et je les dirige vers le tableau électrique, laissant discuter derrière moi Barbara et Kate qui se connaissent déjà, la fleuriste ayant travaillé ici à plusieurs reprises.

– Il y a là de quoi largement alimenter vos parasols chauffants et vos ateliers culinaires.

– Pourquoi est-ce que vous avez opté pour le cocktail en extérieur ? me demande Edgar qui, de là où il se trouve, voit l'immensité de la salle.

– L'extérieur est tellement beau que ce serait dommage de ne pas en profiter et puis entre la fumée que vont faire les marrons chauds sur la braise et le groupe de rock, j'ai pensé qu'il valait mieux commencer en extérieur. La tente et les champignons chauffants nous protégeront.

Jim acquiesce et redescend les marches en direction de la zone concernée. On le rejoint et je jette un regard à Blair qui a l'air frigorifiée.

– Le bar à cocktails sera là, les informé-je en pointant l'endroit concerné du doigt.

– Vous voulez installer le bar ici ? me demande Edgar. Je pense qu'il faudrait l'éloigner pour fluidifier le passage.

J'hésite un instant. Les décorations que j'ai prévues autour du bar, notamment un ours polaire grandeur nature, n'auront pas le même effet s'ils ne sont pas visibles dès l'arrivée des invités.

– Non, ici c'est bien.

– Ça va créer un bouchon, intervient Blair. Les gens vont tous s'agglutiner là alors que c'est le point d'entrée.

– C'est ce que je crains, renchérit le maître d'hôtel.

Ils font comme si je n'étais pas du métier. Dans le fond, ils ont raison mais je n'ai pas potassé mon décor pour rien. Tant pis si les gens attendent un peu pour se servir. Jim désigne un autre endroit.

– Pour couper la poire en deux, je propose qu'on le place sur le côté, propose-t-il. Ce sera plus pratique pour le réapprovisionnement.

Ça ne m'arrange pas non plus.

– Cet emplacement est prévu pour le groupe de musique. Vous pensez vraiment que ce serait un problème de s'en tenir à mon plan de base ?

– Oui. C'est le pire emplacement.

Je lance un regard noir à Blair mais je vois qu'elle n'en a rien à foutre. Elle est en mode « efficacité » et si elle a cette idée en tête, ça va être compliqué de la faire changer d'avis.

– Voilà ce qu'on va faire, continue-t-elle. Le groupe va rester au milieu comme c'était prévu, le bar peut aller au fond, les gens se déplaceraient au bout de la ville s'il le fallait pour de l'alcool, donc je ne vois pas où est le problème. Et à l'entrée, on peut mettre le photocall si tu tiens à ce qu'il y ait quelque chose, Sonny.

Hein ? Mais c'est pas du tout ce que j'avais en tête !

– Le photocall est prévu dans la salle, il n'y aura pas assez de lumière ici.

– OK, alors rien à l'entrée et tant mieux, ça dégagera le passage pour les serveurs, conclut-elle.

On continue de lister les emplacements et je me rends compte au bout de quelques minutes que je fais office de plot. Blair intervient systématiquement à ma place et le problème, c'est que son point de vue est toujours pertinent. Cet endroit est mieux par rapport à la fumée de la plancha, celui-ci est plus pratique pour les mange-debout car plus près des parasols chauffants et l'office traiteur – *c'est-à-dire la cuisine éphémère du traiteur* – devrait être installé là pour faciliter les approvisionnements et blablabla. Je suis vexé car j'ai l'impression de me faire usurper mon poste mais en même temps, elle s'y connaît mieux que moi en traiteur, et Jim comme Edgar l'ont très bien compris car à la fin, plus personne ne me demande mon avis.

Au fond, j'ai envie de m'en foutre. Ce qui me botte le plus, c'est la décoration. À force d'y réfléchir, de nouvelles idées me viennent en tête pour que cette entrée ne paraisse pas vide. L'ours polaire y sera présent, tant pis s'il n'est pas à côté du bar.

Jim, qui paraît se souvenir de mon existence, se rapproche de moi.

– OK pour la première partie. Je crois que vous m'aviez demandé de faire en sorte que le buffet des desserts soit ouvert à l'intérieur à vingt-deux heures.

– Exactement. Après le cocktail, les convives passeront dans la salle où aura lieu une tombola. Pendant ce temps, vous pourrez dresser le buffet de desserts.

– Parfait ! Idéalement, nous aurons besoin de trente à quarante-cinq minutes.

– Ça concordera. Ah, voilà l'installateur de la tente.

J'adresse un signe au prestataire qui nous rejoint. Le point avec lui est rapide car il connaît déjà les lieux. Il repart au bout de quinze minutes et je me rends compte que Blair claque des dents.

– Tu veux mon manteau ? je lui propose, n'osant pas le lui donner directement.

– Non, ça va, on va aller à l'intérieur de toute façon.

– C'est une dure à cuire, lance Jim.

Elle plisse les yeux d'un air mauvais et je me demande pourquoi elle ne le supporte pas à ce point.

Dans la salle, Barbara et Kate sont lancées dans une discussion animée sur je ne sais quel sujet quand on débarque tous les quatre. La fleuriste regarde sa montre.

– Sonny, je ne vais pas pouvoir m'attarder mais tu sais que je connais les lieux. Je suis juste venue prendre les mesures du mur où sera installé le photocall pour créer mon fond fleuri.

– Très bien. Et pour les guirlandes végétales le long des marches, tu as les dimensions aussi ?

– Tout à fait, l'escalier n'a pas grandi depuis la dernière fois que je suis intervenue ici, rit-elle.

– Pourquoi installer des guirlandes de feuillages sur les rambardes extérieures alors qu'on ne les verra pas de nuit ? demande Blair.

Sa question laisse Barbara perplexe et je prie intérieurement pour qu'elle ne lui rentre pas dedans. Cette femme est l'une des fleuristes les plus réputées de Chicago et n'a pas besoin qu'on lui apprenne son métier.

– Rappelle-moi à quelle heure démarre la réception, Sonny ? me demande pourtant Barbara.

– À vingt heures mais, évidemment, l'escalier sera éclairé.

– Hum… Tous les événements que j'ai décorés ici ont eu lieu de jour. Ce n'est pas bête ce que dit la jeune fille. Changement de programme : j'installerai les guirlandes végétales sur l'escalier intérieur…

– Mais personne ne montera à l'étage !

– C'est uniquement pour le visuel, voyons ! Crois-moi, cela aura plus d'impact. Tu me fais confiance ?

Tous les regards sont braqués dans ma direction.

– OK, mais on conserve l'idée des lanternes en quinconce sur les marches.

– Tout à fait, sur un tapis de houx pour qu'on ait quand même de la végétation ? Il sera bien voyant au pied de chaque lanterne éclairée. Regarde ce que cela va donner.

Je patiente pendant qu'elle cherche une image sur son téléphone. Ce qu'elle me montre est pas mal du tout.

– Parfait !

En fin de compte, c'est encore mieux que le plan initial.

– J'aime beaucoup, s'incruste Kate.

– Alors, on n'a plus qu'à se dire à samedi ! Je serai là à quatorze heures pour l'installation ! lance-t-elle en s'échappant.

Je me rends compte que pendant ce temps, Blair et l'équipe traiteur sont en train de faire le point comme si je n'étais pas indispensable. Kate profite du fait qu'on soit seuls pour m'adresser un autre de ses sourires charmeurs.

– Sonny, je ne serai pas présente samedi car ce sera le rôle de l'agent de sécurité de vous ouvrir et de rester toute la durée de la réception. En cas d'urgence, je te donne mon numéro personnel car je ne décroche pas au pro durant les week-ends.

Ce qu'elle me dit n'a aucun sens, mais je prends la carte en hochant la tête.

– Pardon de vous déranger. Sonny, tu peux venir ?

La voix de Blair m'a fait sursauter et je ne suis pas mécontent de quitter Kate pour les rejoindre.

– Blair m'a dit qu'il y aurait une estrade ici ? s'étonne Jim.

– Oui, pourquoi ? C'est là que vous vouliez faire le buffet des desserts ? lui demandé-je ironiquement.

Ils commencent tous à me gonfler.

– On peut le faire ailleurs, marmonne-t-il en haussant les épaules. Contre le mur beige par exemple.

– Il y aura le photocall. Il faut le dire combien de fois ? s'énerve Blair.

Les deux se toisent. Il y a de l'électricité dans l'air et je me demande ce que j'ai encore raté.

On parcourt tous la pièce du regard à la recherche d'un endroit pratique mais force est de constater qu'avec les poteaux décoratifs et certaines moulures contre les murs, le meilleur endroit est celui que j'ai réservé pour l'estrade.

Une estrade qui ne servira en plus qu'au discours de Samuel et à la tombola. Et pourquoi ne le ferait-il pas du haut de l'escalier ? La rambarde sera décorée, et il y a un escalier de service à l'étage pour qu'il puisse partir à l'abri des regards. Encore mieux, en fait.

– Si l'estrade ne sert que pour la tombola, c'est con de bloquer tout cet espace, me devance Blair.

– C'est ce que j'étais en train de me dire. Je ferai la tombola depuis l'escalier, tant pis pour l'estrade.

– Impeccable ! Pour nous, tout est OK, conclut Jim.

Le mec a l'air soulagé de se barrer. Le temps de nous saluer rapidement, son collègue et lui rejoignent leur camion. Pendant que Kate fait le tour des pièces pour éteindre les lumières, je dévisage Blair.

– Tu ne l'aimes pas, Jim ?

– Pour être précise, j'ai couché avec lui, il m'a rayée de sa liste d'intérimaires et, depuis, sa présence m'insupporte.

– Hein ?

Putain, parfois, j'aimerais qu'elle y mette les formes.

Je me demande même si elle ne l'a pas fait exprès car elle m'en veut.

– On peut y aller ! clame Kate en arrivant vers nous, ses talons martelant le sol en marbre.

Sans aucune gêne, elle s'appuie sur mon bras pour descendre les marches et Blair me lance un regard courroucé. Lorsque nous arrivons tous devant nos voitures, il y a un instant de malaise. J'attends que Kate prenne congé mais elle paraît attendre que Blair s'en aille.

– Ravie d'avoir fait votre connaissance ! lance-t-elle finalement à Blair en lui tendant la main.

Cependant, elle ne me dit pas au revoir et je reste donc sur place, gêné.

Blair comprend le message et, sans un mot, se dirige vers sa voiture, pendant que je reste là, impuissant.

CHAPITRE 31

BLAIR

Sonny est un petit enfoiré. Non seulement il s'est attardé avec l'autre pétasse hier mais en plus, il m'a juste envoyé un message pour savoir si j'étais bien rentrée, sans me proposer, comme d'habitude, de le rejoindre chez lui. Je n'y serais pas allée, mais c'est pour le principe.

Il m'a presque suppliée de venir chaque soir de la semaine dernière, alors pourquoi pas hier ? Monsieur s'est déjà lassé car il a repéré une nouvelle paire de fesses ?

J'arrive au boulot encore plus tôt que d'habitude et sur les nerfs. Il n'y a pas que ça qui me tracasse. Il y a aussi le rendez-vous qui a eu lieu hier entre Samuel et la responsable RH, et le fait d'en ignorer le sujet. C'est l'autre chose qui m'a empêchée de dormir cette nuit. La porte du bureau de Samuel est entrouverte et je l'entends faire les cent pas à l'intérieur. Pendant que mon café coule, je me demande si je dois aller le saluer et prendre la température ou attendre qu'il vienne vers moi. La patience n'est pas ma qualité première et je tourne en rond comme un lion en cage. Quand je renverse du café sur mon bureau tant je suis fébrile, je me décide à prendre le taureau par les cornes et me dirige vers le bureau de Samuel. Je vais prétexter la nécessité de lui faire un retour sur le rendez-vous de coordination d'hier.

Je m'arrête juste avant d'entrer quand je l'entends parler. Merde, il est au téléphone, mauvais timing. Je m'apprête à rebrousser chemin mais ce qu'il dit me fait tiquer.

– Non, impossible ! Je prends l'avion dimanche pour Reykjavik. Je signerai les documents par voie informatique.

Reykjavik... c'est en Islande, ça, non ?

Je l'ai entendu dire une fois en réunion qu'il avait une maison secondaire dans ce pays froid.

Le reste de la conversation est inintelligible et je retourne à mon poste, amusée. Je comprends mieux pourquoi il a offert dix jours de congé à toute la boîte. Monsieur avait l'intention d'aller passer Noël avec le Père Noël en personne. C'est fou d'être aussi fan de cette période…

Les minutes s'écoulent et je me rends compte que cela fait dix mois que l'on travaille ensemble et que je ne sais absolument rien de lui. Est-ce qu'il a des enfants ? Une femme ? Un animal de compagnie ? J'ai surtout l'impression qu'il vit pour son boulot.

J'espère que ces vacances lui feront du bien. En tout cas, à moi, elles vont me servir.

Ce week-end, j'ai commencé à lister des appartements à visiter. J'appellerai après la *Christmas party* pour effectuer des visites. Le rendez-vous mystère de Samantha avec le patron m'a mis la pression. J'ai hâte de le voir et de savoir à quelle sauce je vais être mangée, c'est ce qui déterminera si je dois absolument trouver un appart illico presto.

– Blair, vous êtes déjà là ?

La silhouette de Samuel apparaît dans l'encadrement de la porte de son bureau. Son ton est inhabituellement froid et ça me file la chair de poule. C'est sûr, Samantha s'est rancardée sur moi et m'a balancée. Et lui, au lieu de se dire que, malgré tout, je fais l'affaire, il va me licencier. Bien que j'aie essayé de me préparer à l'idée, une vague de colère et de déception me submerge.

– Vous pouvez venir ? Je voudrais qu'on fasse le point sur la *Christmas party*.

« Je voudrais qu'on fasse un point sur la Christmas party *»*, imité-je dans ma tête en le rejoignant. Il affiche son éternel sourire, porte l'un de ses fichus pulls moches – orné de cadeaux aujourd'hui – mais ses yeux le trahissent quand je prends place en face de lui à son bureau. Il y a une lueur d'agacement.

– Où en sommes-nous ? demande-t-il en lissant sa barbichette.

Ou alors, il s'est dit qu'au lieu de me virer tout de suite, il valait mieux m'essorer avec l'organisation de la fête, histoire que je lui sois utile jusqu'au bout. Dire que, comme une abrutie, je m'étais investie dedans à cent pour cent…

– Vous n'êtes pas réveillée, Blair ?

– Le point de coordination avec les intervenants s'est bien passé hier. Je vais vous envoyer le planning des interventions. L'installateur de la tente arrivera à…

– Je vous laisse gérer la logistique, coupe-t-il. Ce que je veux savoir c'est : pas d'imprévus ? De couacs de dernière minute ?

– Non, tout se déroule comme prévu.

– Je crois vous avoir demandé un échantillon du pain d'épices qui sera distribué au moment de l'accueil des invités. La fête est dans quatre jours.

Merci Sonny.

– Vous l'aurez demain.

– La décoration sera époustouflante ?

Il n'a pas voulu voir les *mood-boards*, donc je ne comprends pas la question.

– Oui, si vous voulez voir un aperçu, je peux vous montrer ce que Sonny a prévu.

– Non, soupire-t-il. Je n'ai pas la tête à ça et, de toute façon, je voulais la surprise, je vais m'y tenir tant que vous m'assurez que tout est bon pour vous.

Je ne ressens plus aucune pression à ce sujet à présent que je sais ce qui m'attend. De toute façon, Sonny a des idées dingues dans la tête pour le décor.

– Les doudounes offertes aux collaborateurs et à leurs accompagnants ont été livrées. Je vais m'occuper de poser sur chacune une étiquette nominative et je les placerai sur des portants dans le hall dès vendredi matin.

– Parfait.

Il a l'air plus soucieux que jamais. Mais je m'en contrefous. Je n'essaie même pas de meubler les silences.

– Il faudrait faire parvenir toutes les factures cette semaine à la comptabilité pour que les soldes soient réglés.

– Les prestataires ne les ont pas demandés. Il me semble que les soldes sont à régler après la prestation.

– Vous oubliez que tout le monde sera en congé après la prestation ? Je veux tout régler en amont histoire de ne pas avoir de relances à gérer par la suite.

Tu parles... Il veut que je gère tout pour que ma future remplaçante n'ait pas à s'en occuper à son arrivée.

– Très bien, je m'occupe d'envoyer les factures au service comptabilité ce matin.

Il hoche la tête gravement.

– Blair, vous faites du très bon travail.

Hein ?

– Pourquoi vous avez l'air surprise ?

– Euh... je... merci.

– Ayez confiance en vous. Vous avez su vous adapter à ce poste sans trop de problèmes, rebondir sur les difficultés et, surtout, me supporter, ce qui n'est pas chose aisée.

J'ignore que répondre à ça.

– J'aime ce travail, me contenté-je de murmurer.

– Que ce soit celui-ci ou un autre, vous êtes capable de vous dépasser. Sachez que je suis très satisfait.

Ça alors… Je m'en veux de tirer la gueule depuis tout à l'heure et esquisse enfin un sourire sincère.

– J'en suis ravie.

Et soulagée.

– Blair, pouvez-vous me communiquer le numéro de Sonny ? Je vous ai donné la seule carte que j'avais et j'ai besoin de le joindre avant la fête pour un détail privé.

Je me lève en masquant ma surprise.

– Je vous l'envoie tout de suite sur votre portable.

– Merci. Et pensez aussi à sa facture à lui.

Je retourne à mon poste, déboussolée. Je ne m'attendais absolument pas aux mots de Samuel. Ils m'ont réconfortée, mais un peu ébranlée aussi.

« Que ce soit celui-ci ou un autre… » Que voulait-il dire par là ?

Je ne sais pas, mais une chose est sûre : il est content de mon travail. L'expression soucieuse qu'il avait n'était pas liée à moi, ça me rassure.

Le second café que je me prépare a meilleur goût que le premier. Je commence même à apprécier l'odeur d'épicéa qui flotte dans l'air à cause de l'immense sapin du hall.

Je vais gérer ce qui doit l'être avant d'oublier. Ma première mission est de contacter Sonny et j'opte pour un SMS.

Blair : *Salut… Samuel m'a relancée,*
il me faut le pain d'épices
pour demain, tu penses
que c'est jouable ?

Sonny : *Mince ! J'aurais dû m'en*
occuper avant. Oui, tu l'auras.

Hum… Les locaux du traiteur ne sont pas à côté et je suppose qu'ils ne vont pas lui faire un pain d'épices minute. Ça m'a l'air un peu facile comme réponse et j'espère que je n'aurai pas de déconvenue demain.

Blair : *Parfait ! Il a été expédié ?*
Le traiteur te le dépose ? Ou tu vas
le chercher jusque dans leurs locaux ?

Sonny : *J'ai une course à faire près*
de chez eux donc je vais en profiter
pour y faire un saut. Bonne journée.

Bonne journée ? Et pourquoi pas « cordialement », pendant qu'il y est ! Je n'ai aucun mal à mettre les pieds dans le plat en général et ne vais pas m'en priver.

Blair : *Tu fais la gueule ?*

Sonny : *Mais non, pourquoi*
donc ferais-je une chose pareille ?

Le con.

J'imagine très bien sa bouille innocente et ses cheveux en bataille, ça m'arrache un sourire. J'ai bien vu que je le gonflais hier à intervenir tout le temps, mais c'était plus fort que moi. Je sentais qu'on n'allait pas prendre les bonnes décisions sinon, et je n'avais pas envie qu'on s'éternise alors qu'il faisait un froid d'enfer. Je suis la référente de Samuel sur le sujet donc, de toute façon, j'avais mon mot à dire.

Même si, à bien y réfléchir, j'aurais pu le faire de façon moins désagréable. Entre la présence de Jim et l'autre pétasse qui mangeait Sonny des yeux, j'étais à bout mais ça n'excuse pas tout.

Je lui ferai comprendre que je m'y suis prise comme un manche quand on se verra. D'ailleurs, il faudrait peut-être que je fasse le premier pas…

Blair : *On se voit ce soir ?*

Sonny : *Je te manque ?*

Il est chiant.

Blair : *Oui.*

C'est déjà un début d'excuse, non ?

Sonny : *Je t'attends.*

Ce dernier message me procure des frissons. Dire qu'il me manque est un euphémisme. Je quitterais le boulot sur-le-champ si je le pouvais.

CHAPITRE 32

SONNY

J'hésite à décrocher au numéro masqué qui m'appelle pour la troisième fois. Et puis merde, la fête est dans quatre jours et c'est peut-être un appel important d'un prestataire

– Oui ?

– Sonny ? C'est Samuel.

Oh putain. Une bouffée de stress me submerge. Le pain d'épices est au four et je le surveille sans relâche depuis quarante-trois minutes, de peur de le rater. Le traiteur avait accepté de suivre sa recette pour la fête mais le chef étant booké tous les jours jusqu'à la *Christmas party*, il lui était impossible de m'en faire un échantillon. J'aurais pu dire la vérité à Blair, mais j'ai préféré ne pas l'inquiéter.

– Bonjour Samuel, vous allez bien ?

Ma voix est faussement assurée.

– Impeccable. Je voudrais savoir ce que vous avez prévu me concernant.

Ce que j'ai prévu n'est pas fou, mais j'espère que ça fera le job. Plus la date approche, plus ce sujet me stresse donc je suis content de prendre la température.

– Alors, Il y aura un micro sans fil pour que vous puissiez faire votre discours au milieu du grand escalier qui surplombe la salle de sorte à avoir l'ensemble de vos collaborateurs sous les yeux.

– Très bien. Ça fera un bel effet pour les photos. À quelle heure avez-vous prévu mon intervention ?

– Aux alentours de vingt-trois heures. Ce sera juste après la tombola, mais avant la chorale.

– Bien. Pendant mon discours, je lèverai l'index en l'air. À ce moment-là, Sonny, vous ferez diffuser une odeur de pain d'épices dans la salle.

Hein ?!

– Euh… vous voulez que ça sente le pain d'épices ?

– Vous avez tout compris. Et pour la sortie spectaculaire, qu'est-ce qui est prévu ?

Je peine à trouver mes mots, encore perturbé par la dernière demande qu'il vient de me faire à quatre jours de la fête.

– Quand vous me ferez signe à la fin de votre discours, le technicien qui gère la sonorisation enverra un nuage de fumée.

– Il faudra que je traverse la salle pour sortir ?

– Pas du tout. Il y a une issue de secours à l'étage car le terrain est en dénivelé. Quand vous sortirez, alors que vous serez au niveau un de la maison, vous arriverez directement sur la pelouse à l'arrière de la bâtisse.

– C'est parfait !

– Et une limousine vous attendra dans la rue, il vous faudra cependant longer la pelouse mais les convives seront encore à l'intérieur pour écouter la chorale qui aura démarré.

– Non, ça ne va pas. Si certains sortent... pour fumer par exemple, je serai en train de marcher dans le noir ?

Euh...

– Oui, mais il n'y a que quelques mètres.

– Est-ce qu'une moto-taxi pourrait m'attendre devant la sortie de secours ? C'est compatible avec la configuration ?

Je réfléchis rapidement. Le minuteur du four retentit et je l'arrête précipitamment.

– Oui, il faudra que je modifie légèrement l'emplacement de la tente, mais c'est possible.

– Faisons ça.

– Attention, la société a déjà versé un acompte pour la limousine... Je ne sais pas si je pourrai avoir un remboursement.

– Laissez tomber.

Je me brûle en retirant mon plat du four et retiens un grognement. Je déteste faire deux choses à la fois ! Une bouffée de chaleur m'envahit et j'ouvre la fenêtre en grand pour me calmer.

– Je vais demander à Blair de suspendre le règlement final car elle m'a demandé les factures pour que tout soit réglé avant le jour J et je les lui ai envoyées ce matin.

– Non ! Pas un mot à Blair de tout ça. Réglez cette foutue limousine et rentrez chez vous avec si ça vous chante.

L'idée me plaît ! Je me vois bien faire la surprise à Blair... Quoique non. Les chambres de l'hôtel ont toutes été privatisées pour l'événement et j'ai bien l'intention d'y passer la nuit avec elle.

– D'accord, je m'occupe de réserver la moto-taxi.

– Merci Sonny, et à samedi.

Je raccroche et, pile à cet instant, l'interphone sonne. Dix-huit heures. Je n'attendais pas Blair aussi tôt.

Merde !

J'entrouvre la porte d'entrée, me dépêche de cacher la recette, de foutre tous les ustensiles dans l'évier et retire mon tee-shirt que j'ai taché en cuisinant. Je pourrais lui avouer que c'est moi qui ai cuisiné ce pain d'épices, mais son boulot la stresse déjà beaucoup et je veux la rassurer dès demain en apportant la pâtisserie.

J'arrive à sa rencontre au moment où elle passe la porte. Elle se mord la lèvre en me voyant torse nu et je la tire par la main pour la faire entrer plus vite et verrouiller la porte.

– Tu me kidnappes ? demande-t-elle en m'embrassant.

Pour toute réponse, je plonge mon nez dans son cou en l'entraînant dans le couloir. Hors de question de lui laisser le contrôle aujourd'hui. J'ai besoin d'avoir une discussion avec elle au sujet de ce qu'il s'est passé hier mais ça peut attendre. Je la débarrasse de sa veste, de son sweat, puis de son débardeur et enfin de son soutien-gorge au fur et à mesure qu'on avance vers ma chambre. Elle semble se complaire de mon empressement et s'agrippe à moi, me lacérant la peau de ses ongles. Sa jupe fourreau qui épouse ses hanches et m'empêche de la caresser me rend fou. Je la dézippe et manque défaillir en découvrant son sous-vêtement rouge. Elle est plus sexy que jamais. Son regard espiègle et sa main qui déboutonne mon jean font pulser le sang dans mes veines. J'attrape une protection sur la table de chevet et, le temps que je l'enfile, Blair s'est retournée, m'offrant une vue sur ses fesses. Mon envie d'elle est féroce. Sauvage. Animale. À la voir se tortiller d'impatience, c'est réciproque.

Je l'empoigne par les hanches et écarte la dentelle pour m'enfoncer en elle. Son gémissement décuple mon excitation. Sa peau sous mes doigts est veloutée, ses cheveux qui se balancent dans son dos alors qu'elle se cambre sous mes coups de reins me donnent le tournis. Elle atteint l'orgasme en un temps record et moi avec. Quand je m'effondre à côté d'elle, une vague de sentiments m'envahit. Je ne sais pas si c'est le moment adéquat pour le lui avouer mais je suis fou d'elle. Laissant mes mains parler à ma place, je lui caresse le visage.

– J'ai faim.

J'éclate de rire. Je me demande comment lui dire qu'elle est importante pour moi, et elle se concentre sur ses besoins primaires.

– C'est drôle ?

– Tu me rends dingue.

– Non mais allez, lève-toi, on va manger un truc. Je n'ai pas fait de pause à midi pour partir plus tôt, je te signale.

J'imagine que je dois voir ça comme une preuve de quelque chose.

– Il y a un bon mexicain à côté.

– Je mange mexicain tous les jours. Les fajitas de Rita sont les meilleures du monde. Tu ne veux pas plutôt qu'on aille se promener au marché de Noël ?

L'idée me plaît et j'y vois encore un signe. Je me rends compte qu'on ne s'est jamais promenés nulle part depuis qu'on est… ensemble. Ce qui m'amène à revenir sur le sujet qui m'a préoccupé aujourd'hui.

– OK. Mais d'abord, je voudrais qu'on parle de ce qui s'est passé hier.

Elle soupire – visiblement, elle s'y attendait – et croise les bras comme une gamine. J'adore cette façon qu'elle a de se braquer. Surtout maintenant que je commence à la connaître et que j'ai plus d'assurance avec elle.

– Je sais de quoi tu veux parler. Des décisions que j'ai prises hier ?

Je me contente de hocher la tête en tentant de masquer mon sourire en coin.

– Jim me débecte tellement que je n'arrive pas à être agréable en sa présence. Mais j'aurais dû prendre sur moi et… te consulter.

Je suis surpris de ce *mea culpa* et passe une mèche de cheveux derrière son oreille.

– Tes choix étaient pertinents mais si, à l'avenir, on peut prendre les décisions ensemble, ça me plairait en effet.

Son expression change.

– Tu n'étais pas d'accord avec certains choix ? me demande-t-elle, inquiète. On peut faire marche arrière si besoin.

– Non, j'ai repensé à tout avec du recul et il n'y a rien à changer. Mais ce que je voulais dire c'est que c'est ce qui a fait que j'étais tendu par moments. Et puis surtout, j'aurais aimé apprendre… d'une autre façon ton histoire avec Jim. Mon cœur est fragile.

Elle se mord la lèvre et je discerne le sourire qu'elle essaie de cacher.

– OK, désolée.

– Pourquoi tu m'as donné son nom si tu le détestes ?

– Parce que tu m'avais aidée avec mon problème informatique et que je voyais bien que tu n'avais pas d'adresses.

Je dépose un baiser sur ses lèvres.

– Merci de l'avoir fait. Et je le déteste aussi maintenant. On y va ?

Elle me regarde fixement quelques secondes, je sens qu'elle hésite.

– Moi aussi j'ai un truc à dire.

Je fronce les sourcils en voyant la lueur de colère apparaître dans ses yeux.

– Pourquoi l'autre te suivait partout ? Et pourquoi tu es resté avec elle quand je suis partie et ne m'as pas demandé de te rejoindre le soir ?

J'éclate de rire et elle me lance un coussin dessus. J'ai senti que la familiarité de Kate l'avait dérangée mais j'ignorais qu'elle attendait que je lui propose de venir me retrouver.

– C'était seulement la deuxième fois que je la voyais, cette nana. Je suis resté par politesse car je pensais qu'elle avait encore des points à voir avec moi mais elle m'a proposé d'aller boire un verre et j'ai refusé.

Je vois qu'elle oscille entre colère et satisfaction.

– Si je ne t'ai pas proposé de venir, continué-je, c'est que je ruminais encore cette histoire avec Jim et que j'aurais aimé que tu me rejoignes par toi-même pour me consoler.

Elle rit et vient s'accrocher à mon cou.

– Tu veux que je te console maintenant ?

Oui...

Une heure plus tard, on se gare à proximité du Christkindlmarket. Je passe mon bras autour des épaules frêles de Blair et on déambule entre les baraques en bois que du houx et des petites guirlandes lumineuses rendent féeriques. Je m'arrête à tous les stands, amusant Blair de mon enthousiasme pour des objets artisanaux en bois ou des petits savons aux formes décadentes.

– Tu es une vraie victime dans les endroits comme ça, pouffe-t-elle alors que j'en suis à mon troisième achat.

– Je suis sensible à l'artisanat local, j'admets en embrassant le bout de son nez froid. On va prendre un verre de vin chaud et des bretzels ?

Elle regarde le stand que je lui indique et hoche la tête vigoureusement. Il y a au moins dix minutes d'attente et je l'enlace comme si on était seuls au monde. J'avais peur que ça ne la gêne mais, au contraire, elle se blottit contre moi. La discussion qu'on a eue nous a rapprochés, je le sens.

– Au fait, Samuel t'a appelé ? me demande-t-elle soudain.

J'espérais passer au travers de cette question. Si elle me la pose, c'est qu'elle sait que c'est le cas, donc inutile de mentir.

– Oui.

Elle se dégage de mon emprise et me regarde, amusée.

– Tu vas finir par me dire ce qu'il complote ? Il est super étrange en ce moment et je me demande si ça a un lien…

– Il ne m'a pas paru différent.

Son air soucieux me touche. Elle vit son boulot à deux mille pour cent. Et je me dis qu'il ne reste plus que quatre jours… Je peux lui confier un petit indice.

– Écoute, il a juste prévu un discours.

Elle lève un sourcil.

– C'est tout ?

– À ma connaissance, oui. Tu ne dis rien, hein ?

– Ben non. Mais pourquoi faire autant de mystères pour un discours ? On se doute bien qu'il va dire un mot…

Je hausse les épaules. Je n'ai pas précisé la sortie spectaculaire qui est prévue et qui prête à croire que son discours sera l'occasion de révéler une de ces surprises dont il a le secret.

Je pose mon index sous son menton pour lever son visage vers moi. Ses yeux se perdent dans les miens, je trace le contour de sa petite bouche pulpeuse qui me fait penser à un bouton de rose, et y dépose délicatement un baiser.

Tout est parfait.

CHAPITRE 33

BLAIR

Sucré, épicé avec juste ce qu'il faut d'amertume. Ce vin chaud est le meilleur que j'aie bu et je me doute que le regard que Sonny porte sur moi contribue à en exalter les saveurs. On passe devant l'immense sapin illuminé et je le regarde comme le ferait un enfant de cinq ans. Il nous reste la moitié du marché à parcourir, et je regarde cet homme qui me tient la main. Son bonnet enfoncé sur ses oreilles fait ressortir ses beaux yeux en amande et, dans sa veste rouge style campus américain, il est beaucoup trop sexy. J'aime qu'il soit aussi grand et que je sois obligée de me hisser sur la pointe des pieds pour l'embrasser. Ce que je fais à l'instant. Il a la saveur de la cannelle et de l'orange et on se regarde comme si rien n'existait autour de nous. Je suppose que la musique entêtante de Noël qui nous enveloppe, les lumières clignotantes et les odeurs gourmandes ne font que renforcer la magie de l'instant. Il me tire par la main pour m'entraîner vers un stand et je souris d'avance. Je sais qu'il va papoter avec la vendeuse, lui demander ce qu'elle fait et, peut-être, acheter un truc pour sa mère, sa voisine ou untel qui travaille à la galerie.

– Ce sont des confitures de potiron. Elles sont parfaites pour accompagner une viande, une tranche de cake ou encore au petit déjeuner sur des pancakes, nous explique la marchande en nous tendant de petites cuillères pour la dégustation.

C'est bon !

– Je crois que je vais prendre le coffret de trois pots… m'entends-je annoncer.

– On peut dire que ça t'a plu alors… rit Sonny.

– Oui, je vais en offrir à Rita.

Elle ne va pas comprendre. On ne s'est jamais rien offert pour Noël. Elle sait que je ne l'ai jamais trop fêté et que ce n'est pas ancré dans mes habitudes, et ça lui va très bien vu que pour elle, c'est une corvée. Comme quoi, l'ambiance de ce marché m'a emportée.

– C'est ici que je fête Noël, me lance soudain Sonny alors qu'on passe devant un restaurant avec une grande baie vitrée.

On s'arrête devant et j'observe à travers les vitres légèrement embuées les deux immenses tablées.

– Ah oui ?

– C'est un autre rituel. Tous les ans depuis que je suis gosse, on déjeune ici le 25. Ma mère avait rencontré l'actuel patron à son arrivée à Chicago.

C'était lui qui l'avait fait entrer comme employée dans une galerie. Ils ont eu une petite liaison avant qu'elle ne se rende compte qu'elle préfère les femmes.

– Et pourquoi il n'y a que deux tables ? Il faut réserver à quinze pour venir ?

– Non, justement. Le principe est super sympa. Tu viens à deux, trois, seul si ça te chante et, dans tous les cas, tu seras attablé avec des inconnus. Tu ne choisis pas ton menu, ce sont de grands plats traditionnels à partager qui sont posés sur la table et tout le monde se sert.

En effet. Je vois un plat de dinde qui circule de mains en mains. L'ambiance a l'air hyper conviviale.

– Tu fêtes Noël avec Rita, toi ?

– Non, je ne fais rien de spécial. En fait, jusqu'ici, j'ai souvent eu des missions traiteur pour les fêtes. Forcément, personne ne veut travailler au réveillon ou le jour de Noël, donc ça tombait bien pour moi.

– Mais cette année, tu ne travailles pas… constate-t-il, peiné.

J'avoue que c'est la première année que je ne travaille pas pour Noël depuis que j'ai quitté le foyer. Est-ce que ça m'angoisse de ne rien faire ? Non. Mais s'il continue à me regarder avec cet air de chien battu, je vais finir par m'apitoyer sur mon sort !

– Oh mais arrête de me regarder comme ça ! Ça m'est égal de ne rien faire, sinon j'aurais organisé un truc avec Carlos.

On va tomber dans le mélodrame, si ça continue.

– Où vous vous êtes connus, Carlos et toi ?

– Au foyer.

– Vous voulez venir avec nous le 25 à midi ? propose-t-il soudain alors qu'on repart flâner entre les chalets en bois.

Sa demande me prend au dépourvu mais me touche en même temps. Surtout qu'il implique Carlos dans la proposition.

– Tu réfléchis et tu me dis ? conclut-il, voyant que je ne réponds pas, avant de se diriger vers un stand de bougies qu'il se met à humer les unes après les autres.

On dirait un grand enfant. Il se dégage de lui une insouciance qui me fait du bien mais qui m'effraie en même temps. Combien de temps est-ce qu'il va supporter mon foutu caractère ? J'essaie de chasser cette pensée alors qu'il me fait choisir la bougie qui va parfumer son intérieur. J'opte pour celle à l'eucalyptus qui me fait penser à l'odeur qui flotte à Warm Me Up en ce moment et le vendeur assure que c'est sa préférée. Sonny est heureux, et je crois que je le suis aussi quand, à la fin de la balade, il me confie que cette bougie est pour moi.

– Tu restes ce soir ? demande-t-il alors que je suis en train de le ramener chez lui.

Il soupire devant ma grimace.

– Laisse-moi deviner… Tu n'as pas de vêtements de rechange ?

– Je te rappelle que quand je suis partie travailler ce matin, il n'était pas prévu qu'on se voie ce soir.

Il hausse les épaules comme un gosse.

– Vois le bon côté des choses : en oubliant mes affaires, je fais en sorte que tu ne te lasses pas trop vite.

Il fallait que ça sorte, d'une façon ou d'une autre. À la façon dont il me regarde, amusé, je sais qu'il sait très bien à quelle conversation je fais allusion.

– Je n'aurais pas dû te dire ça l'autre jour.

– Tu n'as fait que dire la vérité.

– La vérité sur mes relations avant toi, nuance.

Hum...

– Et en quoi ce serait différent avec moi ?

– Parce que tu n'es pas comme les autres. Tu as quelque chose d'insaisissable qui m'énerve et me fascine à la fois. Je ne vois pas le temps passer quand on est ensemble. Je déteste que tu ne dormes pas avec moi. Et que tu traverses Chicago en pleine nuit, aussi.

Waouh.

Me voilà prise à mon piège. Il en a trop déballé et je ne sais pas quoi répondre. Mes joues chauffent et mes mains deviennent moites. C'est vrai, ce qu'il me dit ? Car je ressens la même chose au sujet du temps qui passe trop vite en sa compagnie.

– Je prendrai des vêtements la prochaine fois.

C'est nul comme réponse, mais j'espère qu'il comprend que c'est ma façon de lui dire que… j'aime bien notre relation.

– Entendu, se contente-t-il de murmurer en me caressant la cuisse.

– Il est vraiment sympa, ce marché… je lance au feu rouge pour meubler le silence.

– Ne me dis pas que tu ne l'avais jamais visité ?

C'est le marché emblématique de Chicago et je ris devant son expression surprise.

– Si, je viens chaque année avec Carlos mais on ne se promène pas vraiment dans les chalets. On vient boire un verre et manger un truc.

Inutile de lui dire que jusqu'à il y a peu, ni Carlos ni moi n'avions les moyens d'acheter des babioles inutiles. De toute façon, on n'a personne à qui les offrir.

– Quand je viens avec mes potes, on fait la même chose.

Voilà qui me rassure. On n'est pas si différents.

– Je crois que je vais emmener Rita déjeuner ici le 24. Ça va lui changer les idées et, en plus, elle pourra manger autre chose que de la cuisine mexicaine.

– Pourquoi ça va lui changer les idées ?

– Parce que normalement, elle aurait dû être avec son fils mais il y a eu des histoires. Bref, plutôt que de la regarder tourner en rond ce jour-là, on viendra ici. C'est une bonne idée, non ?

J'ignore pourquoi j'ai besoin qu'il me rassure. Peut-être car il est plus doué que moi pour les relations humaines.

– Oui, en plus, de jour, il fera moins froid. Je crois qu'il y a une parade le 24 !

Bon ça, je m'en fous, mais je m'abstiens de le lui préciser.

On arrive en bas de chez lui et j'ai un pincement au cœur de le quitter quand il m'embrasse comme il le fait à l'instant.

– Reste, me murmure-t-il à l'oreille.

J'en ai bien envie. Son insistance a quelque chose de rassurant. Je prends un petit peu plus conscience à chaque fois qu'il réclame ma présence que je suis importante pour lui. Que ce n'est pas juste un caprice mais plutôt un besoin.

Il me mordille le lobe et son souffle dans mon cou me fait fondre. *Qu'est-ce que ça peut faire, après tout, si je porte la même tenue demain ?*

Et puis, je ne vais pas me mentir. Les vêtements n'ont jamais été le fond du problème. J'ai juste peur de m'attacher et d'être blessée par la suite.

– Reste, susurre-t-il encore en posant sa main sur ma nuque avant de m'embrasser à pleine bouche. Ta voiture n'est pas prête pour ce que j'ai l'intention de faire.

Le bruit que fait ma ceinture de sécurité qu'il détache pour appuyer ses mots fait monter ma tension en flèche comme si c'était le geste le plus excitant du monde.

J’arrête le contact et retire la clé. Instantanément, ses yeux pétillent. C’est fou comme il est expressif.

– Tu restes ?

Je fonds.

Je ne vais pas m’attacher. Je suis déjà accro.

PARTIE 3

Tu brûles

CHAPITRE 34

BLAIR

Jour J. Après plusieurs semaines à imaginer ce que sera cette *Christmas party*, on y arrive enfin et je suis excitée. La neige est encore tombée dans la nuit et le jardin immaculé est splendide. J'ai hâte de voir en vrai le futur décor que j'ai du mal à imaginer, et de rctrouver tous les collaborateurs dans une ambiance détendue. Sonny, lui, est stressé comme pas possible. Il n'a pas arrêté de tourner et de virer dans le lit toute la nuit et, depuis ce matin, il vérifie sans cesse qu'il n'a rien oublié dans ses *to-do lists* à rallonges et sursaute dès que son téléphone sonne, de peur qu'il y ait un pépin.

Comme je ne supporte pas de le voir errer sans but en attendant de pouvoir entrer dans le vif de l'action, je lui ai proposé qu'on vide la voiture de tous les lots de tombola et qu'on les installe avant que l'équipe de prestataires arrive. Placés tout au long des marches de l'escalier intérieur, les paquets entourés de ruban rouge rendent vraiment bien.

Dehors, la tente est déjà presque installée. Sonny l'a fait décaler d'un mètre à la dernière minute pour zéro raison mais comme je le sens angoissé, je n'ai pas cherché à intervenir. Il est plus de midi et je suis surprise de voir Carlos se pointer avec une heure de retard et à pied.

– Où est ta bagnole ? lui demandé-je en guise d'accueil.

– Elle m'a encore lâché et je n'ai pas réussi à trouver la panne. Comme je n'ai pas le droit de prendre le camion du taf le week-end, je me suis tapé quatre métros.

– Tu ne pouvais pas me dire de venir te chercher ?

– Tu étais déjà ici. Ça t'aurait pris deux heures aller-retour, on serait arrivés à la même heure.

– Je sais bien, mais tu n'aurais pas galéré.

On s'est vus avant-hier soir. Ça faisait un moment qu'on ne s'était pas retrouvés tous les deux et on a passé des heures à discuter dans un fast-food en banlieue. La bonne nouvelle que j'ai apprise, c'est que tout se passe au mieux avec Amber et qu'il est vraiment amoureux. On a même parlé de faire un truc tous les quatre après la *Christmas party*. La mauvaise nouvelle, c'est que son patron lui a dit qu'il ne le garderait pas après les fêtes car il réduirait le personnel et ça, c'est la merde. C'est rare que Carlos ait l'air abattu mais, jeudi soir, il n'en menait pas large et m'a même confié ne pas avoir pu trouver de cadeau à Amber pour son anniversaire. Il ne le sait pas encore mais j'ai deux choses à lui donner aujourd'hui et je suis soulagée qu'il soit venu malgré ses galères. Je n'ai pas le temps de m'en charger maintenant car Sonny arrive derrière moi et accueille Carlos d'une accolade.

– Ça va ?

– Dans les starting-blocks ! lance mon pote en masquant immédiatement sa contrariété. On attaque par quoi ?

Sonny l'embarque en direction de la pièce où il a stocké toute la décoration qu'il a achetée. On avait déjà commencé en dilettante avant son arrivée mais la plupart des trucs sont lourds et, comme Sonny s'est éclipsé cent fois pour superviser l'installation de la tente, on n'a pas beaucoup avancé.

À eux deux, ça va aller vite. Je les abandonne une demi-heure pour aller acheter de quoi grignoter et quand je suis de retour, toute la décoration est sous le porche et Sonny donne les instructions pour les emplacements définitifs. Il est sûr de lui, de la sueur perle sur son front et il a retroussé les manches de son sweat, dévoilant ses avant-bras aux veines saillantes. Un régal pour les yeux, je pense en buvant une gorgée de mon Coca. Je me languis du moment où on va aller prendre une douche tous les deux dans l'une des chambres vides.

Des éclats de voix vers la tente attirent mon attention, m'arrachant désagréablement à ma contemplation. J'approche pour voir le tentiste en train de se prendre la tête avec un gars en haut d'une échelle qui tient du feuillage à la main. Voyant que Sonny est occupé à l'intérieur, je décide d'en faire mon affaire.

– Qu'est-ce qui se passe ?

– Il se passe que je dois installer le feuillage sous toutes les armatures de la tente et que le technicien pense que j'ai la journée devant moi pour le faire.

– Je finalise l'installation, clame l'autre. Il ne peut pas débarquer au milieu avec tout son barda, je ne travaille pas comme ça !

Réprimant un soupir, je regarde ma montre.

– Vous n'étiez pas censé arriver à quatorze heures ? demandé-je au mec haut perché.

– Je suis venu en avance pour ne pas me laisser dépasser par la charge de travail.

– Ah ben je suis désolée, mais si on fait des plannings, ce n'est pas pour le fun !

Il laisse son geste en suspens et me regarde d'un air mauvais.

– Vous avez l'impression que je m'amuse ?

La scène est ridicule. La tente fait plus de deux cents mètres carrés et il n'a trouvé que cet endroit, collé au tentiste, pour commencer son installation de végétaux.

– Non mais pourquoi vous ne commencez pas à travailler à l'autre bout ?

Sonny débarque à ce moment-là et salue le type à qui je suis en train de parler.

– Tout va bien ?

– Tu bosses avec elle ? lui demande l'autre.

– Je suis l'assistante du boss de Warm Me Up, répliqué-je à la place de Sonny. Et la seule chose que je demande, c'est que le planning soit respecté, ou que vous alliez là où vous ne gênez pas.

Comprenant qu'il n'aura pas gain de cause, il descend rageusement et se barre plus loin avec son échelle. Je regarde Sonny, prête à recevoir une remarque désagréable de sa part, mais il a un sourire en coin.

– Tu gères. Je n'aurais pas osé être aussi ferme.

Avec l'impression d'être la reine du monde, je continue de faire le tour des installations. L'autre partie de l'équipe fleuriste est à l'intérieur avec Barbara. Ils ont déposé un grand traîneau en bois devant le mur beige qu'elle est en train de fleurir et où Sonny a déjà suspendu des boules de Noël géantes. Elle a installé un genre de treillis contre le mur qu'elle recouvre de feuillage et d'hellébore, une variété de roses de Noël. Je reste un moment pour le plaisir de la regarder faire et, quand je lève la tête, les garçons ont disparu. Je trouve Carlos dans le jardin, les pieds dans la neige, entouré de sucres d'orge et de décors de Noël à monter qu'il est en train de déballer.

– Regarde ! me lance-t-il.

Je lorgne dans la direction qu'il me montre. À l'entrée de la tente, l'ours polaire géant est en train de dévorer – pour de faux – une partie de la guirlande végétale. En voyant la tronche dépitée du mec avec qui je me suis pris le bec tout à l'heure, je suppose que Carlos a dû arracher une partie du feuillage pour la faire descendre dans la gueule de l'ours.

– Sonny a vu ? demandé-je, hilare.

– C'est son idée !

– Je suis fan… Il est où ?

– Là-bas, en train de faire l'acrobate.

Je laisse échapper un rire. Sonny est en équilibre sur un escabeau. Il a suspendu deux gros écureuils qui ont l'air de se fritter pour une bouteille de vin que l'un tient entre ses pattes. Je commence à comprendre. C'est une scène de chaos cocasse qu'il compte mettre en place. Ça change des décors mignons de Noël !

– J'aime bien ce type, murmure Carlos, m'arrachant à ma contemplation.

Je hausse les épaules et il lève un sourcil.

– Quoi ?

– J'ai peur qu'il se lasse.

– T'es vraiment timbrée… Pourquoi tu penses à des trucs comme ça ?

Il tire un coup sec sur le plastique qui enveloppe un sucre d'orge et j'attrape un objet à mon tour pour l'aider à tout déballer.

– Il faut vraiment que je te le rappelle ?

Le visage de Carlos se rembrunit.

– Ah lui…

Oui lui, mon enfoiré d'ex.

– Ça n'a rien à voir.

– Un mec qui ne donne plus de nouvelles au bout de six mois sans raison, c'est un peu flippant. Je suis dure à supporter sur la durée, c'est tout.

Je pense souvent à ça quand je ne suis pas avec Sonny. Est-ce qu'il va se rendre compte que mon caractère est trop fort ? Et se dire que lui et moi, ça ne va pas coller ?

Aujourd'hui, c'est tout nouveau, mais plus tard, ça ne passera plus, j'en suis persuadée. Je ne suis pas capable de changer, de devenir plus douce ou moins autoritaire. Pas en un claquement de doigts, en tout cas.

– Ce type était un connard, marmonne Carlos. Sonny n'est pas du tout comme ça.

Il dit ça car il lui en veut du mal qu'il m'a fait, je le sais très bien.

– Avant qu'il se barre, tu l'aimais bien aussi.

– Au début oui mais à la fin, je pouvais plus me l'encadrer.

N'importe quoi...

– Bon et vous allez où pour l'anniversaire d'Amber ? lui demandé-je pour changer de sujet.

– Dans un restaurant où elle va tous les ans avec sa famille, c'est le rituel apparemment. Je ne sais plus le nom mais c'est dans le quartier du Loop.

– Sympa.

– Oui, et heureusement que c'est son grand-père qui invite car sinon, j'aurais dû botter en touche.

Hier, j'ai retiré de l'argent pour le filer à Carlos. Ce sont les économies que j'avais commencé à faire pour payer une future caution d'appartement mais finalement, je me suis rendu compte que ça ne pressait pas. Je navigue entre chez Rita et Sonny et tout se passe pour le mieux. Carlos en a plus besoin que moi. On s'est toujours prêté du fric dans nos moments de galères respectives, ce n'est pas un sujet tabou. Sauf que cette fois je veux le lui donner et lui dire qu'il a intérêt à accepter. Je m'apprête à sortir l'enveloppe de mon sac mais me ravise en voyant Sonny se diriger vers nous.

– Vous vous en sortez ?

– Oui, tout est déballé. Elle n'est pas bien montée, cette boîte ? se vante Carlos en montrant la majestueuse boîte aux lettres qui trône sur son pied rouge verni.

– Bravo, tu me rends un sacré service, sans toi j'aurais dû venir dans la semaine pour faire les montages.

– T'inquiète, ça me change les idées. Il y a quoi d'autre à monter ?

Sonny lui donne des indications que j'écoute d'une oreille distraite. Ça me fait plaisir que le courant passe si naturellement entre eux. J'ai même hâte qu'on sorte un soir tous les quatre. Tout pourrait être aligné s'il n'y avait pas les galères financières de Carlos.

Je retourne à l'intérieur observer la fleuriste pour, moi aussi, me changer les idées.

Une bonne heure plus tard, je suis en train de piquer des roses dans la guirlande végétale de l'escalier en me disant que je n'aurais jamais cru aimer autant travailler des fleurs.

– Blair en train de poser délicatement des roses, faut que j'immortalise ça !

La voix de Carlos me tire de ma rêverie et j'éclate de rire en le voyant me photographier.

– Qui aurait cru que tu serais si soigneuse ?

– T'es sérieux, tu filmes, là ?

– Sinon, Amber ne me croira pas.

Je continue, sourire aux lèvres.

– Bon, j'y vais, Sonny n'a plus besoin de moi. Je vais rentrer me pencher encore sur la bagnole. J'ai un peu de temps avant qu'Amber ne passe me prendre.

– Attends, je te raccompagne.

Je dévale les marches et m'empare du paquet que j'ai pour lui. Enfin, pour Amber. C'est un modèle de la doudoune spéciale *Christmas party*. J'avais le droit comme les autres à une doudoune « accompagnant » et je l'ai commandée dans la taille d'Amber. Ce qui est fou, c'est qu'à ce moment-là, je ne savais même pas que Carlos n'aurait pas les moyens de lui offrir un cadeau. Il n'arrivera pas les mains vides comme ça. On traverse le jardin et, une fois dans la rue, je lui tends le paquet.

– Pour Amber de la part de Warm Me Up.

Ses yeux s'écarquillent quand il découvre le contenu.

– T’es sérieuse ? Elle va adorer… Merci.

Puis, je sors la fameuse enveloppe de mon sac et la lui mets dans les mains.

– Et ça, c’est pour toi.

Au moment où il la prend, il comprend que c’est du fric et me la tend immédiatement.

– Non Blair, je ne sais pas quand je pourrai te le rendre.

– Tu ne me le rends pas. C’est… euh… un cadeau de Noël.

– Hors de question !

Il souffle en essayant de remettre l’enveloppe dans mon sac.

Je recule, agacée. Il avance encore et je le pousse.

– Blair, tu ne vas pas gagner…

– Fais pas chier, Carlos ! Regarde, ce n’est pas ton pote ?

Il se tourne pour regarder derrière lui et, fière de ma blague pourrie, j’en profite pour partir en courant. Il m’a rattrapée en trois secondes et me porte à bras-le-corps en riant.

– Prends ton fric, ça va aller, je te dis.

Il parvient à glisser l’enveloppe dans mon sac mais je la reprends et lui tape sur la tête avec avant de la lui plaquer sur le torse.

– Tu me soûles, tu la prends, maintenant ! Tu sais bien que je peux me le permettre, Carlos.

Comprenant que je ne lâcherai rien, il soupire.

– OK, je te rendrai tout jusqu’au dernier centime.

– Ouais…

Je souris alors qu'il me prend dans ses bras fugacement.

Inutile de lui dire que c'est hors de question, je suis déjà contente d'avoir remporté cette bataille. Chaque chose en son temps.

Quand je retourne vers l'hôtel, Sonny m'attend en haut des marches, les sourcils froncés.

– Ça va, avec Carlos ?

– Oui, on s'entraidait. On les place ou pas, ces sucres d'orge ?

Il hoche la tête et rit dans sa barbe alors que je joins le geste à la parole, incapable de rester les bras ballants.

CHAPITRE 35

BLAIR

Il est dix-huit heures trente, la nuit est tombée depuis un moment et, du porche, je contemple les guirlandes lumineuses que Sonny a fait installer sous la tente et qui apportent une touche féerique au décor. À chaque fois que j'ai travaillé sur un événement, c'était soit à l'accueil, soit au service. Donc j'arrivais quand la mise en place était prête et j'entrais dans le vif de ma mission. Ça me fait drôle d'être du côté de l'organisation cette fois. Superviser aux côtés de Sonny tout ce qu'on a imaginé pendant plusieurs semaines me procure un sentiment de plénitude. Je suis soulagée de voir que tout se déroule bien jusqu'ici. Le traiteur est en pleine installation et le groupe de rock procède au réglage des instruments à l'emplacement qui lui a été attribué. Les quatre musiciens ont une belle gueule et une dégaine d'enfer dans leurs tenues noires assorties et j'ai vu que la mâchoire de Sonny s'était contractée lorsqu'il m'a vue discuter avec l'un d'entre eux un peu trop longtemps. Il a même fait style de venir s'intéresser aux réglages et ça m'a fait sourire.

– Il te plaît tant que ça, le grand brun, pour que t'arrêtes pas de le regarder ? me souffle-t-il à l'oreille en m'enlaçant.

J'éclate de rire en voyant que, soudain, il n'a plus envie de faire comme si on n'était que des collaborateurs.

– C'est pas lui que je regarde, c'est ta mise en scène de malade.

Il a carrément installé le loup sur un pilier de l'escalier, de sorte qu'il donne l'impression d'être prêt à nous sauter à la gorge si on monte.

– Il a l'air féroce, lui.

– Je le serai encore plus que ce carnassier si l'autre t'approche de trop près…

Je me tourne vers lui. Sa phrase de macho vient de m'exciter comme jamais et son regard qui me transperce me fait comprendre qu'il ne plaisante qu'à moitié.

– J'ai monté le sac de rechange dans l'une des chambres et maintenant, je viens te chercher. Si tu as fini ton reluquage bien sûr.

Je pouffe contre ses lèvres avant de m'écarter à regret quand l'un des serveurs passe à proximité.

– OK. Vas-y d'abord, on ne va pas monter ensemble.

– Chambre 2. Je te donne trois minutes max.

Son air autoritaire me fait frissonner et je lui adresse un clin d'œil en signe de réponse. Si Sonny veut jouer, il a trouvé une adversaire à sa taille, j'adore ça. Ce matin, en prévision de ce moment où on irait se rafraîchir rapidement, j'ai enfilé sous mon pull informe un body en dentelle qu'il n'a jamais vu. Je le laisse partir en premier, m'assure auprès d'Edgar que tout roule et me dirige vers l'escalier. La rambarde décorée de feuillage et de petites fleurs rouges auxquelles se mêlent encore des guirlandes lumineuses a un rendu sublime. Cette Barbara est une fée, pensé-je en gravissant les marches dont le côté gauche est parsemé des lots de la tombola emballés dans le joli papier à rayures rouges et blanches qui rappelle le design du calendrier de l'avent. Sonny a accroché un brin de houx à chacun d'entre eux et c'est tellement joli que je préférerais presque que personne ne les ouvre jamais. L'étage est silencieux et sombre, ce qui fait monter mon adrénaline. Sonny m'attend de l'autre côté de cette porte. J'appuie sur la poignée et ai à peine le temps de franchir le seuil qu'il me pousse contre le mur et referme la porte du pied. Sa bouche me dévore sauvagement, je peine à trouver mon souffle et mes jambes flageolent sous l'effet de la tension qu'il provoque en moi. Il me débarrasse de mon pull, je le vois pâlir en avisant mon body en dentelle blanche et j'en profite pour le faire reculer et le débarrasser de son pull et de son tee-shirt. Je meurs de le voir torse nu, me dominant de toute sa hauteur. Sa main se pose sur mon cou et il ralentit le rythme en prenant de longues secondes pour me balayer du regard avant de me picorer le cou de baisers appuyés. Je remeurs. Au sourire en coin qui se dessine sur son visage, je devine qu'il s'imagine qu'il va faire ce qu'il veut de moi mais ce n'est pas comme ça que ça va se passer. Mes mains partent à l'assaut de son pantalon. Il sort une protection de sa poche et je la lui prends avant de m'agenouiller devant lui sans qu'il ait eu le temps de réagir. Son râle quand je le prends dans ma bouche décuple mes sensations. Je prends mon temps. Lui lance un regard qu'il peine à soutenir tant il essaie de se contenir. Il rejette la tête en arrière et ses doigts s'enfoncent dans mes cheveux au fur et à mesure que ses gémissements s'intensifient. Puis je ralentis le rythme et enfile le préservatif avant de me relever. Ses yeux brillent d'une lueur animale quand il me soulève sur la commode et dégrafe le bas de mon body. Mes jambes s'enroulent autour de ses hanches et nos langues se retrouvent fiévreusement tandis qu'il me prend sauvagement. Je m'agrippe à son cou, à la commode, je crie comme si on était seuls au monde dans cet hôtel et je crois que ça l'excite encore plus. Il jouit quand je lui mords la clavicule et il n'a besoin de continuer que quelques secondes avant que je ne cède à mon tour à l'orgasme.

C'est comme si toute la tension qu'on avait accumulée aujourd'hui se relâchait à l'instant. On reste un long moment collés-serrés, le temps de reprendre notre souffle.

– Tu me rends fou… finit-il par murmurer contre mon oreille.

Ces mots me provoquent des frissons.

– Autrement dit… tu es fou de moi ? murmuré-je à mon tour d'un ton taquin.

– Toujours dans l'extrême…

Je me recule pour le regarder et il a cette petite fossette sur la joue que je m'attendais à voir. Comme chaque fois qu'il me cherche.

– Je vais me doucher, soupiré-je en faisant mine de le repousser.

Il ricane et m'attrape sous les fesses pour m'amener vers la salle de bains avec lui. Le temps que je me débarrasse de mon body, il est déjà sous l'eau et je le mate quelques secondes.

– T'attends quoi ? me demande-t-il sans se retourner.

– Que tu finisses, il n'y a pas de place pour deux.

Là, il pivote. Son regard sur moi me fait fondre. Tout comme la vision de son corps nu sous une pluie d'eau brûlante. Il m'invite d'un geste du menton à le rejoindre.

– Justement, l'espace est parfait pour le deuxième round.

Je croise les bras sur ma poitrine qu'il regarde avec envie.

– T'es sûr de toi ? Car la baise qu'on vient d'avoir entre dans le top trois de mes moments favoris, ce serait dommage de gâcher ça.

Ses yeux s'écarquillent et il rit.

– Non mais attends, j'espère que j'occupe toutes les marches de ce podium !

Je me mords la lèvre.

– Toujours dans l'extrême…

En deux pas il arrive vers moi et me tire sous la douche, trempant au passage le sol de la petite salle de bains.

Heureusement qu'il y a un sèche-cheveux dans cette chambre. En même temps, j'ai l'impression qu'on trouve tout dans cet hôtel de luxe. Du shampoing, de la crème pour le corps qui sent divinement bon, des cotons et même des bonnets de douche pour ne pas se mouiller les cheveux. Le seul hôtel où j'aie dormi avec un ex, c'était un motel bas de gamme qui ne ressemblait en rien à cet endroit. Le sol de la chambre est en marbre. Le lit est haut et mesure au moins deux mètres de large. Je m'étale dessus en sous-vêtements, consciente que si je ferme les yeux une seconde, je ne me réveillerai que demain tant il est confortable.

On est bien bêtes d'avoir baisé sur la commode et dans la douche plutôt que sur ce matelas, pensé-je en enfilant mon slim noir.

Quoique… je n'échangerais ces deux fois contre aucune autre. Plus on se découvre, Sonny et moi, plus c'est intense à tout point de vue. Pas seulement sexuellement. Il commence à bien me cerner et sait comment s'y prendre avec moi. Il n'est pas trop démonstratif et, s'il l'est, c'est toujours avec un sourire moqueur car il sait que ça me met mal à l'aise. Du coup, ça désamorce cette gêne. Le pire, c'est qu'en temps normal, je ne suis pas tactile mais que toute la journée, c'était comme une torture d'être près de lui sans pouvoir me blottir contre son torse ou lui prendre la main. Je change et j'aime ça.

Je suis encore dans mes pensées quand mon portable, échoué dans le bordel que j'ai mis dans la chambre en me changeant, sonne. C'est un message de Sonny qui me dit que les rennes sont arrivés et ça me met un coup de pression. Je regarde par la fenêtre et vois en effet un attelage de six rennes sur la petite pente enneigée près de la tente. Mes yeux s'écarquillent comme si j'avais cinq ans et je m'empresse de finir ma préparation pour aller les voir de près. Devant le miroir, j'accentue mon trait d'eye-liner encore plus que d'habitude et applique une touche de rouge foncé sur mes lèvres. Puis, j'attrape ma doudoune de l'enfer. Elle est pire que celle que j'avais déjà, avec ses paillettes rouges… En enjambant mes affaires, je souris en voyant l'emballage de la doudoune de Sonny dans la poubelle et ses habits de cet après-midi déjà rangés dans le sac. Il est maniaque. Ou plutôt, je suis bordélique. J'ai hâte de le retrouver.

CHAPITRE 36

SONNY

Les premiers convives arrivent. Je lance un regard complice à Blair qui avale une bouchée de pain d'épices qu'elle est allée piquer sur le stand de vin chaud à l'entrée de la tente. Elle m'a dit que Samuel avait a-do-ré celui que je leur avais fait passer et je croise les doigts pour que le traiteur soit aussi doué que moi.

– Tu es sûr que tu ne veux pas goûter ? Il est incroyable !

Je décline d'un signe de tête. J'ai encore l'estomac noué par le trac et il m'est impossible d'avaler quoi que ce soit. Je crois que ce qui m'a achevée, c'est d'aider Wendy et Harry à fixer des plateaux sur le dos des rennes, puis d'y placer des compositions de houx en prenant soin de ne pas me faire gnaquer les fesses.

– Tu es à quel niveau de stress, là ? me lance-t-elle, la bouche pleine.

– Je stresse pas.

– Alors, pourquoi tu fais ce tic avec ta main ? Et pourquoi tu te mords l'intérieur de la joue en regardant partout ?

– J'ai hâte que Samuel arrive et me confirme que tout est comme il l'imaginait. Là, je me détendrai.

– S'il n'est pas content, je le vire.

J'éclate de rire. Notre relation est en train de prendre un tournant, je le sens. Je suis déjà nostalgique de penser qu'après cette *Christmas party*, notre collaboration sera finie. J'espère juste que ça n'affectera pas notre relation naissante, mais je suis confiant.

– Ça va me manquer de ne plus travailler avec toi… lui lancé-je alors qu'elle fait signe au guitariste du groupe de démarrer leur set composé de titres de Noël revisités.

Il m'énerve, celui-là. Je n'ai rien loupé de la façon dont il la matait quand elle est venue se présenter et leur dire que c'était elle qui les avait choisis car elle les avait entendus à un mariage. Il lui a tenu la jambe vingt minutes et a même improvisé un morceau qu'elle aime bien pour l'impressionner. Le forceur.

C'est toi qui parles…

En tout cas, il m'a vu l'enlacer et sait à présent qu'il n'y a pas d'ouverture avec elle. C'est fou car je ne suis pas du genre jaloux en temps normal. Cette fille va me rendre dingue.

Edgar passe devant nous, habillé d'un costume de lutin en velours rouge et vert et d'un chapeau assorti. On pouffe comme deux gosses.

– N'empêche, on se moque mais on n'a pas l'air plus fins avec nos doudounes toutes identiques, ricane Blair.

– Tout ce que je retiens, c'est que Warm Me Up tient ses promesses. Je ne ressens plus le froid et je vais me promener tout l'hiver avec.

– Ce sera sans moi si tu fais ça, rétorque-t-elle.

– Ah, parce que tu comptais passer tout l'hiver avec moi ?

Je feins de m'étonner, ce qui me vaut un coup de coude dans les côtes.

Plus les invités déambulent dans le jardin, plus je relâche la pression. Tous ont l'air captivés par la décoration. La photographe et le vidéaste font leur reportage discrètement, les rennes placés à l'écart enchantent un groupe de femmes attroupées autour, le barman fait virevolter les verres en l'air devant les regards fascinés.

– Sonny, m'interpelle Edgar, un plateau de verres vides à la main. Est-ce que le patron est arrivé ?

L'arrivée de Samuel donnera le feu vert au traiteur pour servir les trompe-l'œil du cocktail. Mais je veux qu'il voie dès son arrivée qu'on a respecté sa demande en faisant du pain d'épices la star du début de soirée.

– Non mais je vous ferai signe dès que c'est le cas. Il ne devrait plus tarder.

– Très bien, car le chef en cuisine s'inquiète pour les pièces chaudes.

Mince. Je comprends que, de leur côté, ils ont aussi un timing à respecter et j'hésite sur la réponse à apporter quand les journalistes qu'on a invités arrivent vers moi.

– Je vais voir de quel délai on dispose, intervient Blair en s'éloignant vers l'office du traiteur.

Soulagé de la voir gérer ainsi, je prends le temps de répondre aux questions qui me sont posées en espérant que le reportage du journal local m'ouvrira des perspectives avec d'autres entreprises. Blair l'a très bien compris en me laissant avec les journalistes. Une dizaine de minutes plus tard, on a fini et elle est de retour.

Autour de nous, je sens que la mayonnaise a pris. La musique festive fait danser certaines personnes, d'autres discutent gaiement et toutes ont un verre dans la main.

– C'est bizarre, me souffle Blair à l'oreille. Je suis allée dire au chef que Samuel avait adoré son échantillon de pain d'épices et il n'a pas eu l'air de comprendre de quoi je parlais.

Hum… je suis censé répondre quoi, là ?

Je hoche la tête, faisant mine d'être absorbé par les gens qui déambulent.

– En fait, il n'a jamais fait de test, continue-t-elle sur un ton de conspiratrice. Et il va appeler Jim pour savoir qui s'en est chargé. Si ça se trouve, l'autre connard a embauché un second cuistot sans le lui dire et ça va foutre la merde dans l'équipe.

Non putain ! J'ai besoin que tout se passe bien ce soir, sans embrouilles...

Je me suis décomposé et Blair pouffe.

– Arrête de t'inquiéter, ce n'est pas ton problème.

– C'est moi qui ai fait le pain d'épices. Jim a refusé de faire réaliser l'échantillon car le chef n'avait pas le temps.

J'ai l'impression d'être un gosse qui avoue une connerie alors qu'elle me dévisage sans ciller.

– Pourquoi tu ne me l'as pas dit ?

– Pour ne pas t'inquiéter.

Le sourire qu'elle arbore me rassure.

– Non mais le culot que t'as…

– Donc maintenant, je peux être officiellement fier que le pain d'épices ait rendu Samuel euphorique ?

– C'est quoi, l'ingrédient secret ? Le chef n'a pas voulu me le dire alors que ce n'est même pas *son* secret.

– Des marrons confits.

Elle pourrait être avec ses collègues et profiter de la fête mais non, elle reste avec moi à l'entrée. Avec quand même un verre de cocktail à la main. J'ai l'impression qu'on est les rois du monde.

– Tu crois que tout le monde est là ? lui demandé-je.

Elle hausse les épaules, puis son visage change de couleur.

– Meeerde !

– Quoi ?!

– Samuel avait dit que les absents auraient un gage, je n'ai plus pensé à ça. Je n'ai rien prévu pour pointer et…

Si c'est elle qui panique, on est mal barrés !

– Calme-toi Blair…

Je vois à quel point elle déteste perdre le contrôle quand elle tape du pied en pestant contre elle-même.

– Tout le monde va venir, c'est obligé. Si Samuel te le demande, tu diras que tu as tenu un listing et que tout le monde était là, OK ?

– Oui, tu as raison. Ou alors, je peux essayer de compter les gens…

– N'importe quoi, suis mon conseil, Samuel ne posera peut-être même pas la question.

Elle n'en est plus à un mensonge près, mais ce n'est pas le moment de lui envoyer cette vanne. Je me la garde pour plus tard.

La femme qui s'est arrêtée devant nous a une petite soixantaine d'années. Elle est grande, forte et ses cheveux grisonnants bouclant autour de sa tête me font penser à un mouton. Vu le froid qu'il paraît y avoir entre elles, soit Blair a couché avec, soit c'est la responsable RH.

– Bonsoir Blair…

– Bonsoir.

– Samuel m'a dit lors de notre entretien lundi qu'il s'était reposé sur vous pour l'organisation de cette fête.

C'est donc la responsable RH. Elle regarde autour d'elle avec un air impressionné tandis que Blair la dévisage sans broncher.

– J'ai surtout assisté Sonny qui en est l'organisateur.

– Assistante de direction, assistante événementiel… vous en avez, des cordes à votre arc. Vous êtes décidément pleine de surprises…

Elle tourne à peine les talons que Blair m'agrippe l'épaule.

– C'était la connasse !

– J'avais cru comprendre. Mais elle avait l'air sympa, non ?

– Non putain, je ne la sens pas. On dirait que ses mots avaient un double sens.

Elle a les sourcils froncés et le bout du nez rouge, elle me paraît si fragile en cet instant que je cherche vite les mots qui pourraient la rassurer.

– Je m'inquiète… Et si elle avait tout découvert, puis informé Samuel et que ce dernier avait décidé d'en parler pendant son discours mystère ?

Je ne peux m'empêcher de rire.

– N'importe quoi ! Tu crois vraiment que Samuel va dire dans son discours que tu as un organiseur secret ?

Elle fait une moue boudeuse mais avant que j'ajoute quoi que ce soit, un grand coup de klaxon détourne notre attention. Samuel sort du taxi et sourit à tous les yeux braqués sur lui. Il porte un chapeau haut de forme qui le fait paraître plus grand et plus impressionnant. Et bien sûr, il a revêtu une doudoune similaire aux autres. Bizarrement, il arrive à être élégant dedans.

C'est l'heure de vérité. Est-ce que ce qu'on a concocté va lui plaire ?

Il reste un instant devant le portail de l'entrée, contemplant le décor environnant. Un sourire naît sur son visage. Ouf.

Un lutin-serveur lui propose une tranche de pain d'épices dans laquelle il croque volontiers. Tout à son plaisir, il passe devant Blair et moi sans nous voir et salue les petits groupes, esquisse même quelques pas de danse devant les musiciens en compagnie de membres de l'équipe qui ont l'air bien délurés. Blair m'a dit que ces quelques personnes travaillaient à la préparation des commandes et que c'était le service où on bossait le plus mais où l'ambiance était la meilleure. D'ailleurs, une jeune femme alpague Blair et elles se mettent à discuter.

En me frayant un chemin sur la pelouse, je fais connaissance avec la community manager, Hazel, qui vient de débarquer en retard. On échange quelques mots quand un serveur place sous nos yeux un plateau de hors-d'œuvre ressemblant à s'y méprendre à des sucettes. Hazel a l'air étonnée mais en pioche une, laquée de rose. Elle écarquille les yeux dès la première bouchée.

– Mais c'est quoi, ça ?

– Ce sont des trompe-l'œil. Je ne sais pas à quoi est celui que tu as pris. Ça ne te plaît pas ?

– C'est surtout surprenant. Je ne raffole pas du fromage en temps normal mais l'alliance est pas mal du tout. C'est du chèvre enrobé de betterave, je crois. Attendez !

Elle court après le serveur et prend une photo du plateau avant de revenir vers moi.

– Je vais aller me prendre un verre et faire quelques vidéos pour alimenter les réseaux, on se voit plus tard !

Ça tombe bien, Samuel est en train de me rejoindre sous le porche. Le flash de la photographe crépite alors qu'il me serre la main. Et il arbore un large sourire qui me rassure.

– Sonny, nous y sommes. Ce que je vois m'enchante ! Non mais quelle idée que ces animaux déjantés… rit-il, englobant l'espace de la main.

Il fait mine d'avoir peur du loup placé sur la rambarde de l'escalier pour que la photographe prenne un cliché cocasse.

– J'avais envie de changer des mignonneries habituelles…

– Vous avez bien fait ! Et puis, vous savez, même ce genre de scène explosive a sa beauté.

Il pointe les écureuils qui ont l'air de se disputer une bouteille de vin, au-dessus d'un groupe de jeunes femmes qui se balancent au rythme de la musique.

– Heureux que ça vous plaise…

– Je n'étais pas inquiet et puis… Blair vous avait à l'œil.

J'éclate de rire devant son expression espiègle. Nos regards se portent sur l'intéressée qui discute avec les gars de la préparation des commandes.

– Tout est prêt en ce qui me concerne ? me demande Samuel en regardant ses convives.

Pas tout à fait. Avec la présence de Blair dans les parages, je n'ai pas fait les tests fumée avec le technicien. Ni sorti de mon coffre les bombes aérosols senteur « épices de Noël » que j'ai dénichées. En revanche, j'ai demandé en cachette au maître d'hôtel que trois membres de son équipe pulvérisent les bombes en direction du plafond quand Samuel lèvera son index. Il risque de tiquer, mais à défaut de trouver un prestataire spécialisé dans les diffuseurs d'ambiance en quatre jours, j'ai dû improviser. Prions pour que personne ne s'étouffe.

– Affirmatif, je réponds.

– J'espère que vous saurez utiliser à votre avantage les retombées de cette fête !

– Oui, ce sera une excellente pub pour moi. Le journal local va en faire un article qu'ils publieront dans la semaine. Tout Chicago va en entendre parler.

Le grand homme me tapote l'épaule comme si j'étais son enfant. Et je me rends compte que les journalistes, la photographe et le vidéaste sont concentrés sur nous. En même temps, j'ai dit aux deux derniers de suivre Samuel partout.

– L'ampleur de cette fête va dépasser cette ville, murmure-t-il. Il faut toujours voir grand, Sonny.

Je vous prédis des demandes à n'en plus finir et mon conseil, quand ça arrivera… est de bien vous entourer. J'espère que vous êtes prêt.

Tout en parlant, il ne quitte pas Blair des yeux. Je jurerais qu'il l'a même pointée du menton.

CHAPITRE 37

BLAIR

La dinde au Coca-Cola fait fureur. Celle au chocolat surprend. Sonny a enfin daigné se nourrir maintenant qu'il est assuré que Samuel est content, puis il est reparti à l'intérieur pour « les derniers réglages ». Il m'a dit de rester ici et de profiter de la fête mais je me doute bien que c'est qu'il ne me veut pas dans ses pattes.

Vivement que ce discours arrive, que je comprenne pourquoi il était à ce point entouré de mystère. C'est hyper frustrant de ne pas savoir de quoi il s'agit alors que je suis pleinement impliquée dans l'organisation.

Heureusement, je passe un bon moment dehors, en compagnie de collaborateurs avec qui j'ai rarement l'occasion de discuter. Et le groupe de rock est dément.

D'ailleurs, cette bonne ambiance m'inquiète. Il est vingt et une heures quarante-cinq et le cocktail est censé s'arrêter dans quinze minutes. Si on dépasse l'horaire, on aura des problèmes avec le voisinage. Forcément, j'ai à peine glissé l'info au guitariste, celui avec qui ça a matché direct, que je croise le regard de Sonny qui vient d'apparaître sous le porche. Il va vraiment finir par se faire des films, pensé-je en me dirigeant vers lui.

– Je disais au groupe que dans deux chansons, il fallait qu'ils arrêtent.

Il hoche la tête avec un petit sourire.

– Je suis heureux de savoir qu'ils partent dans deux chansons.

J'éclate de rire et je me retiens pour ne pas l'attirer à moi. Il est trop craquant quand il se montre possessif.

– Je vais aller dire au traiteur d'arrêter le service à l'extérieur et de se préparer à l'intérieur.

– C'est déjà fait.

– On est complémentaires, conclué-je en lui tendant le poing.

– Je vais profiter de la fin du set des musiciens pour commencer à faire entrer les invités.

Je le regarde passer de groupe en groupe et faire bouger tout ce petit monde avec une facilité déconcertante. Sonny a ce côté ultra-sociable qui fait que les gens ont envie de le suivre jusqu'au bout de la terre. Enfin, jusqu'à l'intérieur de la salle, ça, c'est certain. Car c'est exactement ce que font les collaborateurs petit à petit. Le bout du nez glacé, les mains enfoncées dans ma doudoune et le menton enfoui dans la fourrure de celle-ci, j'écoute les dernières notes de la musique rock qui signe la fin de la première partie de soirée. Sonny ressort au pas de course, me passe devant sans me voir et part en direction des musiciens. Je suppose qu'il les félicite pour leur intervention. À l'intérieur, il y a un brouhaha dingue. Le DJ a lancé des chansons de Noël, les vitres sont embuées mais je vois au travers de l'une d'elles que le buffet des desserts est ouvert. Mes collaborateurs se montrent leurs découvertes, les trompe-l'œil ont l'air de faire l'unanimité. Et quand je colle mon nez à la vitre, je vois que certains collègues s'en donnent à cœur joie en prenant des photos sur le traîneau qui fait office de photocall.

– Vous n'entrez pas, Blair ?

Samuel est arrivé derrière moi, me faisant sursauter.

– Je profitais d'une minute de calme.

Je lui souris en me tournant vers le jardin. Il m'imite et s'appuie sur la rambarde comme si nous étions seuls au monde.

– Qu'est-ce que vous pensez de cette fête ?

– Je ne vais pas être objective, mais je trouve qu'elle est parfaite. Tout le monde a l'air de s'amuser en tout cas.

– C'est une formidable façon de clôturer… murmure-t-il.

Oui, cette *Christmas party* signe la fin d'une année bénéfique pour Warm Me Up. Il a presque l'air ému en cet instant et je me rends compte qu'au fil des mois, je me suis drôlement attachée à cet homme étrange. On laisse passer quelques secondes de silence, nous imprégnant du calme et du décor magique du jardin.

– Blair, je me suis toujours demandé… qui vous a envoyée ?

Hein ?

Je tourne mon visage vers lui mais il continue de regarder les guirlandes lumineuses scintiller, le sourire aux lèvres. À le voir ainsi, on pourrait croire qu'il m'a posé une question banale alors que j'ai la sensation qu'on m'a jetée sous une douche froide.

– Qui vous a envoyée vers moi pour le poste d'assistante de direction ? reformule-t-il en voyant que je n'ouvre pas la bouche.

– Eh bien, euh, c'est l'agence d'intérim qui…

– Faux.

Et cette fois, il se tourne vers moi, me transperçant du regard.

Merde.

Je me sens chanceler et m'appuie contre le pilier, comme pour garder les pieds sur terre.

– C'est à Samantha que j'avais confié la présélection des candidates, pas à une agence d'intérim.

Je cogite à toute allure. Ce jour-là, dans son bureau, je suis certaine d'avoir dit que l'agence d'intérim m'avait donné le rendez-vous. Pourquoi n'avait-il pas rebondi à ce moment-là ?

Il a un sourire en coin en attendant la suite. Je ne pipe pas mot. Sonny a l'air d'être en train d'échanger des cartes de visite avec le groupe alors je fais mine de regarder vers la salle.

– Je crois que tout le monde est entré.

Peine perdue. Samuel ne prête aucune attention à la direction que je lui montre.

– Vous n'avez jamais mis les pieds dans l'école où vous avez prétendu avoir votre diplôme, ni même dans la société de vélos mentionnée sur votre CV.

J'ai l'impression que mon cœur va sortir de ma poitrine tant il bat fort. Je vais me faire virer le jour de la *Christmas party*, c'est pas possible…

– J'ai menti pour avoir le poste…

– Exactement.

Je déglutis. Je ne supporte pas d'être dans cette position de coupable, même si je le suis clairement. Qui m'a vendue ? Je ne peux pas croire que c'est Sonny.

– C'est Samantha qui a découvert tout ça ?

Pourquoi il continue d'afficher ce putain de sourire ?!

– Samantha est dans le secret depuis qu'elle a établi votre contrat. Il fallait bien que je lui explique pourquoi j'embauchais une parfaite inconnue qu'elle n'avait pas présélectionnée et la raison pour laquelle il fallait qu'elle blinde les clauses.

Je n'ai jamais vraiment lu les clauses de mon contrat.

– Je ne comprends pas… Vous saviez depuis le début ?

– Bien entendu, Blair. Ce n'est pas à un vieux singe qu'on apprend à faire la grimace. Quand vous êtes arrivée de nulle part, j'ai trouvé ça énigmatique. Dès que vous m'avez envoyé votre CV, j'ai appelé le dirigeant de la société de vélos, il n'avait jamais entendu parler de vous. Pas plus que l'école.

J'ai l'impression d'être dans une autre dimension. J'ai un nœud à l'estomac, le froid n'a plus aucune prise sur moi et je peine à retenir mes larmes.

– Pourquoi vous m'avez embauchée, alors ?

– J'ai pensé que vous aviez été envoyée par la concurrence et je voulais vous prendre à votre propre jeu. Je suis joueur, vous savez…

Oh, ça oui.

– Je vous ai tendu quelques pièges au départ, en vous donnant de fausses pistes sur les nouvelles collections mais vous n'êtes pas tombée dedans. Aucun concurrent n'a en tout cas créé une ligne se rapprochant de celle que j'avais inventée les premières semaines de votre arrivée.

Non mais il est dingue ! Je me souviens en effet de ma panique en découvrant, deux mois après ma prise de poste, les doudounes prototypes de la collection d'été, toutes dans des couleurs translucides alors qu'il avait insisté sur le fait qu'elles seraient fluo.

Je pousse un long soupir.

– Je n'ai été envoyée par personne.

– C’est ce que j’ai cru comprendre en voyant sur votre bureau votre organiseur avec vos drôles de notes.

– Vous l’avez vu ? Ou c’est Samantha qui vous en a parlé ?

J’ai bien fait de m’en débarrasser après son départ, l’autre soir.

– Les deux. Je l’ai vu il y a plusieurs mois. J’ai toujours une longueur d’avance, Blair. Et Samantha m’en a parlé sur le ton de la plaisanterie lundi. Elle n’est pas venue pour ça, rassurez-vous, mais pour organiser son départ à la retraite. Bref… le jour où j’ai découvert que vous preniez des cours du soir, je me suis dit que la concurrence n’aurait pas envoyé quelqu’un d’aussi inexpérimenté.

Je ne sais pas où me mettre. Je n’ose pas fuir et lui tourner le dos mais je n’ai pas non plus envie de m’excuser car jusqu’ici, je me suis démenée pour compenser mon manque d’expérience qui n’a eu aucun impact sur le fonctionnement de l’entreprise. Je suis coincée sous son regard perçant.

– Je pense avoir été à la hauteur de ce poste, même si je venais de nulle part comme vous dites.

– C’est justement ce qui est très intéressant. Vous avez du cran, Blair.

– Vous allez me virer ?

Pour toute réponse, il a un petit sourire en coin et se lisse sa barbichette. Sonny choisit ce moment pour arriver.

– Ah, vous êtes là ! On peut commencer la tombola ou vous avez besoin de quelques minutes ?

– On vous suit, jeune homme, lance Samuel en me précédant.

J'entre dans la salle comme si j'allais au bagne. Samuel me lâche tout juste cette bombe que je dois aller faire l'imbécile aux côtés de Sonny pour la tombola. Je gravis les marches derrière lui car c'est moi qui suis censée remettre les cadeaux piégés aux collaborateurs pendant que lui animera son tirage au sort. Je m'efforce de plaquer un air de circonstance sur mon visage alors que j'ai envie de pleurer. Samuel n'a pas répondu à ma dernière question qui est pourtant vitale. Et Sonny dans tout ça… est-ce qu'il a joué un rôle d'espion ? Est-ce que Samuel l'a mis dans la confidence comme il l'a fait avec Samantha pour récolter des infos croustillantes à mon sujet ?

Je l'observe faire des tests de micro en me disant qu'il serait incapable de me faire ça. Et puis, la tête qu'il a tirée quand je lui ai avoué avoir menti sur mon CV, il n'a pas pu feindre, ce n'est pas possible…

– Bonsoir à tous, j'espère que vous avez pris autant de plaisir à profiter de cette *Christmas party* que j'en ai eu à l'organiser auprès de Blair et de Samuel. Nous allons conclure cette soirée en beauté avec la fameuse tombola que vous attendez tous…

Je suis étonnée de l'assurance de Sonny alors qu'il prend la parole avec l'attention d'une centaine de personnes portée sur lui.

– Voilà comment on va procéder. Les plus malins d'entre vous ont pensé à prendre leur ticket numéroté ?

Une majorité de « oui » fusent.

– Dans cette magnifique boîte aux lettres se trouvent des boules numérotées comme au loto. Quand je vais énoncer un numéro, Blair, que vous connaissez tous, remettra le paquet concerné à l'heureux élu. Vous êtes prêts ?

À nouveau des acclamations. Sonny éclate de rire et me lance un regard complice.

– Non, je vous assure, vous n'êtes pas prêts…

Je ne peux m'empêcher de sourire en pensant au contenu des emballages. Il plonge sa main dans la boîte rouge.

– J'appelle… le numéro 20 ?

C'est Mounia, du service comptabilité, qui s'avance tout sourire en brandissant son ticket. Pendant ce temps, je me suis emparée du paquet à ce numéro et je le lui lance d'en haut.

Faut pas déconner, je vais pas faire les allers-retours.

Je croise le regard de Sonny qui se mord l'intérieur de la joue pour ne pas rire.

– Son prénom ? me demande-t-il.

– Mounia.

– OK. Mounia, je vais vous demander de faire pâlir d'envie vos collègues en déballant votre lot.

Elle s'exécute et des rires fusent quand elle en sort un abominable pyjama décoré de pingouins. Sonny a eu une idée de génie avec cette tombola piégée. Plus on découvre les cadeaux, plus l'ambiance est folle. Les gens s'envoient des vannes, certains essaient leurs pulls ridicules, brandissent leur ouvre-bouteille cocasse ou s'enveloppent de leur plaid à l'effigie du Père Noël. Samuel qui observe tout ça de loin paraît aux anges. Comme si de rien n'était. Et j'avoue que j'en arrive aussi à oublier ce qui me tracasse à de nombreuses reprises. Le gros lot – un portrait encadré de Samuel – est remporté par une jeune femme timide, ce qui déclenche encore des fous rires. L'idée m'est venue cette semaine, quand le patron est revenu d'un rendez-vous chez le barbier. Avec sa barbichette impeccablement taillée et son pull rouge à motifs de sucre d'orge, il était tellement loufoque que j'ai osé lui demander s'il serait d'accord pour que je le photographie dans le but de faire gagner son portrait à la tombola. Sans surprise, il a adhéré à ma proposition et s'est amusé à poser devant le mur recouvert de houx du hall d'entrée de Warm Me Up, en adressant un clin d'œil à l'objectif. Je souris en me demandant où la gagnante, qui ne sait pas où se mettre, va accrocher ce cadre…

Quand la tombola se termine, le champagne remplit les coupes. Cette soirée est géniale et je décide d'en profiter sans penser au lendemain. Gérer l'événementiel aux côtés de Sonny est quelque chose qui me grise et le fait d'avoir le droit d'en profiter puisque je suis aussi une « invitée » est la cerise sur le gâteau. J'en suis à ma deuxième coupe quand je me rends compte que Sonny a disparu. J'ai besoin de lui raconter ce qui s'est passé et ça me frustre.

Ah, il est là. Derrière le buffet à desserts en train de parler au technicien. Je m'approche pour le rejoindre quand le son provenant du micro retentit dans la salle et que la musique s'arrête. Samuel est en haut des marches, micro à la main. Je ne l'ai même pas vu monter.

Sonny part en direction de la sortie, portable à l'oreille. *Mince.*

Je prends mon mal en patience et attrape machinalement l'une des fausses frites que je sais être un bâtonnet de pomme caramélisée. Je peine à déglutir quand j'entends la voix de Samuel emplir la pièce. Et s'il parlait de mon mensonge en direct ?

– Chers collaborateurs, nous y sommes. Quand vous êtes arrivés, la première chose que vous avez goûtée, c'est du pain d'épices. Vous êtes-vous demandé pourquoi ?

Il laisse un temps mort mais on pourrait entendre une mouche voler. Samuel a une telle aura que personne n'ose faire de blagues ou répondre à côté de la plaque.

– Ma grand-mère, figurez-vous, s'est retrouvée seule pour élever cinq enfants à la mort de son époux. Elle n'avait encore jamais travaillé et a dû se résoudre à trouver un moyen de gagner sa vie. C'était une fine pâtissière et son pain d'épices en particulier était connu de tout le village. Au moment des fêtes, elle s'est mise à en vendre pour pouvoir offrir un Noël digne de ce nom à ses poussins. Les commandes ont été au rendez-vous et elle a eu alors une idée : fabriquer du pain d'épices sous toutes les formes, en cake, en biscuits, en confiture, en gelée… pour les distribuer tout au long de l'année. Ce qui était au départ une passion, puis un moyen de survivre, est devenu une belle entreprise. Je ne saurais vous dire combien de préparations je l'ai aidée à faire alors que je n'étais pas plus haut que trois pommes. Je me revois perché sur mon tabouret, en train de mélanger la pâte avec une cuillère en bois trop lourde pour moi, sous son regard avisé mais bienveillant. J'ai une pensée émue pour ces moments qui ne reviendront plus…

Des collaborateurs essuient une larme et j'avoue que, même moi, j'ai la chair de poule. Samuel fait un signe. Enfin, il lève un index en l'air. Presque aussitôt, des gens de l'équipe traiteur montent sur des chaises et pulvérisent des bombes aérosols vers le plafond tandis qu'une odeur de cannelle nous monte au nez.

Même Samuel a l'air perplexe. Voilà Sonny qui revient discrètement, accompagné des membres de la chorale. Putain, je les avais oubliés ! Heureusement que ce n'est pas moi l'organisatrice. Je comprends mieux pourquoi Sonny n'a pas bu un seul verre d'alcool…

– Ma grand-mère a travaillé jusqu'au dernier jour de sa vie. Elle n'a jamais voulu prendre sa retraite, au grand dam de ses enfants. On pourrait croire d'ailleurs qu'ils travaillaient avec elle mais non, aucun ne s'est lancé dans la pâtisserie. Elle a su les pousser vers leurs passions respectives et ne pas attendre d'eux qu'ils reprennent le flambeau.

La voix de Samuel tremble un peu.

– À sa mort, l'entreprise a été dissoute selon son souhait et la recette a été gardée précieusement par notre famille, comme symbole des rêves que l'on peut accomplir à condition de s'en donner les moyens. Et si je voulais vous faire connaître le goût sacré de ce pain d'épices, c'est dans l'idée que, peut-être, ma madeleine de Proust deviendra la vôtre. Je suppose que personne n'a reconnu l'ingrédient secret ?

Certains de mes collègues lancent des suppositions et je cherche Sonny du regard pour lui lancer un clin d'œil complice mais il parle avec la chorale et ne paraît pas écouter le discours.

Samuel secoue la tête devant les mauvaises réponses et soupire, alors que tout le monde est suspendu à ses lèvres.

– Le secret perdurera. Cette *Christmas party* sonne le glas d'une belle année écoulée à vos côtés. J'ai monté plusieurs entreprises par le passé, vous le savez, mais aucune n'a connu le succès fulgurant de

Warm Me Up. Un succès ahurissant. Les vêtements sortent à peine des usines de fabrication qu'ils ne sont déjà plus en stock, nos clients nous portent aux nues sur les réseaux sociaux et il paraît que les articles s'arrachent aux ventes aux enchères. Je suis trop vieux pour ça, ça me dépasse !

Quelques éclats de rire retentissent dans la foule.

– Alors, je voulais vous remercier d'avoir fait vivre cette entreprise. Chacun d'entre vous a contribué à la réussite de mon projet qui est devenu notre projet au fil des mois. Il y a un adage qui me parle beaucoup : « La rareté fait la valeur. » C'est dans cet esprit que j'ai œuvré pour faire de chaque collection une véritable œuvre d'art.

Les applaudissements l'empêchent de continuer, alors il fait signe d'un geste de la main d'arrêter.

– Et là où je veux en venir ce soir, c'est que pour faire perdurer cctte rareté, ce qui a fait que Warm Me Up est Warm Me Up, j'ai décidé de fermer l'entreprise.

Hein ?

– Je n'ai pas l'énergie de supporter cette folie grandissante et je ne supporterai pas de la voir décliner pour autant. Je dois tenir de ma grand-mère, rit-il. Warm Me Up est et doit rester un exemple de start-up qui a brisé les lois de la croissance !

On se regarde tous sans savoir s'il blague. Il en serait bien capable. Sonny est en pleine explication avec la chorale et je me demande si son absence de réaction est due au fait qu'il est au courant de cette plaisanterie ou s'il n'écoute pas.

– Avec Sonny Harvey qui a organisé chaque détail de cette fête, je voulais que vous en gardiez un souvenir impérissable car chacun de vous a travaillé d'arrache-pied au service de cette entreprise et j'espère que vous l'avez appréciée. Mon cadeau de Noël est de vous libérer, de vous licencier. Profitez de cette décision inattendue pour, vous aussi, accomplir vos propres rêves ! crie-t-il encore, porté par je ne sais quelle énergie. En attendant, passez de belles fêtes de fin d'année…

Il applaudit pour lui-même et fait un geste à l'intention de Sonny qui a un moment d'absence avant de faire un signe au technicien. Soudain, la salle est envahie de fumée, et les voix de la chorale retentissent. Je crois que c'est à cet instant précis que nous comprenons tous que non… ce n'est pas une plaisanterie. Des cris de colère retentissent, des gens se bousculent, certains tombent – le mélange alcool et stupeur ne faisant pas bon ménage – et d'autres encore se ruent à l'extérieur. Je reste interdite, ma coupe à moitié vide à la main.

– Blair ?

Sonny m'a rejointe et je le dévisage, toujours sous le choc. C'est comme si tout s'éclairait et je n'arrive pas à croire que j'ai été naïve à ce point.

– Tu étais au courant ?

– Pas du tout !

– Tu te fous de moi ?

– Je ne savais pas, Blair. Enfin, je savais pour le discours, mais pas le contenu.

Ce qu'il dit n'a ni queue ni tête.

– Où est Samuel ? Je vais lui dire ce que je pense de sa foutue surprise !

– Tu ne le verras pas, il est parti en moto-taxi, soupire-t-il.

Tout se bouscule dans ma tête. Sonny qui est stressé depuis le début de la soirée, le nuage de fumée qui tombe à point nommé, et puis la moto-taxi… Pourquoi Sonny aurait-il organisé ça s'il ignorait que le discours serait fracassant ?

De rage, je le pousse contre le buffet des desserts avant de prendre la fuite à mon tour.

CHAPITRE 38

SONNY

Assis dans un recoin du jardin, j'observe le spectacle affligeant qui se joue à quelques mètres. Les convives les plus énervés ou alcoolisés tapent dans la décoration, la chorale de Noël est venue sous le porche pour échapper à la fumée et s'en donne à cœur joie, indifférente aux cris de protestation des salariés, les voisins sont sortis en pyjama pour savoir d'où provient le bordel, les flashes des journalistes crépitent à tout-va et j'essuie la chantilly qui me recouvre l'arrière du crâne avec une serviette en papier qui traîne par terre.

À l'abri des regards, je retire ma chemise imbibée de chocolat et d'autres échantillons de pâtisserie, et enfile sur mon torse nu cette doudoune dont la simple vue me ramènera désormais toujours à ce fiasco. Je tire la capuche autant que possible sur ma tête dans l'espoir de rester incognito au moins le temps que la foule se disperse. Ce qui ne devrait plus tarder vu que tous ont compris que Samuel a disparu.

Impossible de me barrer maintenant, vu que je suis l'organisateur et que je suis censé fermer la salle et faire l'état des lieux avec l'agent de sécurité qui, le pauvre, ne sait plus où donner de la tête. Le capitaine ne peut quitter le bateau. Pour autant, je me cache, car si je retourne à l'intérieur, c'est limite si je ne risque pas ma vie. La cinquantaine d'employés furax dont la plupart vocifèrent autour de la maison me tiennent pour complice de la nouvelle qu'ils viennent d'apprendre. Leur cinquantaine de proches aussi.

Mais va faire comprendre que je n'étais au courant de rien à cette femme en train de piétiner rageusement la doudoune emblématique ! Va le faire comprendre à ce type qui beugle et qui brandit la sienne en tenant dans son autre main… un briquet !

Ça part totalement en vrille.

Je me retrouve démuni, à quelques mètres de la débandade, quand le patron a bien évidemment tiré sa révérence juste après son discours. Je crois que le plus drôle, c'est que c'est moi qui ai organisé son départ précipité. Il ne me reste plus qu'une chose à faire. Appeler 911 avant que ça n'aille plus loin.

CHAPITRE 39

SONNY

Le lendemain

La sonnette retentit et je bondis de mon canapé. J'actionne l'ouverture et, le cœur battant, j'avance dans le couloir. C'est Kev.

En même temps, il faut que je sois vraiment con pour m'imaginer une seconde que c'est Blair alors qu'elle n'a pas décroché depuis la dernière fois que je l'ai vue. Aux alentours de minuit, quand elle m'a poussé contre le buffet des desserts avec une force que je ne soupçonnais pas.

– Mec, je croyais que t'étais mort ! me lance mon pote en me suivant dans l'appart.

Il m'a appelé quinze fois depuis ce matin, donc ce n'est pas étonnant qu'il débarque sitôt son service terminé.

– C'était quoi, cette soirée *what the fuck* ? Pourquoi tu ne m'avais rien dit ?

De retour dans mon canapé, je me prends la tête dans les mains. Je n'ai pas dormi de la nuit, ai fait les cent pas toute la journée et ai même essayé d'appeler Carlos pour qu'il me rancarde sur l'adresse de Blair. En vain, il n'a pas décroché.

– Te dire quoi ? marmonné-je.

– Que tu as organisé LA fête de licenciement surprise de l'année ! Du siècle même ! se marre-t-il en prenant une bière dans le frigo.

– Je n'étais pas au courant, t'es débile ou quoi ?

Il fronce les sourcils et me dévisage quand il s'assoit sur un fauteuil en face de moi.

– Tu as les yeux exorbités, t'as pris de la drogue ?

– Non, j'ai juste pas dormi, j'ai passé la nuit au poste. Et je n'arrive pas à joindre Blair qui s'imagine, comme toi apparemment, que j'étais informé de tout.

Ses yeux s'écarquillent pendant qu'il boit à même le goulot.

– Pourquoi t'as besoin de la joindre ?

Ouais, faut que je reprenne depuis le début.

– On est ensemble. C'est tout frais, je n'ai pas eu l'occasion de te le dire.

Il hausse les épaules, l'air de dire qu'il ne m'en tient pas rigueur.

– Donc le patron t'a engagé pour organiser cette fête et il ne t'a absolument rien dit ? Car au journal local, ils te font une pub de fou.

– Hein ?

– Ouais. Ton nom n'a pas encore fuité, d'après ce que j'ai entendu à la radio, mais ils disent que l'organisateur a tout planifié dans les moindres détails, jusqu'à la fuite du dirigeant dans un nuage de fumée et en moto-taxi.

Je n'ai pas allumé la télé. Ma mère a débarqué en trombe ce matin pour me dire que la fête faisait la une du journal local, ce qui n'est pas étonnant vu que les journalistes étaient aux premières loges.

– Ça a dégénéré alors ? Apparemment, il y a un groupe de types qui ont sorti le chauffeur de la limousine par le colbac. Mais le patron n'était pas dedans.

Oui, j'ai vu la scène. J'allais intervenir quand les flics sont arrivés.

– Écoute… je suis encore sous le choc. Je ne comprends pas pourquoi Samuel m'a fait orchestrer un truc pareil. C'est ignoble pour les salariés d'apprendre qu'ils se retrouvent sans boulot à une fête !

– C'est fou… juste avant Noël, le boss est vraiment tordu.

Je hoche la tête en me calant contre le dossier du canapé.

– Et ça me rend malade que Blair pense que je suis dans le coup.

Elle s'imagine vraiment que j'aurais volontairement caché une telle info après tout ce qu'on a partagé ?

– Sonny, même moi j'y ai cru, pourquoi pas elle ?

Mon téléphone vibre plusieurs fois d'affilée et je m'en empare, sur le qui-vive. J'ai déjà eu plusieurs appels de Kate de l'hôtel à qui j'ai dû faire un compte rendu de la soirée et qui m'a prévenu que la caution donnée par Warm Me Up serait entièrement encaissée. Normal.

J'espère que ce n'est pas encore elle.

– C'est qui ? demande Kev en voyant la gueule que je tire devant l'écran.

– J'ai des notifications sur Twitter et Instagram. Ça ne s'arrête pas…

J'ouvre le premier des deux réseaux sociaux pendant que Kev vient s'asseoir à côté de moi.

– Putain ! Ce sont des PDG qui retweetent un article sur toi. On dirait que ton identité a été diffusée.

Sans blague.

Je lis entre les lignes. L'article me présente rapidement comme un organisateur d'événements qui se lance et qui a organisé la fête la plus improbable qu'il soit. Dans les commentaires, je vois rapidement qu'il y a deux clans. Les entreprises qui s'abonnent à mon compte et des gens lambda qui saluent mon culot, et de l'autre côté des *haters* qui me cinglent. Je ne peux que comprendre les mots désagréables qu'ils emploient. Sans me demander mon avis, Kev s'est levé et a allumé la télé.

La *Christmas party* fait la une des infos locales. Les plans s'enchaînent, on passe d'une vue d'ensemble à la tombée de la nuit à la maison dont s'échappent des volutes de fumée. Comment ça se fait que le vidéaste ait donné son reportage au journal ?

Mon nom est cité et on me voit me tenir fièrement en haut des marches, aux côtés de Blair. Pour ceux qui pensent que j'étais au courant, l'image que je donne est atrocement arrogante. Je n'ose même pas imaginer ce que doit se dire Blair en regardant les infos. Le présentateur parle de la fête comme s'il y était et termine en disant que les entreprises vont certainement s'arracher mes services pour des événements moins dangereux mais tout aussi fous.

– Mec… prépare-toi. Tu vas décoller, me lance Kev avec un air hébété.

Je déglutis et me frotte le visage. Les mots de Samuel prennent leur sens.

J'espère que vous êtes prêt.

Carrément pas, non !

– Déjà, je me demande si le vidéaste avait le droit de diffuser ces vidéos sans l'accord de la boîte.

Je ne suis même pas foutu de me rappeler les petites lignes du contrat. *Il y a une clause de confidentialité normalement, non ?*

– On s'en fout ! lâche Kev. Tu crois que le patron va leur intenter un procès ? Il a exactement ce qu'il veut ! Son coup de théâtre fait la une.

Il a raison. Samuel avait tout prémédité. La photographe, le vidéaste, les journalistes…

– Je vais contacter les journalistes qui sont venus et leur dire que je n'étais au courant de rien.

Mon pote grimace.

– Et après ? Tu passeras pour un bouffon ? Un pantin qui s'est fait manipuler ? Crois-moi, mieux vaut avoir le rôle du requin. C'est plus glamour pour les entreprises qui vont te contacter.

– Pas pour Blair.

– Arrête de penser à Blair, t'es avec elle depuis deux minutes, tu ne m'en avais même pas parlé. Imagine plutôt l'impact que ça va avoir sur ta carrière !

Je me lève d'un bond.

– À quel moment je dois penser à l'impact que ça va avoir sur les salariés de ne plus avoir d'emploi ?

– Tu y es pour quoi, dans cette histoire ? Tu crois que le patron a voulu faire une *Christmas party* et qu'au moment de réfléchir à un thème, il s'est dit, tiens, licenciement surprise ! Quelle bonne idée !

OK. Je vais me servir un verre pour me remettre les idées en place.

– Sonny, continue-t-il en me suivant, il les aurait licenciés avec ou sans toi. La décision était prise avant même que tu ne foutes un pied dans son bureau. C'est juste qu'il s'est servi de toi pour créer un événement improbable autour de ça. Donc s'il te plaît, ne va pas appeler les journalistes en pleurnichant que tu ne savais rien.

Je vide mon verre de rhum d'une traite et m'en sers un autre.

– J'ai bien compris que ton gros souci dans l'affaire, c'est Blair. Laisse-la redescendre, elle vient de faire un vol plané, là !

Ce n'est pas le genre de nana à « redescendre ». Mon portable dans la main, je décide de lui envoyer – à nouveau – un message.

– Hé… tu as la cote sur Insta. La page officielle de Chicago a posté une photo de toi. Les filles s'enflamment.

Il me montre les commentaires que je lis distraitement.

« *Beau gosse.* »

« *S'il veut me faire ma fête, je suis partante.* »

« *C'est sa meuf, la fille à côté avec les cheveux violets ?* »

Ce dernier me renvoie à Blair et m'arrache un soupir.

Je m'apprête à me resservir.

– T'as déjà enquillé deux verres et je pense que tu n'as rien bouffé de la journée, alors vas-y doucement.

Kev m'enlève la bouteille de la main et je soupire, agacé.

Je viens de me rendre compte que les messages que j'adresse à Blair n'apparaissent pas en « lu ». Pris d'un doute, j'essaie de l'appeler et tombe directement sur le répondeur.

Elle m'a bloqué.

Je lance mon téléphone sur la table devant moi. Il glisse et s'écrase au sol.

– OK, j'annonce : je dors ici ce soir, lance Kev en enlevant ses godasses. Je vais nous commander une pizza pendant que tu prends ta douche.

– C'est bon, je n'ai pas besoin de baby-sitter, je ne vais pas me jeter par la fenêtre.

– Du premier étage, je ne te le souhaite pas en effet, t'aurais l'air con. Douche.

Il remet les infos et s'approche pour mieux voir la télé.

– C'est toi, là ?

Énervé mais curieux, je le rejoins. Le plan caméra montre un type assis sur un muret, engoncé dans la fameuse doudoune rouge pailletée emblématique de la soirée. Le gars a les bras croisés, la capuche rabattue sur sa tête et observe de loin le bordel.

Oui. Ce type, c'est moi.

– Arrête avec cette chaîne ! je beugle.

– Douche.

Il pose son index sur sa bouche pour m'intimer le silence alors qu'il zieute l'écran, amusé. J'ai envie de me jeter sur lui et de le rouer de coups comme au bon vieux temps. Quand je perdais à la console de jeux et qu'il me narguait. Mais on avait treize ans. Et il avait systématiquement le dessus sur moi car il pratique le judo depuis qu'il a quatre ans. Alors à la place, je me dirige vers la salle de bains en marmonnant.

CHAPITRE 40

BLAIR

« *En ce lundi matin, du nouveau sur la* Christmas party *qui a eu lieu à The Mackey House...* » commente la présentatrice du journal local. La chair de poule me recouvre les bras.

J'ai profité que Rita sorte faire quelques courses pour mettre les infos. Je lui ai raconté hier ce qui s'était passé vu l'état de déconfiture dans lequel je me suis levée, mais je n'ai pas pour autant envie de l'entendre commenter cette affaire.

« *Les doudounes en exemplaires limités qui ont été offertes aux salariés et à leurs accompagnants se vendent comme des petits pains aux enchères.* »

Pour illustrer ces propos, un plan du cocktail où une centaine de personnes en rouge pailleté déambulent sous la tente passe à l'écran. On a tous l'air de rigolos.

« *À présent que la société a fermé et que les clients savent qu'il n'y aura plus de réassort, les stocks en ligne ont été dévalisés et les prix de la vente d'occasion ne cessent d'augmenter. Un ancien salarié nous a confié avoir vendu sa doudoune de la* Christmas party *mille dollars. Il est probable que cette série produite en très petite quantité devienne collector.* »

Non ?! Je soupire en me laissant tomber dans le canapé. Pourquoi ai-je jeté la mienne dans une poubelle du lotissement samedi soir ? Quelle idiote.

Les vidéos défilent et je suis mitigée. J'ai envie d'éteindre la télé, mais une curiosité malsaine me pousse à regarder. La présentatrice fait un gros plan sur Sonny et me voir à côté de lui me donne envie de gerber. Le pire, c'est que les mots le concernant sont presque élogieux ! C'est une blague…

Depuis hier, j'ai tout décortiqué. Son échange mystère avec Samuel lors de la soirée d'Halloween – je suis sûre que c'est là que la vraie discussion s'est amorcée concernant le licenciement surprise –, puis la première fois qu'il est venu au bureau et qu'ils se sont entretenus seuls, l'appel privé de Samuel la semaine dernière. Et puis Sonny est allé jusqu'à faire passer son propre pain d'épices pour celui du traiteur tant me prendre pour une imbécile ne lui faisait pas peur ! C'est dire ce dont il est capable.

Menteur, menteur, menteur !

Même Carlos et Amber qui sont venus me chercher pour me changer les idées hier aprèm ont trouvé ça hallucinant. J'ai chialé comme une gamine, et Amber m'a frotté le dos pendant que Carlos pestait.

La porte d'entrée s'ouvre sur Rita, les bras chargés, et j'éteins la télé, le cœur au bord des lèvres.

– On dirait que t'as vu un fantôme ! me lance-t-elle. Tu comptes venir m'aider ?

Les jambes flageolantes, je m'exécute.

– Je t'ai acheté le journal, ils parlent de ta *Christmas party*. Je me suis dit que tu voudrais le garder pour plus tard.

– Pour quoi faire ? parviens-je à articuler en m'en emparant.

La maison enfumée et des salariés gesticulant font la une. Par chance, mon nom et ma photo n'y figurent pas.

– Aujourd'hui, c'est un mauvais souvenir. Mais pense qu'un jour, tu voudras peut-être raconter ça à tes enfants.

Non.

Je range les légumes dans le frigo à la va-vite.

– Laisse les patates douces ici, je vais te faire des frites.

Mon plat préféré. Je n'ai pas envie d'avaler quoi que ce soit, mais j'apprécie l'attention. Je soupire en les posant sur la table.

– Commence à les éplucher au lieu de rester les bras ballants.

J'avais l'intention de m'enfermer dans ma chambre et de réfléchir à un plan. J'hésite entre aller chez le coiffeur et me teindre en blond pour ne plus être reconnaissable, mais le look Barbie n'est pas trop mon style. Ou prendre un billet pour l'Islande pour aller trucider Samuel, mais ce ne serait pas raisonnable de dépenser mes derniers dollars quand je ne sais pas de quoi le mois prochain sera fait. Je peux aussi aller mettre le feu à l'immeuble de Sonny. C'est gratuit et ça me détendra.

Tout en réfléchissant, je pèle les patates rageusement.

– Tu vas dormir chez ton Sonny ce soir ? me demande Rita.

– On n'est plus ensemble.

Elle me regarde, attendant la suite.

– C'est lui qui a organisé la fête. Il était au courant de tout.

– Petit connard ! Alors, c'est celui que l'épicière a vu à la télé ?

Elle soupire en me faisant signe de la suivre dans le salon.

– Je vais mettre les infos pour savoir ce qu'ils disent.

Je termine ma mission pendant que le bruit de la télé retentit dans le salon. Elle a monté le son au maximum donc même de la cuisine, je n'en perds pas une miette. C'est mot pour mot ce que j'ai entendu tout à l'heure. Je me réfugie dans ma chambre dès que j'ai terminé et m'allonge sur mon lit. Me voir à la télé aux côtés de Sonny n'a fait que remuer le couteau dans la plaie. C'est horrible d'être en manque d'une personne à qui on en veut autant. Je ne sais pas jusqu'où va son implication, s'il était seulement au courant du licenciement ou s'il a aussi rancardé Samuel sur moi. Car c'est vrai que depuis le début, il s'est montré curieux sur la façon dont j'avais obtenu le poste et ce ne peut être anodin…

L'interphone sonne. Mon cœur bat plus vite. Je me demande si ce pourrait être Sonny qui vient me chercher jusqu'ici car j'ai bloqué son numéro avant de me reconnecter à la réalité. Il n'a pas mon adresse. Et sûrement d'autres chats à fouetter à présent qu'il commence à avoir une petite notoriété.

J'essuie rageusement des larmes que je n'arrive pas à contenir quand Rita tape à ma porte et l'entrouvre. Elle a une mimique contrariée quand elle se rend compte que j'ai pleuré mais ne fait aucun commentaire en me tendant un petit paquet.

Il vient de Warm Me Up.

Je la laisse s'éloigner avant de l'ouvrir, fébrile. Une petite boîte me tombe sur les genoux. Je déchire le papier de soie rouge qui l'entoure, retire le couvercle et avise des pièces de puzzle, une bonne cinquantaine. Et une loupe.

Qu'est-ce que c'est que ça, encore ?

Je m'assois à même le sol en reniflant. Les pièces sont toutes dans les mêmes tons de rouge et de vert et il me faut une bonne vingtaine de minutes pour toutes les assembler. Pour finir, l'ensemble représente une image de carte postale où on voit un

Père Noël sur son traîneau voler au-dessus d'une forêt de sapins enneigés. Un encadré bleu marine renferme un texte dont les caractères sont tellement petits qu'il me faut avoir recours à la loupe pour lire les lignes.

Chers collaborateurs, à l'heure où vous lirez ces mots, je serai dans mon chalet islandais en train de me frotter les mains en imaginant la tête de chacun d'entre vous qui vous apprêtez à découvrir cette dernière surprise que je vous ai préparée.

Warm Me Up est une aventure qui s'achève mais qui a généré cette année encore des bénéfices dont nous aurons le montant précis au début de l'année. Vous imaginez que la somme sera mirobolante et elle n'est que le fruit de notre engagement collectif.

J'ai décidé de reverser dix pour cent de cet argent à une association humanitaire. Le reste sera partagé entre vous, mes cinquante-quatre collaborateurs, pour vous remercier de ce fabuleux chemin parcouru ensemble.

Alors, en attendant que ces petites affaires se règlent... Soyez prêts à accomplir vos rêves.

Samuel.

CHAPITRE 41

SONNY

Jour 4. Et toujours pas de nouvelles de Blair.

J'espérais dans la journée qui a suivi la *Christmas party* que Blair finirait par réfléchir et débloquerait mon numéro. Je l'espérais encore le lendemain.

Puis quand j'ai su en étant tagué sur les réseaux sociaux que tous les employés allaient gagner un petit pactole, j'ai pensé que ça atténuerait peut-être sa rancœur. Même pas.

On est le 24 décembre et mon téléphone reste inerte. Une partie de moi m'intime de laisser tomber – que je vaux mieux qu'une fille qui me jette sans l'ombre d'un remords. Et l'instant d'après, je me dis que je ne suis pas comme ça. Je suis du genre à aller au bout des choses. Malgré le peu de temps qu'on a passé ensemble, mes sentiments pour Blair sont beaucoup trop forts pour que j'abandonne si vite.

J'ai besoin de la voir, de la regarder dans les yeux, de comprendre ce qui se passe dans sa tête pour qu'elle soit bornée à ce point. Et peut-être que si on se voit, elle comprendra. Qu'elle va se dire… *Évidemment que Sonny ne savait pas. Il n'aurait jamais passé ça sous silence alors qu'on était ensemble.*

Je l'espère.

Je me jure en tout cas que c'est ma dernière chance. Si je parviens à la retrouver et qu'elle ne veut pas me croire, alors tant pis. J'ai assez d'estime pour moi-même pour ne pas m'entêter après ça.

Normalement, si elle n'a pas changé ses plans, elle va aller au Christkindlmarket à l'heure du déjeuner, avec sa propriétaire. C'est ce qu'elle m'avait dit en tout cas. Soit je la verrai là-bas, soit je serai obligé de faire le forcing auprès de Carlos.

Je l'ai eu au téléphone hier, c'était un peu chaud au départ mais, à force d'arguments, j'ai réussi à lui faire admettre qu'il y avait plus de possibilités que je ne sois pas au courant que le contraire. Il n'a pas voulu faire l'intermédiaire tout de suite auprès de Blair en revanche. Il doit la voir bientôt et il tâtera le terrain, il m'a dit.

Ce sera mon plan B si je ne la trouve pas au marché aujourd'hui.

J'ai les mains moites alors que je parcours les rues alentour en voiture. Puis les parkings. Je ne me décide à me garer que lorsque j'ai repéré son cabriolet. C'est certain, elle est là. À moi de jouer à présent.

De jour et sans Blair à mes côtés, le Christkindlmarket est nettement moins féerique. La musique entêtante me donne la migraine, la foule m'oppresse car j'ai peur de ne pas la trouver et le froid fait couler mon nez. Je regarde les environs et, enfin, je la repère.

Cette vieille dame emmitouflée dans un manteau vert à côté d'elle et qui a l'air de jacasser comme une pipelette doit être Rita. Blair est magnifique dans ce long manteau noir que je ne lui connaissais pas. Ses cheveux violines dépassent de son bonnet et elle s'empare de deux sandwichs que lui tend un vendeur en souriant. Elle a l'air plutôt heureuse contrairement à moi qui me morfonds depuis quatre jours, pensé-je amèrement en reculant pour qu'elle ne me voie pas.

Je vais prendre mon mal en patience, ce n'est pas le bon moment pour l'aborder. Il faut juste que je ne la perde pas de vue. J'enfonce mon bonnet sur mes oreilles pour me protéger du froid glacial. J'aurais dû mettre autre chose que cette veste de campus rouge si je voulais passer inaperçu… mais tant pis.

Elles se sont assises sur un banc pour manger et je m'appuie plus loin contre un lampadaire, scrollant mon mobile pour faire passer le temps. Depuis que le journal local a parlé de la *Christmas party*, je croule sous les demandes. C'est ce dont j'ai toujours rêvé et pourtant, à cause de ce qui se passe avec Blair, je n'arrive pas à en profiter. Je suis même angoissé quand je vois que plus les jours passent, plus les demandes de rendez-vous se multiplient. Je ne vais pas pouvoir assurer toutes ces propositions d'événements tout seul. Dans un monde idéal où Blair me ferait confiance et arrêterait de douter de moi, je lui proposerais qu'on travaille ensemble. On forme une bonne équipe et, en toute objectivité, c'est avec quelqu'un comme elle, réactive et percutante, que j'aimerais m'associer. J'y pense depuis hier soir. Elle est parfaite pour ce poste. Elle pourrait prendre en charge la partie organisation et, moi, la scénographie. On serait complémentaires.

Mais avant de tirer des plans sur la comète… il faut déjà qu'elle ouvre les yeux me concernant. Je ne m'attends pas à des excuses, mais au moins, qu'elle se rende compte de son erreur. On ne juge pas quelqu'un sans appel et sans preuve. Surtout quelqu'un qui vous a confié une partie de son cœur.

J'ai le temps de me repasser dix fois la conversation que j'espère avoir avec elle alors qu'elles se sont levées et se baladent dans le marché. Elles s'arrêtent de chalet en chalet et je ne vois jamais le bon moment se profiler. Ou alors je le repousse car je sais que c'est l'instant de vérité et qu'après ça, il n'y aura plus de retour en arrière. Pour l'instant, c'est encore l'espoir qui guide mes pas…

CHAPITRE 42

BLAIR

La musique bat son plein sur le Christkindlmarket. On marche au rythme de Rita qui me tient le bras et un léger sourire flotte sur ses lèvres. Malgré l'insistance de son fils pour qu'elle vienne fêter le réveillon à midi, elle n'a rien voulu lâcher. Une vraie tête de mule. Elle a même osé prétexter que c'était trop tard car elle m'avait fait la promesse de venir en balade avec moi sur le marché de Noël ! Son fils doit me détester. J'ai fini par l'obliger à trouver un terrain d'entente et elle a fait une concession : elle ira déjeuner chez eux demain. Tout ça pour avoir le dernier mot… Et c'est la première fois depuis que je vis chez elle que je ne travaille pas chez un traiteur pour les fêtes. Rita a déjà décidé du menu qu'elle allait concocter pour notre réveillon de ce soir à deux. J'étais surprise que ça lui fasse tant plaisir.

Si, sur le trajet, je redoutais que ce marché me rappelle trop Sonny, maintenant qu'on est là, ça va mieux. On s'est régalées d'un sandwich italien au bœuf qui est une spécialité de Chicago mais que Rita n'avait jamais goûtée et elle a décrété que c'était bien meilleur que ce que cuisinait sa belle-fille. Devant mon air excédé, elle essaie de se rattraper en achetant des babioles faites main pour sa famille en prévision de demain. Elle a beau pester devant les prix, je vois qu'elle y prend du plaisir et je porte les sacs, le cœur léger.

La voilà qui s'arrête devant un stand de fleurs séchées.

– Je vais prendre un pot-pourri pour Mirabella. Ça masquera l'odeur de brûlé dans sa cuisine.

Le vendeur pouffe devant cette vieille dame à la langue bien pendue tandis que je lève les yeux au ciel. Le produit emballé et payé, on poursuit notre chemin.

– On a fait le tour, non ? me demande Rita qui doit commencer à être fatiguée.

Ça fait plus de deux heures qu'on est debout dans la foule.

– Oui, on va en direction du parking là, c'est un raccourci.

Je crois avoir une vision quand, quelques mètres plus loin, Sonny se pointe devant nous. Il a l'air crispé. Moins à l'aise que d'habitude, forcément. Et moi, je sens le feu me monter aux joues. Il savait très bien que je serais ici aujourd'hui, je lui avais dit que j'y amènerais Rita. Il ne pouvait pas faire sa balade à un autre moment ?

– Blair…

Je me crispe mais continue d'avancer.

– C'est qui ? me demande Rita.

– C'est personne.

J'aurais aimé le planter là mais Rita avance à l'allure d'un escargot alors il a vite fait de nous rejoindre.

– On peut parler ?

– Comme tu peux le voir, non. Je raccompagne une dame âgée et si elle prend froid, ça peut lui être fatal rétorqué-je en poussant Rita à avancer.

– Oh je t'en prie Blair, emmène-moi directement au cimetière pendant que tu y es ! Tu me mettras un coup de pied dans les reins devant le portail pour que j'aille plus vite vers ma tombe.

Mais elle ne va pas s'y mettre, elle aussi !

– Ça suffit, on avance, tu es fatiguée.

Elle tente de se dégager de mon emprise et y parvient sans mal.

– Et vous êtes qui, vous ? demande-t-elle à Sonny.

– Vous devez être Rita ?

Son regard est mal assuré.

– Toi d'abord, idiot.

– Sonny.

Rita le fusille du regard.

– C'est maintenant que tu viens t'excuser ?

– Je suis désolé de vous importuner mais si je suis venu ici, c'est parce que Blair a bloqué mon numéro. Et je ne viens pas m'excuser.

Non mais... il plaisante ?

La colère m'étouffe et je sens qu'il vaut mieux que je me taise. J'avance de quelques mètres et Rita me rejoint aussi vite que ses jambes le lui permettent.

– Parce qu'en plus, tu allais me laisser là ? Avec cet imbécile ?

Je me mords les lèvres pour ne pas pouffer tandis qu'elle s'accroche à mon bras et qu'on avance.

– Si ça ne vous dérange pas, l'imbécile va se joindre à vous.

Il se pointe à ma gauche, alors que Rita, à ma droite, lève un sourcil.

– Tu ne rentreras pas chez moi, je te le dis !

– Non, je sais bien, je ne veux pas que vous me jetiez de cailloux dessus.

– Tu lui as parlé de moi ? me demande-t-elle fièrement.

– Oui, et de vos succulentes fajitas, ajoute-t-il avec un ton de lèche-bottes.

Ça y est, il va se la mettre dans la poche.

– Dommage que vous soyez un traître, Sonny, j'ai vu les infos, vous savez.

Ah, elle reste lucide, merci.

Je continue d'avancer, faisant semblant d'être imperméable à leur discussion. Finalement, tant qu'ils se parlent, il me laisse tranquille et, dans une dizaine de minutes, on sera dans ma voiture.

– Rita, les infos ne disent pas toujours la vérité.

– Vous ne me la ferez pas à moi, jeune homme.

– Et pourtant, je me suis fait avoir tout comme les autres. Je ne savais rien.

– Ce n'est pas l'avis de Blair. Et même si elle est un peu écervelée, j'ai plus confiance en elle qu'en vous.

Quelle garce.

– J'ai été embauché uniquement pour organiser cette *Christmas party*. Le patron m'a juste dit qu'il aurait un discours à faire et qu'il fallait que je lui concocte une sortie spectaculaire !

– Et vous ne vous êtes pas demandé pourquoi ?

Exactement. Merci Rita.

– Au début, je me suis demandé pourquoi des rennes devaient être sur place, puis pourquoi les doudounes diffusaient de la musique, puis encore pourquoi… Bref, j'ai arrêté de me poser des questions.

– Il ne faut jamais arrêter de se poser des questions.

– Blair, murmure-t-il.

À contrecœur, je soutiens pour la première fois son regard. *Ses yeux verts m'ont tellement manqué.*

J'inspire un grand coup pour freiner les larmes qui menacent de monter. Entre la surprise de le voir ici, la colère qui m'envahit, la peine aussi de savoir que notre histoire était basée sur une partie de mensonges… c'est trop d'émotions pour moi. Heureusement, la présence de Rita à mes côtés m'aide à ne pas partir dans les tours.

– On n'a rien à se dire, je lui réplique le plus froidement possible.

– Tu ne m'as même pas laissé une chance de m'expliquer. Rien ne compte plus que ton boulot, c'est ça ?

– Oh je t'en prie, renverse la situation ! Tu veux être la victime ?

Aucune réaction ne transparaît sur son visage. Pire, il ne répond pas. Aucun souci, j'ai de quoi meubler le silence.

– Tu as attendu que je reçoive la nouvelle concernant l'argent qui va nous être distribué et tu t'es dit que la voie était libre. Encore mieux, que ce serait une bonne idée de te pointer devant moi ?

Il a un petit rire amer alors que je le foudroie du regard.

– C'est surtout que je n'ai aucun moyen de te joindre et que je savais que tu serais ici ce midi. Enfin, j'espérais que tu n'aurais pas changé tes plans.

– OK. Tu as dit tout ce que tu avais à me dire ?

J'avance trop vite et Rita me tire en arrière, ne parvenant pas à me suivre.

– Tu sais ce qui n'est pas croyable ? continue-t-il.

Je soupire, agacée.

– Que pas une seconde tu ne te sois dit : « Tiens, peut-être que Sonny non plus n'était pas au courant. »

Cette fois, je m'arrête et plante mon regard dans le sien.

– Tu te fous de moi ? Il y a zéro pour cent de chance que tu aies organisé cet événement sans en connaître le dénouement. La fumée pour aider Samuel à disparaître, la moto-taxi pour lui permettre de fuir au plus vite !

– Mais quel aurait été l'intérêt de Samuel de me mettre dans la confidence ? s'énerve Sonny.

Je lève un sourcil, surprise de l'entendre hausser le ton. C'est la première fois qu'il s'énerve depuis qu'on se connaît.

– Tu y as réfléchi deux minutes ? Il voulait que ce soit une surprise pour la terre entière, pas que pour toi et tes collègues ! Qu'est-ce qui est si difficile à comprendre quand je te dis que JE NE SAVAIS PAS, putain !

Il voulait que ce soit une surprise pour la terre entière... Ces mots sonnent si juste.

– C'est un argument recevable, finit par lâcher Rita.

– Est-ce que Samuel t'a demandé d'enquêter sur moi ? Tu étais son espion ? je lui demande sans transition.

C'est le *crash test*. Si je vois une once de culpabilité dans ses yeux, je le pousse dans le buisson derrière lui. Mais non. Une lueur d'incompréhension passe sur son visage, puis il a soudain l'air blasé. Ou blessé.

– OK. Tu me crois capable d'une chose pareille aussi… On part de trop loin. Tu as raison, je vais laisser tomber.

Il tourne les talons et je me fais violence pour ne pas le rattraper. Je sens que quelque chose m'échappe mais je reste figée sur le trottoir, serrant le bras de Rita alors que la neige commence à tomber.

– Je suis déçue, jeune homme ! lance-t-elle alors qu'il s'apprête à traverser.

Intrigué, il s'arrête net.

– Je m'attendais à ce que vous veniez la reconquérir, mais ce n'est pas en baissant les bras si vite que ça va fonctionner ! La galanterie est morte.

Décidément, Rita et moi avons le même cerveau.

– Non, c'est la confiance qui est morte, marmonne-t-il en nous tournant le dos.

On rejoint ma voiture dans un silence étrange. Je roule depuis une dizaine de minutes quand Rita le brise enfin.

– Il avait l'air sincère, non ?

Je hausse les épaules.

– Je ne sais plus que penser, Rita.

– Eh bien moi, je vais te dire ce que je pense…

Son ton sec ne m'inspire rien de bon.

– Tu es brute, bornée et beaucoup trop sur la défensive !

OK, j'en prends pour mon grade.

– L'hôpital qui se fout de la charité…

– Oui, exactement ! Car j'étais comme toi plus jeune et, comme tu peux le voir, je n'ai pas changé. Résultat des courses ? Je suis seule. Mais ce n'est pas à mon âge que je vais changer. Toi par contre, tu peux mettre un peu d'eau dans ton vin et te poser les bonnes questions.

Sa tirade m'a prise au dépourvu. Je me concentre sur la route et sur ce qu'elle me dit en même temps.

– Quelle question ?

– Pourquoi diable ce satané chef d'entreprise aurait révélé son plan machiavélique à un parfait inconnu ?

Alors qu'il suffisait de l'embaucher pour organiser une Christmas party...

CHAPITRE 43

BLAIR

Ce 24 décembre est décidément plein de surprise. À la base, je devais boire un café avec Carlos et Amber avant qu'ils ne partent fêter le réveillon dans sa famille à elle, mais la neige s'est mise à tomber plus fort alors qu'on était sur le chemin du retour. Rita m'a entendue quand j'ai téléphoné à Carlos pour annuler. Je voyais venir le plan galère, les embouteillages, tout ça. Elle m'a ordonné de les faire venir ici, car elle pouvait bien faire une exception pour les fêtes. C'est complètement dingue quand on sait qu'en quatre ans, elle ne m'a jamais proposé d'inviter qui que ce soit ici.

– C'est vraiment trop mignon, sourit Amber une fois que Rita lui a montré tous ses achats. Et toi, Blair, tu as acheté quelque chose ?

Rita me lance un sourire narquois tout en nous resservant du thé.

– Non mais elle a eu une visite surprise.

J’en étais sûre. SÛRE. Je me demande même si ce n’est pas en fait la raison qui l’a poussée à leur proposer de mettre les pieds dans son salon sacré.

– Visite de Sonny ? demande Carlos qui a déjà compris en voyant ma tronche.

– Il savait que je serais là et il est venu.

– Il a dit qu’il n’avait jamais été au courant pour le licenciement et il avait l’air sincère, résume Rita.

Non mais c’est une vraie commère…

– Bref, peu importe, je coupe court en leur tendant une boîte de chocolats que Rita a achetée au marché de Noël.

– Comment ça, peu importe ? demande Amber timidement. Ça change tout, si ce n’est pas lui.

– Pour l’avoir regardé dans les yeux, lance Rita, je dis qu’il ne savait rien, le pauvre garçon.

Et maintenant, c’est « le pauvre garçon »…

– Vos yeux sont plus tout jeunes… la tacle Carlos.

Je m’attends à ce qu’elle le foudroie sur place mais elle ricane.

– Si j’étais ce patron et que j’avais décidé d’organiser une fête de licenciement surprise, je vous assure que je n’en aurais parlé à personne.

– Sonny m’a appelé hier… commence Carlos.

Je lève un sourcil.

– Pour quoi faire ?

– Pour avoir ton adresse, ou pour que je te parle. Bref, on a un peu discuté, et je l’ai cru aussi.

Le malaise commence à m'envahir. Je me rends compte que tout le monde croit Sonny et ça me gêne terriblement de ne pas avoir été la première à le faire alors que c'est moi qui le connais le mieux. Mais ma fierté refuse de l'admettre à voix haute.

– Bon, et sinon, c'est quoi votre menu ce soir ? demandé-je à Amber sans transition.

La pauvre n'a pas le temps de répondre que Rita la devance.

– On s'en fiche de ce qu'ils mangent ce soir. Dis-leur que tu as brisé le cœur du beau brun.

Voilà où elle veut en venir depuis le départ.

– Je n'ai brisé le cœur de personne, Rita !

– Il avait fait tout ce chemin pour te retrouver dans ce marché de Noël et tu as à peine écouté ses explications. Il mourait de froid, ça se voyait qu'il avait attendu des heures…

J'ouvre la bouche, hallucinée par les absurdités que Rita vient de débiter. Pour commencer, on était tous transis et elle ne savait même pas d'où il venait !

– C'est trop romantique… murmure Amber qui a tout gobé.

– Arrête, tu vas la faire gerber, lâche Carlos. Mais je suis d'accord, Blair, réfléchis…

– Et après ? Même si je décide de le croire, c'est encore une histoire qui ne va mener nulle part.

Carlos prend un air blasé.

– Pourquoi tu es pessimiste comme ça ?

– Mon ex s'est barré du jour au lendemain.

– Mais t'es en boucle sur ça, ma parole !

– Avec la tête qu'il avait, c'était pas une grosse perte, bougonne Rita, ce qui fait pouffer Amber.

– Je confirme qu'elle n'a rien perdu, enchaîne Carlos.

Ils me gonflent tous, là, à pas me prendre au sérieux !

– Ce que je veux dire, c'est que depuis que je suis petite, les gens lâchent l'affaire avec moi à cause de mon caractère. C'est ce qu'ont fait mon géniteur, ma mère, la plupart de mes familles d'accueil, mon ex et même Sonny tout à l'heure.

– Tu ne t'en es pas remise, pour ton ex ? me demande doucement Amber.

– C'est difficile à digérer. Tout a l'air d'aller bien puis… plus de son, plus d'image !

Carlos se frotte la mâchoire nerveusement.

– Écoute, tu vas arrêter de parler de ton ex. Il s'est barré du jour au lendemain car je le lui ai ordonné.

Ce qu'il vient de dire jette un froid. On pourrait entendre une mouche voler.

– Je l'ai surpris en train de dealer. Trois fois dans mon quartier. De la drogue dure, ajoute-t-il.

J'accuse le coup.

– Tu délires ?

– Non.

J'entends Rita marmonner un « ça m'étonne pas » à l'intention d'Amber.

– Pourquoi tu ne m'en as pas parlé ?

– Car il t'aurait dit qu'il allait arrêter et tu l'aurais sûrement cru. Il m'a fait le coup deux fois. La troisième, je lui suis rentré dedans.

– Mais pourquoi tu t'en es mêlé, Carlos ? Tu m'as laissée croire qu'il m'avait abandonnée sans un mot !

Il s'enfonce dans le fauteuil et se frotte le visage.

– Il traînait avec des types louches. Je ne voulais pas que tu mouilles là-dedans d'une façon ou d'une autre, et la meilleure solution était qu'il fasse le mort.

– Ça ne marche pas comme ça… Depuis quand on se cache des trucs ?

– C'était différent. Tu avais l'air accrochée à lui et je ne voulais pas prendre le risque que tu retournes avec.

J'inspire et expire profondément. J'ai tellement envie de pleurer un bon coup. J'ai rarement ressenti autant d'émotions différentes en une seule journée.

– Tu as joué le rôle d'un grand frère, lance Rita.

Amber le regarde avec fierté et je suppose que je suis censée le remercier car j'aurais sûrement fait pareil à sa place, mais les mots sont coincés dans ma gorge. Carlos me pointe du menton.

– Combien de temps tu vas m'en vouloir ?

– Je ne t'en veux pas.

Il faut qu'on parle d'autre chose. Je vais vraiment chialer sinon.

– Bon, maintenant qu'on a fait le tour du pire, peut-on parler de l'énorme nouvelle de l'année ? Le pactole que je vais toucher !

Je lève les bas en l'air en signe de victoire et Carlos et Amber applaudissent sous le regard amusé de Rita. Je l'ai dit à mon pote lundi au téléphone et on a échangé des SMS sur les folies qu'on pourrait faire avec tout ce fric mais c'est la première fois qu'on se voit depuis l'annonce.

– Je n'arrive pas à y croire, dit Carlos.

Amber hoche la tête.

– Tu te rends compte que ta vie peut changer en un claquement de doigts ?

– Je suis incapable de me projeter. Un jour, je me dis que je vais acheter un appartement en rooftop dans le quartier du Loop, le lendemain, je rêve de faire le tour du monde et, tout à l'heure, j'ai même imaginé créer ma ligne de vêtements.

– Abuse pas, grimace Carlos. Tu n'aimes que le noir, ça ne va pas être très varié.

– C'est ce que je me suis dit ensuite, t'inquiète. Du coup, il n'y a que le projet d'appartement qui reste une valeur sûre, je pouffe.

– En parlant d'appartement… commence Amber, il faudrait que Carlos change de logement au plus vite.

Mon pote fronce les sourcils et elle rougit, consciente d'avoir mis les pieds dans le plat.

– Qu'est-ce qui se passe ?

– La famille qui l'accueille est infecte. C'est lui qui paie les courses et une partie du loyer et ils vident le frigo sans jamais penser à Carlos. Il dort sur un mauvais canapé, il fait ses machines au lavomatique car la leur est cassée et qu'ils ont décrété que c'était Carlos qui devait en racheter une. C'est plus possible !

C'est une blague...

– Pourquoi tu ne m'as jamais dit tout ça, Carlos ?

– Tu aurais fait quoi ? C'est à moi de me sortir de là.

Cause toujours. Dans quelques semaines, j'aurai l'argent pour te sortir de là, je pense, un brin soulagée.

Avec tout ce qui s'est passé ces derniers jours, je n'ai pas trop pu parler avec lui. Le lendemain de la *Christmas party*, il a essayé de me rendre l'enveloppe d'argent mais j'ai refusé et il n'a pas pu insister car Amber était à côté. Et quand j'ai reçu la bonne nouvelle concernant le petit pactole que j'allais percevoir, c'est le premier que j'ai appelé pour lui dire d'utiliser mon putain de fric et de ne jamais me le rendre.

– Tu fais quoi comme travail, le Mexicain ? demande Rita.

– Je suis livreur jusqu'à la fin du mois.

– Et après ?

Il a un petit sourire.

– Justement, c'est ça que je voulais te dire, Blair…

Je ne sais pas pourquoi mais dès que Carlos a quelque chose à me dire, mon premier réflexe est d'être inquiète.

– Je vais faire une formation pour devenir électricien.

Qu'est-ce qu'il raconte ?

– Depuis quand tu veux faire ça ?

Il jette un coup d'œil vers Amber.

– On a beaucoup parlé, Carlos et moi, ces derniers jours, reprend-elle à sa place. Il m'a avoué des choses que je ne savais pas. Comme le fait que son travail n'était pas stable contrairement à ce qu'il m'avait pourtant fait croire, ou encore qu'il n'était pas à l'aise dans la famille qui l'héberge, en passant par ses gros problèmes financiers et ses dettes. Il voulait me quitter pour tout ça mais ça n'a pas marché, rit-elle.

– Des dettes ? m'affolé-je.

– J'ai demandé un tout petit prêt il y a trois mois.

Même moi, je n'étais pas au courant et ça me vexe. Je m'apprête à le lui envoyer dans les dents mais je vois qu'Amber n'a pas fini.

– J'ai pensé que le mieux était de prendre les problèmes dans l'ordre. À commencer par le travail. Mon oncle a une société d'électricité et il recherche des jeunes à former pour agrandir son activité. L'objectif est de les garder à terme s'ils sont efficaces, Carlos devra faire ses preuves.

– Il y a deux ans d'école mais c'est en alternance, ajoute Carlos, donc j'aurai un petit salaire quand même.

– Mais tu penses aimer ce métier ?

– J'espère. Tu sais, moi, tant que c'est manuel, pas dans un bureau et qu'on me laisse de l'autonomie, c'est cool. Et puis, ça va t'aider aussi.

Hein ?

– Comment ça ?

– Parce que tu n'as pas la lumière à tous les étages.

Tout le monde éclate de rire.

– Tais-toi donc. On ne peut jamais avoir une conversation sérieuse avec toi, c'est dingue

– Il peut attaquer dès le mois de janvier donc ça, c'est l'autre bonne nouvelle, sourit Amber.

Je suis contente pour Carlos. Je le sens bien, ce plan.

– Et si vous vous séparez ?

Rita a toujours l'esprit pratique et l'art de mettre le malaise quand on s'y attend le moins. Mais Amber ne s'en formalise pas.

– Mon oncle a accepté de prendre Carlos après l'avoir rencontré hier soir. Il marche beaucoup au feeling et notre relation n'entrera jamais en ligne de compte si Carlos fait l'affaire. Il n'a ni femme ni enfant, il n'y a que le boulot qui compte pour lui.

Finalement, c'était une bonne question.

– C'est cool... Vraiment.

– Reste le problème de l'hébergement, conclut Amber.

J'ai envie de dire que ce n'est plus qu'une question de quelques semaines car bientôt j'aurai l'argent qu'il faut pour nous prendre un appartement, mais je ne sais pas si elle est au courant de ce projet.

– Pourquoi vous ne vivez pas ensemble ? lui demande Rita.

– Je suis encore étudiante et je n'ai qu'un petit travail à mi-temps. Je préfère rester chez mes parents. Et puis… ça ne fait que quelques mois qu'on se fréquente…

– C'est bien, tu as la tête sur les épaules, ma petite.

C'est clair. Et dire que j'avais peur qu'Amber me vole Carlos… Je me sens conne.

– C'est juste un temps à tenir, soupire Carlos. Ensuite Blair va nous trouver un appart où on va vivre en coloc.

Alors elle sait. Ça me fait plaisir que ce ne soit pas un sujet tabou.

Amber regarde sa montre.

– Il faudrait qu'on ne tarde pas si on veut être à l'heure ce soir. Avec ce temps, on ne va pas rouler bien vite…

– La semaine prochaine, vous viendrez manger des fajitas, ordonne Rita.

Ça alors…

Les yeux de Carlos s'écarquillent.

– C'est vrai ?

– On dirait que tu n'en as jamais mangé.

– Pas depuis des années.

– Ta famille ne cuisine pas mexicain ?

– Non, c'est une famille d'accueil, ils sont américains. Merci Rita.

Dans le couloir, je serre Amber dans mes bras, pour la première et sûrement dernière fois car ce n'est pas mon genre. Ma façon de lui exprimer ma gratitude. Carlos m'enlace à son tour.

Je n'arrive pas à retenir mes larmes.

– Barre-toi, je souris malgré tout.

Ils s'échappent et quand je ferme la porte, je jurerais avoir vu Rita s'essuyer le coin de l'œil.

CHAPITRE 44

BLAIR

Pour le réveillon, on s'est regardé un film de Noël, Rita et moi, en mangeant un succulent guacamole et des burritos dont elle a le secret. Ce n'était pas raffiné mais c'est le meilleur repas de Noël que j'aie fait jusqu'à présent et le plus réconfortant. Elle m'a abreuvée de conseils pour ne pas finir comme elle, et j'ai ri. Malgré tout, la nuit m'a porté conseil et je me lève avec une idée fixe.

Je veux Sonny.

Il y a eu comme un déclic dans mon cœur à la seconde où j'ai compris qu'il n'était pas au courant pour le licenciement. Il m'a suffi de le regarder dans les yeux pour le comprendre même si, à ce moment-là, j'étais trop fière pour l'admettre.

Il y en a eu un deuxième quand il a dit à Rita que c'était la confiance qui était morte.

Et puis, il y a tout cet esprit de fête qui me vrille la tête. Rita qui se montre comme une deuxième mère pour moi. Carlos qui s'ouvre à Amber qui, au lieu de fuir, lui vient en aide. Moi qui m'apprête à toucher cette somme incroyable qui va me faire rebondir dans la vie. Il me manque la pièce majeure : lui. Et c'est toute cette magie dans l'air qui me pousse à l'accepter.

J'ai débloqué son numéro quand les potes sont partis hier, mais n'ai pas eu de nouvelles. Il est temps de prendre les devants. Assise sur mon lit, je prends mon téléphone pour lui envoyer un message.

Blair : *On peut se voir dans les jours qui viennent pour discuter ?*

Il est huit heures. Peut-être qu'il dort encore.

Non.

Sonny : *Je t'ai dit ce que j'avais à te dire.*

OK. C'est ultra-froid mais je m'y attendais.

Blair : *Je n'étais pas dans de bonnes dispositions pour t'écouter…*

Sonny : *Et moi je ne suis pas à ta disposition tout court.*

Je vais me le faire.

Blair : *Pourquoi tu me parles sur ce ton ?*

Sonny : *C'est le ton que tu emploies tout le temps, Blair ! Tu vois comme c'est agréable ?*

En effet, ça ne l'est pas. Sa remarque me met face à mes propres réactions et je me rends compte qu'il va falloir que j'y travaille. Mais pour lui, je veux bien le faire…

Blair : *Je comprends que tu m'en veuilles pour ma réaction hier. Je ne m'attendais pas à te voir et j'ai été prise au dépourvu.*

Sa réponse tarde à arriver mais elle me coupe le souffle.

Sonny : *Ce n'est pas une excuse. Tu te rends compte que tu m'as demandé si j'avais parlé de toi à Samuel ? Si je lui avais confié tes secrets ? Non mais… Blair, j'ai été mortifié. Ça fait des jours que je me rends fou en pensant à toi, à la façon dont tu vis tout ça, au vide que tu laisses dans mon quotidien quand toi, tu arrives à te convaincre sans problème que je suis un traître. Tu m'as bloqué, ne me laissant aucune possibilité de me justifier, je te retrouve et tu me prends encore de haut… Je suis désolé mais je ne suis pas une marionnette et surtout, je ne pensais pas que tu pouvais être si dure. Restons-en là.*

Je lis le message trois fois afin de m'en imprégner et les larmes que je retiens depuis hier dévalent sur mes joues sans discontinuer. J'ai envie de me baffer.

La seule chose à faire aurait été de lui envoyer un message pour lui dire d'emblée à quel point j'étais désolée de ne pas lui avoir fait confiance plus tôt. D'avoir douté si facilement de lui. Si longtemps aussi. À présent, c'est trop tard, mes excuses arriveraient comme un cheveu sur la soupe.

Je comprends sa réaction, j'ai été trop brute hier. Et pourtant, au fond de moi, j'avais envie de l'écouter… mais je ne sais pas. C'était comme si une petite voix m'intimait de me protéger. Qu'il fallait se méfier. Sauf que je dois me rendre à l'évidence : je ressens pour lui quelque chose de beaucoup trop fort et la tristesse qu'il y avait dans ses yeux m'a renvoyée à la mienne. Il n'est pour rien dans toute cette histoire et, avec un minimum de réflexion, j'aurais pu m'en rendre compte avant. Mon caractère fort est à double tranchant. Il me protège bien souvent mais, là, il vient de me faire passer à côté dc Sonny.

Je jette mon téléphone sur le matelas et pars rejoindre Rita dans la cuisine. Elle est en train de faire des mots croisés avec ses petites lunettes qui la font ressembler à une chouette. Je m'assois en face d'elle avec mon café, les yeux encore gonflés.

– Toi, tu penses au Sonny…

C'est bizarre mais je me sens à l'aise pour lui parler librement maintenant. Pire, j'en ai besoin.

– Oui.

– Eh bien appelle-le.

– Il ne veut plus rien savoir.

– Et tu le crois ?

– Il me l'a dit clairement.

– Blair… il t'a envoyée paître parce que tu ne lui avais pas fait confiance et que ça l'a blessé. Et puis tu n'as pas été très réceptive avec lui hier. Si tu veux le récupérer, il va falloir que tu te mouilles un peu. La vie, c'est pas un fruit.

À l'entendre, on dirait que j'ai eu une existence dorée.

– C'est à moi que tu dis ça ?

Elle ricane.

– Tu me conseilles quoi ?

– Je n'en sais rien ! À toi de réfléchir…

Je repars dans ma chambre, énervée, et le suis encore plus quand je vois que mon téléphone n'affiche aucune notification. Et je cogite.

Qu'est-ce que je peux faire pour qu'il comprenne que j'ai réagi comme ça par réflexe ? Je n'ai pas grandi dans du coton comme lui. Je suis habituée aux coups foireux et il avait la tête du coupable à ce moment-là. Je ne peux pas revenir en arrière.

Je passe en revue chaque moment qu'on a partagé ensemble, et plus je fais ça, plus il me manque. Je me sens vide, ma gorge se noue, les larmes me montent aux yeux. Je me fais du mal pour rien. Là, il va aller au restaurant qu'il m'a montré, près du marché de Noël, donc c'est pas aujourd'hui qu'on parlera. J'ai beau me dire que j'y penserai demain, j'ai mal au cœur. De l'autre côté de la cloison, j'entends Rita zapper de chaîne en chaîne et pester qu'il n'y a que des comédies romantiques. Ça a le mérite de me faire sourire. J'en connais un qui en raffole.

Oh mais...

Je me jette sur mon téléphone et appelle Carlos. Si quelqu'un peut me conseiller, c'est Amber mais je n'ai pas son numéro.

J'essaie une fois, deux fois, dix fois d'affilée sans succès. Je suis en train de me dire qu'on ne peut compter sur personne et que la magie de Noël est morte quand il me rappelle enfin, paniqué.

– Il se passe quoi ?

– Donne-moi le numéro d'Amber s'il te plaît.

J'entends du bruit. On dirait qu'il monte un escalier. Il frappe à une porte et je crois qu'il la réveille. Là, je me rends compte que je suis vraiment lourde.

– Blair, ça va ?

– Désolée de te réveiller.

– Il fallait qu'on se lève, t'inquiète pas.

– Il n'y a que toi qui peux m'aider. J'ai besoin d'une idée romantique.

– Une idée romantique ?

Quand elle répète mes mots, j'entends Carlos demander si je suis sérieuse. Elle lui dit de se taire et je crois qu'elle s'éloigne.

– C'est pour Sonny, c'est ça ? Qu'est-ce qu'il aime ?

– Euh… la décoration.

– Non mais c'est son travail, je veux dire un truc plus intime.

– Il aime les boissons avec du lait végétal dedans. Et il adore cuisiner.

Elle a un petit rire qui me stresse.

– Hum… ça ne nous aide pas trop. Tu voudrais une idée de cadeau ?

Je pousse un long soupir.

– Pas vraiment… En fait, il est fan des films romantiques où les gens se font des déclarations à Noël, je voulais faire ça.

– OK, j'y étais pas du tout. C'est quoi, son film préféré ?

– Il m'a montré *Love Actually*.

– Ah, bien !

– Ça t'inspire quelque chose ? demandé-je, pleine d'espoir.

– Il faut piquer l'idée des pancartes, elle est tellement folle ! Tu taperas à sa porte et lui exprimeras ce que tu as sur le cœur de cette façon. En plus, je crois que ce sera plus facile pour toi de l'écrire que de le dire.

Ce n'est pas faux.

– OK.

– Je sens que tu n'es pas convaincue…

– Si, peut-être. Je vais y réfléchir en tout cas. Merci Amber…

– Tiens-moi au courant… Je t'envoie mon numéro en raccrochant, comme ça, tu pourras m'appeler directement si tu en as besoin.

Elle est vraiment gentille.

– T'es au top.

– Carlos veut te parler.

Avant que j'aie le temps de répliquer, j'entends la voix bourrue de mon pote.

– Qu'est-ce qui se passe ?

– Tu ne m'avais pas dit que tu dormais chez Amber, toi.

– C'était pas prévu, son père m'a fait trop boire et du coup, il a insisté pour que je reste dans la chambre d'amis. Tu vas faire quoi de romantique ?

J'éclate de rire.

– Je ne l'avouerai jamais devant toi.

– Tu me caches des trucs ?

– Joyeux Noël !

– Toi-même.

Je raccroche et je réfléchis quelques instants. Cette approche n'est pas trop mal. De toute façon, Noël, c'est aujourd'hui et si je veux agir vite, je n'ai pas d'autre option. Je sors de ma chambre et sursaute en voyant Rita dans le couloir.

– Rita…

– Oui ?

– Tu as des pancartes ?

– Des pancartes ?

Je me rends compte que la question est débile.

– Des grandes feuilles, à peu près de cette taille, je simule avec mes mains.

– Non, ce n'est pas la maison des artistes ici. Pour quoi faire ?

– Pour écrire des mots dessus.

– Pour Sonny ?

Je hoche la tête et elle s'esclaffe. Elle rit tellement que je m'inquiète pour ses côtes.

– Qu'est-ce qui te prend ?

– C'est ça, l'idée romantique ?

– Tu as écouté ma conversation ?

– Je l'ai entendue en marchant dans le couloir.

Mais bien sûr.

– Il y a des cartons sur le balcon. Ceux que je rapporte quand je fais les courses, tu n'as qu'à les découper. Et il y a un marqueur dans le tiroir du buffet.

Je fonce les récupérer et, après une heure de découpage et rafistolage, j'ai de quoi faire cinq pancartes. Assise à la table du salon, je réfléchis à ce que je pourrais y inscrire.

Rita, qui s'est préparée car son fils ne va pas tarder à venir la chercher, rôde autour de moi, le sourire aux lèvres.

– Arrêtez de vous moquer de moi.

– Tu ne sais pas quoi dire, c'est ça ?

– Non.

– Sois toi-même, tu n'as pas besoin de pancartes.

Non, je veux des pancartes. Pour me cacher derrière quand j'avouerai qu'il me manque et que j'aurais dû agir autrement.

OK, j'ai tué la confiance.

Mais on peut la ressusciter.

Parce que c'est Noël.

Et que tu me manques.

Sors de là.

J'ai envie de gerber en lisant mon texte. J'espère que ça va le faire. J'ai les mains moites rien que d'imaginer ce que je m'apprête à accomplir.

– Fais voir ?

La sonnette retentit. Je rassemble les cartons et les cache aux yeux curieux de Rita.

– Allez, file !

Avec toute cette histoire, il est déjà onze heures. Je n'arrive pas à croire que j'aie mis un temps fou pour pondre ça. Je suppose que son déjeuner doit bien durer deux ou trois heures. Ça me laisse largement le temps de prendre une douche, de souffler cent fois dans un sac en papier pour ne pas tomber inanimée, et d'aller me ridiculiser là-bas.

CHAPITRE 45

SONNY

C'est bien la première fois depuis que je suis gosse que je reste indifférent devant la fameuse dinde farcie ou le succulent jambon à l'ananas du restaurant où on fête traditionnellement Noël. Je soupire devant les plats fumants en pensant encore à Blair. C'est quand même fou. Après avoir attendu quatre jours durant des nouvelles de sa part, voilà qu'elle revient vers moi et que… je ne peux plus. En fait, je me suis rendu malade à son sujet pour finalement me rendre compte qu'elle m'a jugé coupable sans l'ombre d'un doute. Elle s'est même imaginé que j'étais allé raconter à Samuel qu'elle avait usurpé son poste. Avec tout ce qu'on a vécu, comment c'est possible de penser une chose pareille ? J'ai été cent pour cent moi-même chaque seconde que j'ai passée avec elle. Si ça n'a pas suffi pour mériter le bénéfice du doute, je ne peux plus rien pour nous.

– Tu penses encore à Blair ?

Ma mère, assise en face, m'a posé la question sur le même ton que si elle me demandait de lui passer le gratin de patates douces. On est une dizaine de personnes attablées à la même table et une partie des convives me regardent.

– Non, réponds-je, agacé.

– Il est en froid avec sa petite amie, explique-t-elle à nos voisins de table.

Mon Dieu qu'elle est lourde.

– Ce n'est plus ma petite amie, je bougonne comme un gosse.

Il n'y a ni secret ni sujet tabou avec elle. En temps normal, c'est ce que j'aime dans notre relation. J'ai toujours pu tout lui confier sans craindre son jugement, car justement, elle ne juge pas. Bien qu'on soit fusionnels, elle n'a jamais essayé de s'immiscer dans mes relations ou de prendre parti dans mes disputes avec Kev. Elle écoute, elle donne son avis et j'en fais ce que je veux. J'étais quand même surpris, sur le chemin, quand je lui ai raconté les derniers échanges avec Blair, qu'elle prenne en quelque sorte sa défense.

« *D'après ce que tu m'as raconté, elle n'a pas eu une enfance facile, elle se barricade de façon automatique. Elle a vu le danger, elle s'est fermée. Maintenant que tu lui as prouvé que tu n'avais rien fait de mal, elle ouvre les yeux.* »

Ouais. Sauf que j'aurais aimé qu'elle ressente assez de choses pour moi pour les ouvrir avant ou du moins me laisser le bénéfice du doute. Et ce qui me fait peur, c'est la différence entre nos sentiments. Je suis accro à elle alors qu'elle est capable de me zapper du jour au lendemain.

Pendant le déjeuner, j'essaie malgré tout de faire bonne figure en m'extasiant comme tout le monde sur la neige qui tombe depuis hier et rend les fêtes encore plus belles. Ce qui est chouette ici, c'est qu'on rencontre des gens de tous horizons. Certains viennent comme nous chaque année et on prend plaisir à se retrouver, d'autres arrivent pour la première fois et on fait connaissance, le tout dans une ambiance bon enfant où chacun se passe les plats. Le point commun entre tous, c'est qu'on n'a pas de grande famille avec qui fêter Noël, alors on trouve notre bonheur dans ces rencontres chaleureuses et hasardeuses.

Après la maison en pains d'épices garnie de friandises qui fait office de dessert, vient le moment de la remise des cadeaux. Ma mère me tend fièrement un paquet et je m'inquiète de son sourire en coin.

– C'est quoi ?

– Ouvre !

Je souffle et rigole en même temps quand j'en sors une affreuse figurine représentant un lutin. Je comprends illico qu'elle est allée l'acheter dans la première boutique que j'avais visitée au Magnificent Miles avec Blair. Je lui avais raconté notre excursion dans le détail et c'était limite si elle n'avait pas été plus choquée par notre comportement dans la boutique que par le licenciement surprise.

Pire, elle a essayé de me taper quand j'ai ri en lui montrant la photo que j'avais prise de l'étagère où étaient posés ces lutins.

– Ça t'apprendra à ne pas respecter l'art ! dit-elle fièrement devant l'assemblée qui s'esclaffe. Je veux qu'à chaque fois que tu regardes cette figurine, tu penses que quelqu'un a mis des heures à la fabriquer.

Tu parles. Chaque fois que je la verrai, je penserai à Blair surtout.

Elle ouvre le cadeau que je lui tends à mon tour. Un panier garni que j'ai composé au marché de Noël. Avec Blair, encore.

– Je ne respecte peut-être pas l'art mais je respecte tes goûts, je la tacle.

Son visage s'éclaire de façon si dingue que j'ai l'impression de lui avoir offert un aller-retour pour la lune.

– N'en fais pas trop, maman…

– Chéri, surtout, ne te retourne pas.

Forcément, la première chose que je fais, c'est de me retourner. Je crois halluciner quand je vois Blair de l'autre côté de la vitre, en train de ramasser des cartons qu'elle vient de faire tomber apparemment. Pendant qu'elle se redresse, j'entends ma mère rire.

– À chaque fois qu'on dit à quelqu'un « ne te retourne pas », il faut qu'il se retourne ! C'est sa petite amie, regardez !

Je n'en peux plus.

Blair se redresse et nos regards se croisent. Elle a l'air paniquée. Je fronce les sourcils, me demandant ce qu'elle fout avec ses bouts de carton plaqués contre elle. Puis elle regarde autour de moi et je me rends compte que toute la table l'observe.

Je ne sais pas quoi faire. Elle ne fait que passer ? Elle compte nous rejoindre ? Elle attend que je sorte ?

Elle paraît souffler un grand coup et tourne sa pile de cartons vers moi. Je lis « Sors de là ».

OK. Un texto aurait pu fonctionner aussi.

J'attrape mon manteau et elle fronce les sourcils en me faisant signe de ne pas bouger. Puis, elle tourne sa pancarte pour la lire. Elle souffle encore et me fait signe d'attendre.

C'est quoi ce gag ?

Personne ne parle à la table. Joey, le restaurateur, s'apprêtait à repartir après avoir déposé les cafés mais, intrigué, il reste aussi. La totale.

Blair nous tourne le dos et est en train de faire un micmac avec ses cartons. J'ignore les questions amusées qui fusent autour de moi.

Au bout de quelques secondes qui me paraissent une éternité, elle me fait face à nouveau.

Cette fois, je lis :

OK j'ai tué la confiance.

Mais qu'est-ce qu'elle fait ?

Et puis je l'observe comme ça, avec sa pancarte sous la neige et je comprends.

C'est pas possible...

Elle est en train de me la faire à la *Love Actually*.

Je n'arrive pas à croire ce que je vois.

C'est vraiment Blair ?

Je me mords les lèvres pour ne pas rire. Ça ne lui va tellement pas, de faire ça.

Et en même temps, je suis ému. De multiples émotions me traversent alors qu'elle passe à l'autre pancarte.

Mais on peut la ressusciter.

C'est génial.

– Elle lui fait le remake de son film préféré ! j'entends ma mère s'affoler.

– C'est tellement romantique, dit une dame qui est venue seule.

Parce que c'est Noël.

Les autres approuvent mais je n'ai d'yeux que pour cette fille aux cheveux violets, qui trépigne dans ses Dr. Martens noires parce que cette scène qu'elle a créée elle-même l'impatiente. Et c'est ça qui m'amuse le plus. La voir batailler avec ses pancartes, ses cheveux dans les yeux, la neige qui tombe autour

Et que tu me manques.

Et toi encore plus. Cette fois, j'enfile mon manteau, et je me faufile derrière les gens alors qu'elle dévoile la dernière.

Sors de là.

Je sors et m'arrête un instant sous le porche car elle est vraiment incroyable avec ses joues rouges, ses mains un peu tremblantes et son regard inquiet à quelques mètres de moi.

– C'était très… romantique, lancé-je, amusé.

Elle fronce les sourcils, ouvre la bouche pour dire quelque chose mais se ravise et laisse tomber ses pancartes sur un banc.

– T'es en train de te foutre de moi ?

Ses yeux pétillent. Je sais qu'elle est à la fois outrée et amusée. Je hoche la tête en approchant et n'ai pas le temps de réagir qu'elle se penche pour ramasser de la neige sur le banc et m'envoie une boule.

– Et ça, c'est romantique ?!

Je la contre d'un revers de la main en éclatant de rire et parcours les derniers mètres jusqu'à elle. J'enlace sa taille et elle place ses bras autour de mon cou.

– Aujourd'hui, c'est le romantisme que tu as tué, murmuré-je contre sa bouche.

– Et c'est pas grave ?

Je dépose un premier baiser sur ses lèvres.

– On va s'en remettre.

– Tu crois ? murmure-t-elle, toujours inquiète.

– Tu me fais confiance ?

Ses lèvres s'emparent des miennes et ce baiser a le goût de toutes les promesses qu'elle ne me fera jamais à haute voix. Les acclamations de l'autre côté de la vitre nous forcent à nous séparer et on sourit, gênés, en regardant ma mère lever une coupe de champagne en l'air.

Ils sont vraiment passés du café au champagne sans transition ?

– Je crois qu'ils t'attendent à l'intérieur.

Je passe mon bras autour de son cou et la force à avancer avec moi.

– Ils nous attendent tous les deux, tu veux dire. Et ça, on l'embarque !

Elle pouffe en me voyant repartir vers le banc récupérer les cartons.

– Tu vas les garder ?

– C'est de l'art et, comme va te l'expliquer ma mère quand tu vas entrer, l'art se respecte.

On longe la vitre et je m'arrête devant la porte pour lui faire face encore une fois avant d'entrer. Mon regard plonge dans ses yeux brillants.

– Je peux te dire un truc…

Elle a un petit sourire. Je suis sûr qu'elle s'attend à ce que je lui avoue que je l'aime.

– Tu as un caractère de merde…

Ses yeux s'écarquillent de surprise et elle éclate de rire.

– Je vais travailler dessus. Attends, tu as remarqué au moins que j'ai déjà commencé ?

– C'est vrai.

Je souris en lui volant un baiser.

– Dis-moi un truc gentil avant qu'on entre, m'implore-t-elle en me tirant le bras.

J'adore cette moue boudeuse.

– Comme quoi ?

– Je ne sais pas moi… un truc qu'on ne m'a jamais dit par exemple…

On ne lui a jamais dit « je t'aime » ?

Son regard espiègle me fait fondre. Je serais ravi d'être le premier, mais pas ici. Je nous réserverai un moment spécial pour ça. En attendant, je me penche à son oreille.

– Tu as une belle écriture.

Elle éclate de rire à nouveau et je l'entraîne à l'intérieur.

ÉPILOGUE

BLAIR

– Blair…

Je lève les yeux vers Sonny assis au bureau à l'autre bout de la pièce. Par miracle, je viens de terminer ma lettre et je la glisse dans l'enveloppe déjà affranchie en prévision de cet envoi. Sa mère vient juste de partir. Ils se sont chamaillés toute la matinée pour déterminer quelle sera la couleur de la façade de notre local alors que personne n'en a rien à foutre. Les gens ne viennent pas parce que notre mur est bleu ou orange.

– Laisse-moi travailler.

Il fronce les sourcils.

– S'il te plaît mon écureuil… ajouté-je pour compenser mon ton autoritaire.

J'ai encore du boulot à faire là-dessus.

– Il faut qu'on parle du mariage des Stanners.

– Encore ?

– Oui, je ne le sens pas, ce projet. Ils n'ont pas assez de budget par rapport à toutes leurs exigences. Et on va le trouver où, l'artiste qui doit peindre une aquarelle en direct ? Ou encore le dalmatien qui ouvrira le cortège ?

Je réprime une envie de rire nerveusement. Chaque projet un peu complexe le rebute et je sais qu'au fond, il ne veut pas que je l'encourage à abandonner mais que je le convainque de le faire aboutir. Je contourne mon bureau que j'ai volontairement installé loin de lui pour bosser tranquillement et m'approche. Il me fait basculer pour que je m'assoie sur ses genoux.

– Viens on le refuse…

– Ils n'ont pas de budget. *Ouin !* On n'a pas de dalmatien. *Ouin !* Où on trouve un peintre ? *Ouin !* murmuré-je contre ses lèvres.

– Tu veux qu'on rentre à l'appart et que je te montre si je suis un pleurnicheur ?

Comme pour appuyer ses propos, il presse ses lèvres contre les miennes et vient me taquiner de sa langue. Il n'en faut pas beaucoup pour me titiller et je frissonne en passant mes mains dans ses cheveux.

– Plus tard. On doit aller acheter le cadeau de Rita.

– Si tu es d'accord pour qu'on refuse le projet, je viens. Sinon, tu vas affronter les boutiques toute seule.

– Enfoiré.

Il sait que je ne recule devant aucun projet. Ça m'insupporte qu'il croie parfois que ce n'est pas à notre portée ou trop compliqué pour nous et c'est la seule cause de nos petits accrochages. Mais on forme un beau duo. Lui gère les premières demandes car il est plus patient avec les indécis et plus habile en formulations. Puis, quand on signe un projet, je m'occupe de la partie organisation quand lui se concentre sur la scénographie. Ça fonctionne si bien entre nous qu'à présent, je vis chez lui. Et finalement, j'ai investi dans notre local plutôt que dans un appartement.

– Alors ? me nargue-t-il. Tu vas affronter les magasins toute seule ou tu veux le projet ?

Mon pauvre, je connais trop tes faiblesses...

Pour toute réponse, je prends sa bouche d'assaut. Il sursaute et essaie de tenir le rythme sauvage que je lui impose. Je le sens durcir dans son pantalon à mesure que je mordille sa lèvre inférieure et tire sur ses cheveux.

– Après les boutiques, je pensais qu'on irait se reposer à l'appart, dommage, susurré-je au creux de son oreille.

Il pousse un long soupir en se tortillant sur la chaise.

– C'est bon, on va prendre ce foutu mariage. Tu gagnes toujours...

J'adore quand il boude.

– Tu seras récompensé pour ce choix.

– J'espère, car cet événement va être nul, râle-t-il en renversant la boule à neige que je lui ai offerte pour notre premier anniversaire

J'étais retournée dans ce magasin de l'horreur pour acheter le modèle représentant une petite fille et un bonhomme de neige. Il avait explosé de rire en l'ouvrant.

– Tu l'as en travers de la gorge car les clients n'aiment pas les fleurs et que c'est ton péché mignon, je soupire en la lui retirant des mains

– Si un jour on se marie, je ferai tapisser tous les murs de fleurs pour me remettre de cette frustration.

C'est reparti.

– On ne va pas se marier, Sonny.

– Tu sais pas.

– Le mariage, c'est pour les faibles.

– Dit celle qui a fait cette création…

Il fait tourner sa chaise et on se retrouve face au mur où sont accrochées mes pancartes. Pour me contrarier quand j'ai voulu installer mon bureau à l'opposé du sien, il les a mises en place le lendemain, histoire que j'ai vue dessus en permanence.

Je ris dans son cou où je me suis nichée.

– Puisqu'on ne peut pas bosser tranquille, ici, on y va maintenant, dis-je en me levant. En plus, on doit être à la salle une heure avant tout le monde pour être sûrs que tout se déroule comme prévu.

Ce soir, Rita fête ses soixante-douze ans. Elle ne le sait pas encore mais on a loué une petite salle. Son fils et toute sa belle-famille seront là. Carlos et Amber aussi, tout comme la mère de Sonny et sa dernière conquête.

– Comment Carlos va-t-il s'y prendre pour faire sortir Rita ce soir ?

– Aucune idée. Il est inventif, je ne me fais pas de souci.

Quelques semaines après que Sonny et moi nous sommes retrouvés, Rita m'a informée que puisque je découchais chaque soir, j'allais mettre mes affaires dans un coin et laisser ma chambre à Carlos. Elle m'a sorti ça sans pression. En précisant que je pourrais revenir à tout moment et que Carlos prendrait alors le canapé.

J'avais trouvé ça tellement… fou. Sonny, qui a vu l'occasion parfaite de ne plus me supplier pour que je reste chaque soir, était aux anges. Carlos n'a pas hésité longtemps non plus pour quitter son calvaire. Et la relation qu'il a avec Rita est trop belle. Attention au premier qui la critique, y compris moi ! Ils cuisinent mexicain ensemble et elle lui apporte une culture qu'il n'a pas connue. Cerise sur le gâteau, Amber dort là-bas le week-end.

Foutage de gueule… mais je suis contente pour lui.

Avant d'acheter le local, je lui ai demandé dix fois s'il était sûr de ne pas vouloir faire une coloc avec moi mais il n'a rien voulu entendre. Sa formation se déroule à merveille, il kiffe sa vie chez Rita – Sonny, pour les emmerder, dit que les Mexicains aiment vivre en communauté – et je m'entends tellement bien avec Amber qu'on sort même parfois boire un verre toutes les deux.

– Alors, la façade va être bleue ou orange ? demandé-je à Sonny en fermant la porte à clé.

Il est en train de sourire en regardant la vitrine. J'ai installé le nom de notre agence en lettres néon jaune fluo. C'est le seul élément déco que j'aie géré et j'en suis fière.

– Maintenant que je regarde le néon avec du recul, je me demande si un mur rose ne serait pas plus cool. Dans l'esprit funky, tu en penses quoi ?

– Parfait, je tranche. Et tu n'appelles pas ta mère pour avoir son avis, sinon je te bute.

On traverse la rue, il passe son bras autour de mes épaules et on se retourne en même temps pour regarder le fruit de notre collaboration depuis le trottoir d'en face.

– En fait, il est bien, ce nom.

– Ah, tu vois ? Je savais que tu finirais par aimer ! clamé-je.

Son baiser contre ma tempe me donne des frissons.

– Par contre, si un jour on a des enfants et dans leur intérêt, je ne te laisserai pas choisir leurs prénoms toute seule.

– Oh, tais-toi.

Il me tire par la main pour qu'on s'éloigne et je jette encore un regard en arrière. J'ai voulu qu'on appelle notre agence par un nom marquant. À la hauteur de notre rencontre et de notre collaboration.

Vraiment, What The Fuck !, je trouve que ça sonne bien.

Sur le chemin, j'avise une boîte aux lettres et sors discrètement mon enveloppe de mon sac pour la poster. Peine perdue, Sonny, qui a un œil de lynx, m'interroge du regard.

– C'est ma lettre au Père Noël, dis-je en la jetant dans la boîte.

Il sourit et m'attire à lui au milieu du trottoir. Avant, j'aurais détesté ce genre de rapprochement en public. Maintenant, j'en raffole.

– Il me semblait que tu n'y croyais pas.

– Je ne crois qu'en ce que je vois… murmuré-je contre ses lèvres en plongeant mon regard dans ses yeux verts.

Cher Samuel,
Il m'aura fallu deux ans pour dénicher
cette adresse de chalet en Islande.
J'espère que c'est bien vous qui vous cachez
là-bas sous le pseudo Santa Sam,
mais entre nous... je ne vois pas
qui d'autre ferait un truc pareil.
Vous savez, jusqu'à cette Christmas party*,*
je n'avais pas vraiment d'habitude pour Noël.
Mais depuis, j'ai décidé d'instaurer un rituel
très simple : un vrai sapin dans le salon,
un pull à motifs et votre pain d'épices fétiche.
Sonny valide à cent pour cent parce que,
comme vous, il aime bien ce genre de choses.

Ah oui… je ne vous ai pas dit. Sonny et moi, c'est une collaboration qui dure. On vient enfin d'ouvrir notre agence dans le quartier du Loop. Je suis à présent organisatrice d'événements ! J'ai un métier qui me passionne et la chance de l'exercer auprès d'un homme tout aussi passionnant et que j'ai rencontré grâce à vous. Samuel, vous êtes le Père Noël en qui pourtant je n'ai jamais cru.
Cette invitation à rejoindre l'équipe de Warm Me Up – qui n'en était pas vraiment une mais ne nous attardons pas sur les détails – est la meilleure expérience qu'il m'ait été donné de vivre. Et la chance que vous m'avez accordée en m'engageant malgré vos doutes est le plus beau cadeau qu'on m'ait jamais fait.
(Bon, l'argent, c'était pas mal non plus. Ça me permet de payer les frais de port exorbitants pour expédier cette lettre jusqu'en Islande.)
Merci pour tout.
Blair.

REMERCIEMENTS

Vous êtes prêt.e.s pour un autre discours ? Car comme Samuel, j'avais envie d'adresser quelques mots à « mon équipe »…

La romance qui m'a ouvert les portes sur le monde de l'édition était une romance de Noël. Je n'avais encore jamais écrit et si ma meilleure amie, Flora Armonie, ne m'y avait pas poussée, je ne suis pas certaine que j'aurais un jour osé.

C'était il y a quatre ans et me replonger au cœur de l'ambiance de fêtes de fin d'année pour l'écriture de cette nouvelle histoire m'a transportée.

À cela, s'ajoute cette fois l'immersion dans le secteur de l'évènementiel que je ne connais que trop bien pour en avoir fait mon métier… et je me suis bien amusée à imaginer les personnages culottés et les demandes loufoques. J'espère que vous l'avez ressenti !

Comme toujours, j'adresse un grand clin d'œil à mes premiers supporters : ma famille, mes amis, ma Team Bambam. Et parmi ces dernières, un merci particulier à Flora Armonie et C.S. Quill qui ont été aux prémices de l'idée de cette romance, lors d'une soirée d'été. Je remarque que c'est souvent autour d'une table entre copines que naissent mes histoires mais aussi, de belles amitiés.

Merci Flora (encore toi) et Emilie May, amie/cousine/pom-pom girl pour votre indispensable bêta et nos dizaines de brainstormings en cours de route. Vous êtes mes sucres d'orge.

Tout le monde devrait avoir un Carlos dans sa vie et le mien, c'est mon ami de longue date, Youss. Vingt ans que l'on s'est rencontrés cette année, que tu m'as piqué tant de stylos et de bonnes réponses et qu'on a partagé milles péripéties ensemble. Je suis fière de ton parcours.

Mille mercis à mon éditrice, Alice, pour notre collaboration si fluide et évidente, et à la maison d'édition Hugo qui me renouvelle sa confiance.

Enfin, je m'adresse à mes lectrices et lecteurs… Que ce soit un commentaire sur les plateformes, une photo sur les réseaux, une rencontre au détour d'un salon, chaque échange avec vous est aussi moelleux qu'une tranche de pain d'épices (on est dans le thème ?). Je n'oublie pas que c'est grâce à vous que cette aventure a du sens et pour cela… un immense merci.

•

Composition et mise en pages
Nord Compo à Villeneuve-d'Ascq